众里寻他千百度　辛弃疾词

〔宋〕辛弃疾◎著

郑小军◎编注

人民文学出版社

图书在版编目（CIP）数据

众里寻他千百度：辛弃疾词/（宋）辛弃疾著；
郑小军编注.—2版.—北京：人民文学出版社，2016（2024.2重印）
（恋上古诗词：版画插图版）
ISBN 978-7-02-012194-6

Ⅰ.①众…　Ⅱ.①辛…　②郑…　Ⅲ.①辛弃疾
（1140—1207）-宋词-诗歌欣赏　Ⅳ.①I207.23

中国版本图书馆 CIP 数据核字（2016）第 278152 号

责任编辑：李　俊
特约策划：吕昱雯
装帧设计：汪佳诗

出版发行　　人民文学出版社
社　　址　　北京市朝内大街 166 号
邮政编码　　100705

印　　刷　　山东新华印务有限公司
经　　销　　全国新华书店等

开　　本　　890 毫米×1240 毫米　1/32
印　　张　　12.25
插　　页　　2
字　　数　　215 千字
版　　次　　2012 年 1 月北京第 1 版　　2017 年 1 月北京第 2 版
印　　次　　2024 年 2 月第 5 次印刷

书　　号　　978-7-02-012194-6
定　　价　　59.00 元

如有印装质量问题，请与本社图书销售中心调换。电话：010-65233595

目录

前言

前　言

一

辛弃疾身当南宋弱世，负经纶之才，以功业自许，有气吞山河、平戎万里之志，但现实不允许他施展雄才，无法实现克复神州、整顿乾坤的宏愿。历代有识之士对辛弃疾的经世之才有极高的赞誉和深沉的叹惜。南宋理学大师朱熹曾评价辛弃疾："今日如此人物，岂易可得！"（《答杜叔高书》）又赞其"经纶事业，有股肱王室之心"（《答稼轩启》）。南宋大诗人陆游将辛弃疾比作管仲、萧何："大材小用古所叹，管仲萧何实流亚"（《送辛幼安殿撰造朝》）。南宋著名词人姜夔、作家刘宰则将辛弃疾比作诸葛亮或张良："前身诸葛，来游此地，数语便酬三顾"（姜夔《汉宫春·次稼轩韵》）；"卷怀盖世之气，如圯下子房；剂量济世之策，若隆中诸葛"（刘宰《贺辛待制弃疾知镇江》）。元代史学家于钦在《齐乘》中说："稼轩豪杰之士，枕戈达旦，有志于中原久矣。宋人举国听之，岂无所成！"明代状元钱士升《南宋书·辛弃疾传论赞》说："稼轩人材，大类温峤、陶侃，南宋罕有其匹。……使稼轩得握生杀之权，予之以不中制之任，忠义慷慨，必能鼓舞一世。进则为折冲，退则为保障，精采规模，自有大可观者，非若空言之无补也。"清朝康熙帝爱新觉罗·玄烨《御批续资治通鉴纲目》写道："君子观弃疾之事，不可谓宋无人矣，特患高宗不能驾驭之耳。使其得周宣王、汉光武，其功业奚止是哉！"纵览同时之奖誉，后世之推崇，辛弃疾襟怀志尚、文韬武略，足以负荷社稷之重，大体可见一斑。明了于此，也就容易理解辛弃疾门人范开《稼轩词序》所说，辛公"果何意于歌词哉，直陶写之具耳"。

辛弃疾一腔忠愤、满腹经纶、高世之才，既无从发挥，转而寄之于词，在词的领域里，纵横驰骤，开疆拓土，戛戛独造，在文学史上成就了另一番伟业。南宋文人早已指出辛弃疾在词坛上开拓万古的辉赫业绩。例如，刘过《沁园春·寄辛稼轩》云："古岂无人，可以似吾稼轩者谁？"陈模《怀古录·论稼轩词》说："回视稼轩所作，岂非万古一清风也哉！"刘克庄《辛稼轩集序》盛赞辛弃疾"所作大声鞺鞳，小声铿鍧，横绝六合，扫空万古，自有苍生以来所无。"

清初诗人王士禛在《花草蒙拾》里业已明确了辛弃疾豪放派领袖的地位："豪放惟幼安称首。"清代评论家周济《宋四家词选序论》更精辟地阐明了辛弃疾在词史上的关键作用和辐射力："稼轩由北开南"，"是词家转境"；"苏、辛并称。东坡天趣独到处,殆成绝诣,而苦不经意,完璧甚少。稼轩则沉着痛快,有辙可循,南宋诸公,无不传其衣钵,固未可同年而语也。"近人陈洵《海绡说词》具体阐发周济之说:"南宋诸家,鲜不为稼轩牢笼者。龙洲、后村、白石皆师法稼轩者也。二刘笃守师门,白石别开家法。"亦如清代词论家陈廷焯《白雨斋词话》所说:"东坡一派,无人能继";反观同时代与辛弃疾为同调者,有陆游、韩元吉、陈亮、刘过、杨炎正等;后起而师法稼轩者,则有刘克庄、蒋捷、刘辰翁、元好问、陈维崧、郑燮、蒋士铨等。故陈廷焯《词则·放歌集》眉批总结说:"感激豪宕,苏、辛并峙千古。然忠爱恻怛,苏胜于辛;而淋漓悲壮,顿挫盘郁,则稼轩独步千古矣。"其《云韶集》又说:"东坡词极名士之雅,稼轩词极英雄之气,千古并称,而稼轩更胜。"

早在南宋时,黄昇《中兴词话》就将辛弃疾比作李白。清朝以来的不少评论家则更倾向于把辛弃疾比作词中杜甫。清初词人陈维崧在《〈词选〉序》中以辛弃疾长调比拟杜甫歌行。清代评论家刘熙载《艺概》亦说:"词品喻诸诗,东坡、稼轩,李、杜也。"近代学者蔡桢《乐府指迷笺释》认为"稼轩词沉郁顿挫,气足神完,于诗似少陵"。现代学者则综合各方面考量,指明"宋词之有辛稼轩,几如唐诗之有杜甫"(缪钺《诗词散论》),"词中之辛,诗中之杜也"(顾随《稼轩词说》)。胡适《词选》更是直截指出,辛弃疾"是词中第一大家"。

二

辛弃疾(1140—1207),原字坦夫,后改字幼安,中年以后自号稼轩居士,金熙宗天眷三年(宋高宗绍兴十年,1140)出生于山东济南历城之四风闸。其时距金国灭亡北宋的"靖康之难"已历十三年。因父亲辛文郁早逝,辛弃疾自幼由祖父抚养。祖父辛赞,当宋室南渡时,累于族众,未能脱身,不得已而仕于金,曾为亳州、开封等地守令。辛弃疾少时受业于亳州刘瞻(嵒老),与党怀英为同学。祖父于闲暇时,常带辛弃疾登高远望,指点山河,思乘机起义,以纾国难。辛弃疾按祖父指令,于15岁和18岁时两度赴燕京(今北京)参加进士科考,借机侦察金人形势。因祖父去世,所谋未遂。直至金正隆六年(宋绍兴三十一年,1161),金主完颜亮大举南犯,北方地区抗金起义风起云涌,22岁的辛弃疾乘机于济南聚众二千反金,不久率部归耿京起义军,达二十余万人,为掌书记。他力劝耿京"决策南向"(《宋史·辛弃疾传》)。其间,僧人义端窃印叛逃,辛弃疾追而杀之,初显锋芒。绍兴三十二年(1162)正月,受耿京委派,辛弃疾与贾瑞等奉表南下,在建康(今江苏南京)受到宋高宗接见。辛弃疾北归途中,闻张安国杀害耿京、投降金国,遂率五十余骑,直奔济州(今山东济宁),突袭五万之众的金兵营地,生擒张安国,缚于马上,当场又号召上万士兵反正,昼夜疾驰,奔赴临安(今浙江杭州),将张安国正法。同时代作家洪迈在《稼轩记》中描写辛弃疾这一壮举："壮声英概，懦士为之兴起，圣天子一见三叹息。"

辛弃疾南归后最初十年间（1162—1171），并没有得到南宋朝廷应有的重用，只担任江阴军签判、广德军通判、建康府通判、司农寺主簿等无足轻重的职务。但他满怀报国热忱，一再上奏恢复中原的谋略。隆兴元年（1163），张浚指挥北伐，曾取得一些胜利，但因主将之间矛盾摩擦，终致符离之战大败。次年，南宋与金签订了屈辱的"隆兴和议"，主和派势力再度占据上风。26岁的辛弃疾不为所动，向宋孝宗上奏《美芹十论》（又称《御戎十论》），详细分析了宋金双方的形势，具体提出了抗金复国的一系列策略。五年后，辛弃疾又进奏《论阻江为险须藉两淮》及《议练民兵守淮》两疏，并作《九议》上奏右丞相虞允文，驳斥主和派"吴楚之脆弱不足以争衡于中原"的谬论，再次阐发他的抗金复国方略。这些奏议充满远见卓识，全面展示了辛弃疾杰出的政治、军事才能，可是由于当时宋金和议已定，辛弃疾的抗战谋略并没有被执政者采纳。

辛弃疾南归后第二个十年（1172—1181），以担任地方官为主，颇有建树，但因调动频繁，不能尽情展示其政治军事才能，更无法实现收复中原的宏愿。乾道八年（1172）春，辛弃疾出任滁州（今属安徽省）知州。他宽征薄赋，鼓励商贸，招徕流民，实行屯田，训练民兵，又建繁雄馆，修奠枕楼，仅半年时间，就使原本萧条荒陋的滁州，一下子繁荣富庶起来。淳熙元年（1174），辛弃疾得到后来短期出任右丞相的叶衡的赏识提携，先在叶衡江东安抚使幕府中任参议官，继又入朝为仓部郎官。淳熙二年（1175），以赖文政为首的茶商军，从湖北起事，继而通过湖南进入江西，屡次大败官军。朝廷委派辛弃疾为江西提点刑狱，节制诸军，讨捕茶商军。辛弃疾调集赣州、吉州等地精兵，又征调当地熟悉地形的乡丁，深入山区围捕、追袭，结合诱降，很快杀了赖文政，平定了茶商军暴动。之后，辛弃疾历任京西转运判官、江陵府（今湖北荆州）知府兼湖北安抚使、隆兴府（今江西南昌）知府兼江西安抚使、大理寺少卿、湖北湖南转运副使、潭州（今湖南长沙）知州兼湖南安抚使等职。淳熙六年（1180），他在湖南安抚使任上，创建湖南飞虎军，利用五代十国时长沙故垒，建造新营房，招募步兵二千、马军五百，备办战马铁甲。辛弃疾这项计划，虽然得到朝廷的批准，但枢密院中仍有人反对，在孝宗面前劾奏辛弃疾聚敛民财，孝宗因此特降金字牌，勒令即日停工。辛弃疾接到金字牌后，藏起命令，督促监工务必如期完工。其时正当秋雨连绵，赶造二十万瓦很难。辛弃疾下令：除官舍神祠外，居民每家取瓦二片。不到两天，二十万瓦办齐，僚属叹服。飞虎军建成，雄震一方，为江上诸军之冠。事后，辛弃疾陈述本末，绘图进奏孝宗，孝宗释然。不久，辛弃疾第二次出任隆兴府知府兼江西安抚使，负责赈济当地灾荒。他张贴的赈灾榜文只有"闭粜者配,强籴者斩"八个大字,意即囤粮不售者将受流配处分,强行劫夺屯粮户者处以死刑。同时,他拿出公款,让士民公推精明能干的人领款去购买粮食,不取利息,限一月内运到。到期,城下粮船连樯而至,米价自减。辛弃疾因赈灾有功,受到朝廷嘉奖,转任奉议郎。但是,辛弃疾多年来独当一方事务,刚直自信,是非分明,处事果敢,触及了某些权贵的利益,因而遭到他们的忌恨和诽谤。淳熙八年(1181)十二月初,台臣王蔺弹劾辛弃疾"奸贪凶暴,帅湖南日虐害田里","用钱如泥沙,杀人如草芥"。辛弃疾还未来得及赴浙西提刑新任,即被罢去所有职务。

从淳熙九年至绍熙二年(1182—1191),辛弃疾南归后的第三个十年,是被迫退隐闲居于上饶带湖的十年。他自谓"人生在勤,当以力田为先",故以"稼"名轩,自号稼轩居士。一方面,他以庄子哲学和陶渊明诗篇陶冶自己,表达与鸥鹭结盟,悠游山水,远离尘嚣的旷放之情;一方面,他又无法忘怀世事,时常抒发幽愤,与韩元吉、郑汝谐、陈亮等人的唱和中更是表达了至死不渝的抗金复国豪情。

绍熙三年至五年(1192—1194),辛弃疾出任福建提刑、福建安抚使,其间一度归朝任太府卿。在福建安抚使任上,辛弃疾设置"备安库"、筹建万人军旅等举措,又遭谏官黄艾等人交章弹劾,因"残酷贪饕,奸脏狼藉"等罪名,而被罢免各项官职,再度退归上饶,又开始了长达八年的闲居生活。庆元二年(1196),辛弃疾全家自上饶带湖移居铅山(今江西铅山东南)期思瓢泉。

　　嘉泰三年(1203),64 岁的辛弃疾又被起用,出任绍兴知府兼浙东安抚使,次年差知镇江府。当时独揽朝政的韩侂胄准备对金用兵,他既想利用主战派名帅的声望,同时却又忌惮别人跟他分享功名。开禧元年(1205)三月,正当辛弃疾在镇江积极备战、颇有声色之时,朝中却以荐人不当,将他连降两级官阶。同年六月,将他调离江防重镇,改知隆兴府(今江西南昌)。七月初,谏官弹劾他"好色贪财,淫刑聚敛",辛弃疾又一次被革职,含恨返回铅山。开禧二年(1206),在韩侂胄指挥下,南宋出兵伐金,因仓促无备,草率从事,正如辛弃疾预料的那样,惨遭败绩。开禧三年(1207)秋,金人提出索要韩侂胄首级为议和条件。韩侂胄大怒,欲再次对金用兵,并想重新起用辛弃疾替他支撑危局,遂宣布任命辛弃疾为枢密都承旨,要他速赴临安奏事。诏命送达铅山之日,辛弃疾身患重病,上章请辞。九月十日,68 岁的辛弃疾赍志以殁,与世长辞。

　　统观辛弃疾一生,自山东起兵反金,至南渡归宋以来,有忠义之心,刚大之气,经天纬地之才,吞吐八荒之概,但命途坎坷,备极艰辛,三起三落,长期罢官闲居,平生志愿百无一酬,长使志士仁人唏嘘不已。正如刘熙载《艺概》所论:"辛稼轩风节建竖,卓绝一时,惜每有成功,辄为议者所沮。观其《踏莎行》和赵国兴有云:'吾道悠悠,忧心悄悄。'其志与遇,概可知矣。"

三

辛弃疾与苏轼、陆游等人在文学创作上的侧重点很不相同。苏轼"以文章余事作诗，溢而作词曲"（王灼《碧鸡漫志》），陆游则"是有意要做诗人"（刘熙载《艺概》），皆非专力于词。辛弃疾却是毕生致力于词。他青少年时代在北方所作词，即受到前辈蔡光的赞赏，蔡预言弃疾"他日当以词名家"（陈模《怀古录》）。可惜稼轩早年词作都已散失。辛弃疾南渡以后，壮志不酬，虽"负管、乐之才，不能尽展其用，一腔忠愤，无处发泄。……故其悲歌慷慨、抑郁无聊之气，一寄之于其词"（徐釚《词苑丛谈》引黄梨庄语）。今所存辛弃疾词达六百二十余首，数量之多，为唐宋词人之冠；境界之高，意蕴之深，内容之博，创辟之多，亦为历代词人所难以企及。

明末毛晋《稼轩词跋》称"词家争斗秾纤，而稼轩率多抚时感事之作，磊落英多，绝不作妮子态"。"抚时感事之作"正是辛弃疾词中最具代表性的部分。辛弃疾是文学史上少有的用词来全面、生动地反映风雷激荡的时代风云的词人。

辛弃疾抚时感事之作主要包涵几个方面的内容。首先，抒发故国之思、中原沦陷之痛。辛弃疾作为曾在金人统治下生活过二十多年的北方人，对于家国沦丧之痛有特别深切的体会。他南渡归宋以来，看见初春大雁北归，会触发他无法北归的哀愁:"清愁不断,问何人会解连环。生怕见花开花落,朝来塞雁先还"(《汉宫春·立春》);听到杜鹃(子规)"不如归去"的啼叫,也会引起他有家难回的伤痛:"蝴蝶不传千里梦,子规叫断三更月。听声声枕上劝人归,归难得"(《满江红》"点火樱桃")。他登高远眺,更是关注沦陷的北方大地:"凭栏望,有东南佳气,西北神州"(《声声慢·滁州旅次登奠枕楼作》);"遥岑远目,献愁供恨,玉簪螺髻"(《水龙吟·登建康赏心亭》);"西北望长安,可怜无数山"(《菩萨蛮·书江西造口壁》)。他的故国之思也会从他清醒的生活空间,弥漫到他的梦中世界:"平生塞北江南,归来华发苍颜。布被秋宵梦觉,眼前万里江山"(《清平乐·独宿博山王氏庵》)。

其次,歌咏报仇雪耻、抗击金兵的英雄壮举以及收复失地、建功立业的强烈渴望。辛弃疾青年时代就有起兵抗金的壮举。"壮岁旌旗拥万夫,锦襜突骑渡江初。燕兵夜娖银胡䩮,汉箭朝飞金仆姑"(《鹧鸪天·有客慨然谈功名,因追念少年时事,戏作》),"季子正年少,匹马黑貂裘"(《水调歌头·舟次扬州和杨济翁、周显先韵》),"挥羽扇,整纶巾,少年鞍马尘"(《阮郎归·耒阳道中为张处父推官赋》),都是词人早年英勇抗金的生动写照。同时,词人也为见证当年宋师击败金兵的采石大捷而深感自豪:"汉家组练十万,列舰耸层楼。谁道投鞭飞渡,忆昔鸣髇血污,风雨佛狸愁"(《水调歌头·舟次扬州和杨济翁、周显先韵》)。辛弃疾南归以后,曾在湖南建立雄震一方的飞虎军,又在福建海防、镇江前沿筹建万人军旅,所以,稼轩词中那种抗金义勇与英雄豪气,绝非一般词人形诸纸面的豪言可以比拟。观其投赠、送别、应酬、祝寿之作,亦不乏极力鼓舞抗金之辞,即使是长期罢官闲居乡间,仍以天下为己任,念念不忘收复神州事业。如为前辈好友韩元吉祝寿,便道:"算平戎万里,功名本是,真儒事","待他年整顿,乾坤事了,为先生寿"(《水龙吟·甲辰岁寿韩南涧尚书》)。与挚友陈亮同游鹅湖,共酌瓢泉,极论世事,长歌相答,则曰:"我最怜君中宵舞,道男儿到死心如铁。看试手,补天裂"(《贺新郎·同父见和,再用韵答之》)。寄陈亮壮词,又曰:"醉里挑灯看剑,梦回吹角连营","马作的卢飞快,弓如霹雳弦惊。了却君王天下事,赢得生前身后名"(《破阵子·为陈同甫赋壮词以寄之》)。送青年诗人杜㳇,亦竭力激励:"夜半狂歌悲风起,听铮铮阵马檐间铁。南共北,正分裂"(《贺新郎·用前韵送杜叔高》)。诚如清人黄蓼园《蓼园词评》所说:"幼安忠义之气,由山东间道归来,见有同心者,即鼓其义勇。"第三,谴责苟且偷安、屈辱求和的主和派,表露对危难时局的深沉忧虑。愤恨执政者不顾北方沦陷,无视沦陷区人民恢复渴望,则曰:"渡江天马南来,几人真是经纶手?长安父老,新亭风景,可怜依旧。夷甫诸人,神州沉陆,几曾回首"(《水龙吟·甲辰岁寿韩南涧尚书》)。或即事叙景,暗讽执政者对山河残破麻木不仁:"剩水残山无态度,被疏梅料理成风月"(《贺新郎》"把酒长亭说")。忧心战备荒废,金兵侵凌,形势危殆,则曰:"落日胡尘未断,西风塞马空肥"(《木兰花慢·席上送张仲固帅兴元》)。或就景抒情,忧愤交加:"休去倚危栏,斜阳正在,烟柳断肠处"(《摸鱼儿》"更能消几番风雨")。第四,宣泄请缨无路、壮志难酬以及备受打击、孤独无奈的悲怆与幽愤。倾诉漂泊江南、功业无望,则曰:"落日楼头,断鸿声里,江南游子。把吴钩看了,栏干拍遍,无人会,登临意"(《水龙吟·登建康赏心亭》)。慨叹英雄豪杰备受压抑摧残,则曰:"汗血盐车无人顾,千里空收骏骨"(《贺新郎》);"追亡事今不见,但山川满目泪沾衣"(《木兰花慢·席上送张仲固帅兴元》)。痛感自身迭遭弹劾、罢官退居乡间,则曰:"笑吾庐,门掩草,径封苔。未应两手无用,要把蟹螯杯"(《水调歌头·汤朝美司谏见和,用韵为谢》);"却将万字平戎策,换得东家种树书"(《鹧鸪天·有客慨然谈功名,因追念少年时事,戏作》);"不知筋力衰多少,但觉新来懒上楼"(《鹧鸪天·鹅湖归,病起作》)。此外,词人长期退居乡间,时常借老庄哲学和陶渊明诗文陶冶自我,也写了不少流连诗酒、鄙弃尘世的闲适词。

辛弃疾的咏史、怀古之作,与抚时感事之作关系密切,亦有极高的艺术成就。这类作品,借古代人物、历史事件,映照、对比时事,抒情述怀,所谓借古人之酒杯,浇自家之垒块,诉心中之不平,寄感慨于千载。如咏史名作《八声甘州》:

故将军饮罢夜归来，长亭解雕鞍。恨灞陵醉尉，匆匆未识，桃李无言。射虎山横一骑，裂石响惊弦。落魄封侯事，岁晚田园。　　谁向桑麻杜曲，要短衣匹马，移住南山。看风流慷慨，谈笑过残年。汉开边功名万里，甚当时健者也曾闲。纱窗外斜风细雨，一阵轻寒。

吟咏西汉飞将军李广，专门选取李将军罢职后闲居一段，写他落魄受辱而又壮心不已的故事，寄托自己的身世之感和不平之情，笔力峻峭，忧愤深广。辛弃疾怀古词《永遇乐·京口北固亭怀古》更是传诵千古的不朽名篇：

千古江山，英雄无觅，孙仲谋处。舞榭歌台，风流总被，雨打风吹去。斜阳草树，寻常巷陌，人道寄奴曾住。想当年金戈铁马，气吞万里如虎。　　元嘉草草，封狼居胥，赢得仓皇北顾。四十三年，望中犹记，烽火扬州路。可堪回首，佛狸祠下，一片神鸦社鼓。凭谁问：廉颇老矣，尚能饭否？

词人晚年出守镇江（京口），登览怀古，缅怀从京口发迹的英雄——抗击北方强敌、战功卓著的孙权、刘裕，由北伐英雄引出北伐失败者的"仓皇北顾"，进而由历史往事引出对现实形势的感慨和隐忧,将词的历史感与现实感跨越时空对接起来,词风沉郁顿挫,境界深邃宏阔。

辛弃疾词中颇为人称道的另一类作品是他的情词。这似乎与他的英雄豪气相左,但言情本是词的主要题材,辛弃疾亦承晚唐五代花间余绪,又是至情至性人,情感浓挚,才情横溢,于慷慨激昂之余,未尝不能婉转缠绵,风流妩媚。正如清代周济《介存斋论词杂著》所说:"稼轩固是才大,然情至处,后人万不能及。"粗计稼轩情词约占其词总数八分之一,数量不可谓少。内容上既有与妻妾、情人等相关的写实之作,又有借幽情以寓意的寄托之作,也包括古代常见的代言体闺思词。其中不乏脍炙人口的经典之作。如《祝英台近·晚春》:

> 宝钗分,桃叶渡,烟柳暗南浦。怕上层楼,十日九风雨。断肠片片飞红,都无人管,更谁劝啼莺声住。　　鬓边觑。试把花卜归期,才簪又重数。罗帐灯昏,哽咽梦中语:是他春带愁来,春归何处,却不解带将愁去。

写闺中女子相思浓愁,借由伤春、怨春之辞流露出来,哀婉细腻,缠绵悱恻,"烟柳暗南浦"、"十日九风雨"云云,又多弦外之响、言外之味。清人沈谦《填词杂说》评论说:"稼轩词以激扬奋厉为工,至'宝钗分,桃叶渡'一曲,昵狎温柔,魂销意尽,才人伎俩,真不可测。"又如《青玉案·元夕》：

> 东风夜放花千树，更吹落，星如雨。宝马雕车香满路。凤箫声动，玉壶光转，一夜鱼龙舞。　　蛾儿雪柳黄金缕，笑语盈盈暗香去。众里寻他千百度，蓦然回首，那人却在，灯火阑珊处。

词中通过都市元夕灯火辉煌、华丽热闹景象以及观灯女子欢声笑语、阵阵幽香，最后强烈地对比、反衬出灯火冷落处作者所寻觅的心仪的女子，表现词人苦心孤诣的独特情怀，所谓"自怜幽独，伤心人别有怀抱"（梁启超《饮冰室评词》），寄意深远，境界绝高。

辛弃疾闲居江西上饶、铅山二十年，他笔下的山水词、农村词，鲜活自然，气象万千，不仅进一步拓展了词的表现领域，更是极大地提升了山水词、农村词的艺术品位。且看他的山水名篇《沁园春·灵山齐庵赋》：

> 叠嶂西驰，万马回旋，众山欲东。正惊湍直下，跳珠倒溅；小桥横截，缺月初弓。老合投闲，天教多事，检校长身十万松。吾庐小，在龙蛇影外，风雨声中。　　争先见面重重，看爽气朝来三数峰。似谢家子弟，衣冠磊落，

相如庭户，车骑雍容。我觉其间，雄深雅健，如对文章太
史公。新堤路，问偃湖何日，烟水蒙蒙。

写山写松，皆有雄浑奔腾的飞动的气势，带有浓厚的稼轩标记，
仿佛词人统御的十万雄兵，呼之欲出。至于以人的仪态风度，甚
至以司马相如车骑、司马迁文章风范，比喻群山气象，那更是词
人独特的艺术创造。辛弃疾的农村词，亦是佳作迭出，不胜枚
举。且看《鹊桥仙·己酉山行书所见》、《鹧鸪天·代人赋》、《清
平乐·村居》三首：

　　　松冈避暑，茅檐避雨，闲去闲来几度。醉扶怪石看飞
泉，又却是前回醒处。　　东家娶妇，西家归女，灯火门
前笑语。酿成千顷稻花香，夜夜费一天风露。
　　　陌上柔桑破嫩芽，东邻蚕种已生些。平冈细草鸣黄
犊，斜日寒林点暮鸦。　　山远近，路横斜，青旗沽酒有
人家。城中桃李愁风雨，春在溪头荠菜花。
　　　茅檐低小，溪上青青草。醉里吴音相媚好，白发谁家
翁媪。　　大儿锄豆溪东，中儿正织鸡笼。最喜小儿亡
赖，溪头卧剥莲蓬。

这些词不仅写出了清新自然、充满生气的田园风光、丰收年景，

更写出了农村淳朴和谐的乡情、亲情,形象栩栩如生。"城中桃李愁风雨,春在溪头荠菜花",更带有深刻的哲理,耐人品味。在苏轼《浣溪沙·徐门石潭谢雨道上作》五首等少量田园词之后,辛弃疾以大量出色的创作实践,把农村词推向了新的高峰。

辛弃疾还有不少咏物词,以咏花为主,兼有咏雪、咏月、咏鸟、咏乐器等,其中亦不乏传世佳作。例如他的咏荷词《喜迁莺》:

> 暑风凉月,爱亭亭无数,绿衣持节。掩冉如羞,参差似妒,拥出芙渠花发。步衬潘娘堪恨,貌比六郎谁洁? 添白鹭,晚晴时公子,佳人并列。　　休说,搴木末。当日灵均,恨与君王别。心阻媒劳,交疏怨极,恩不甚今轻绝。千古《离骚》文字,芳至今犹未歇。都休问,但千杯快饮,露荷翻叶。

描摹芙蓉的芬芳高洁,援引屈原咏荷名句,借用楚辞"香草美人"手法,抒发"信而见疑,忠而被谤"的愤懑,从而扩大了物象的情志内涵,超越了传统词花间柳下的局促范围,赋予作品鲜明的现实意蕴。

四

辛弃疾词气势雄浑奔腾,意境宏伟阔大,表现出震烁古今的壮美,这是众所周知的。看他表达斩除北方阴霾,解放沦陷区人民的雄心,"举头西北浮云,倚天万里须长剑"(《水龙吟·过南剑双溪楼》);缅怀历史上北伐英雄,歌咏他们横扫千军的业绩,"想当年金戈铁马,气吞万里如虎"(《永遇乐·京口北固亭怀古》);描绘铅山期思山水,展示广角全幅画景,"一水西来,千丈晴虹,十里翠屏"(《沁园春·再到期思卜筑》);观钱江大潮喷涌激荡,如见将士用命,激战正酣,"截江组练驱山去,鏖战未收貔虎"(《摸鱼儿·观潮上叶丞相》)。凡此种种,无不表现出淋漓酣畅的宏壮之美。故清人陈廷焯说:"稼轩词魄力雄大,如惊雷怒涛,骇人耳目,天地巨观也。"(《词则·放歌集》眉批)但辛弃疾词并非一味的豪放,通篇雄放的作品更是少见。稼轩词往往于豪壮之中,又能沉郁顿挫,含蓄蕴藉,潜气内转,呈现出一种山围水绕、欲飞还敛、缠绵悱恻、百炼钢化为绕指柔的壮美与柔美的融合,释放出强烈而又独特的艺术感染力。这一方面是由于辛弃疾所处的时代,他的收复中原的主张与当时朝廷求和自保的主流思想背道而驰,他的刚直不阿的性格更是招致了一次又一次的弹劾打击,正如他在淳熙六年(1179)任湖南转运副使时上奏朝廷的《论盗贼札子》里说的:"臣生平则刚拙自信,年来不为众人所容,顾恐言未出口而祸不旋踵。"所以,他在词里往往不能放言无忌,而不得不采用幽微曲折的比兴寄托手法,或调动楚辞"香草美人"的象征系统,来影射现实世界的风云变幻。另一方面，辛弃疾毕生致力于词，深知词的艺术特性，正如近代学者王国维后来总结的那样："词之为体，要眇宜修，能言诗之所不能言，而不能尽言诗之所能言。诗之境阔，词之言长。"（《人间词话》删稿）辛弃疾在词的领域里锐意创辟的同时，亦能深入把握词的特性，避免简单粗犷的表达，尽力保持词独有的"要眇宜修"之美。例如，稼轩词中众口称誉的《摸鱼儿》：

> 更能消几番风雨，匆匆春又归去。惜春长怕花开早，何况落红无数。春且住，见说道天涯芳草无归路。怨春不语，算只有殷勤，画檐蛛网，尽日惹飞絮。　　长门事，准拟佳期又误。蛾眉曾有人妒。千金纵买相如赋，脉脉此情谁诉？君莫舞，君不见玉环飞燕皆尘土。闲愁最苦。休去倚危栏，斜阳正在，烟柳断肠处。

借传统的惜春、伤春主题，流露对风雨飘摇、日薄西山时势的忧愁哀伤；又借美人见妒，寄托个人迭遭诬陷打击的身世之痛以及对执政者的怨愤。"词意殊怨，然姿态飞动，极沉郁顿挫之致。起处'更能消'三字，是从千回万转后倒折出来，真是有力如虎。""休去倚危栏"三句，"多少曲折。惊雷怒涛中，时见和风暖日。"（陈廷焯《白雨斋词话》）堪称"摧刚为柔，缠绵悱恻"（冯煦《宋六十一家词选例言》）的典范之作。

与上述幽微曲折的比兴寄托手法相关联的是，辛弃疾开始在词里大量运用典故，这固然与词人深厚的学养有关，更主要的是为了避免直露浅率的表达，增加词的厚度与深度。辛弃疾六百二十余首词中，共用典一千五百多个。在辛弃疾之前，少有词人如此大量地运用典故，更无词人如此广泛地用经用史，而辛弃疾又能应用自如，运化无迹，辞气纵横，意蕴流转。所以，清人吴衡照《莲子居词话》说："辛稼轩别开天地，横绝古今。《论》、《孟》、《诗》小序、左氏《春秋》、《南华》、《离骚》、《史》、《汉》、《世说》、选学、李杜诗，拉杂运用，弥见其笔力之峭。"请看辛弃疾《最高楼》：

> 吾衰矣，须富贵何时。富贵是危机。暂忘设醴抽身去，未曾得米弃官归。穆先生，陶县令，是吾师。　　待葺个园儿名佚老，更作个亭儿名亦好，闲饮酒，醉吟诗。千年田换八百主，一人口插几张匙。便休休，更说甚，是和非。

"吾衰矣"出自《论语》，是用经书。"须富贵"句、"暂忘"句出自《汉书》，"富贵"句、"未曾"句出自《晋书》、《宋书》，是用史书。"佚老"语本《庄子》，是用子书。"亦好"语出唐代戎昱诗，是用集部。通篇出入经史子集，又杂用禅宗语录（"千年"句）和吴地谚语("一人"句)，词锋锐利，语意警策，有力地批判了贪图富贵的世俗观念。正如清人刘熙载《艺概》所论："稼轩词龙腾虎掷，任古书中理语、廋语，一经运用，便得风流，天姿是何敻异。"

稼轩词中尤其喜欢用魏晋南北朝时期的历史典故，这是因为孙吴、东晋、南朝僻处江东的历史状况和南宋偏安一隅的现状相似，容易借题发挥，托古讽今。如前面所举《永遇乐·京口北固亭怀古》，又如《南乡子·登京口北固亭有怀》：

何处望神州？满眼风光北固楼。千古兴亡多少事？悠悠，不尽长江滚滚流。　　　年少万兜鍪，坐断东南战未休。天下英雄谁敌手？曹刘。生子当如孙仲谋。

词中赞颂孙权（仲谋）坐镇东南一隅，却能大显身手，痛击北方曹魏，实际上是为了反衬南宋屈膝求和的现状，"有慨于南渡之不振也"（清杨希闵《词轨》）。

在大量用典的同时，辛弃疾进行了"以文为词"的艺术探索与变革。这包括在词中引入古文、辞赋的章法。例如《贺新郎·别茂嘉十二弟》，仿《别赋》、《恨赋》结构，首尾呼应，中间打破词的上下片分隔，连举人间伤别之事，铺张扬厉，"章法绝妙"（王国维《人间词话》删稿）。也包括将经、史、子等散文中的议论、对话引入词中。例如《水调歌头·盟鸥》："凡我同盟鸥鹭，今日既盟之后,来往莫相猜。"《沁园春·将止酒,戒杯使勿近》:"杯再拜,道'麾之即去,招亦须来'。"《贺新郎》("甚矣吾衰也"):"知我者,二三子。"《西江月·遣兴》:"只疑松动要来扶,以手推松曰'去'。"在韩愈"以文为诗"、苏轼"以诗为词"的变革之后,辛弃疾进一步"以文为词",避熟就生,飘洒自如,增添了词的生气和张力。

稼轩词的语言,骈散结合,雅俗并用,古今融合,汪洋恣肆,纵横挥洒。用俚俗语,如"莫嫌白发不思量,也须有思量去里"(《鹊桥仙·送粉卿行》),"如今只恨因缘浅,也不曾抵死恨伊。合下手安排了,那筵席须有散时"(《恋绣衾·无题》),率真浅俗的表达,已开元曲风气之先。又能庄谐杂出,嬉笑怒骂,皆成篇章。例如《永遇乐·戏赋辛字送茂嘉十二弟赴调》:

> 烈日秋霜,忠肝义胆,千载家谱。得姓何年,细参辛字,一笑君听取。艰辛做就,悲辛滋味,总是辛酸辛苦。更十分向人辛辣,椒桂捣残堪吐。　　世间应有,芳甘浓美,不到吾家门户。比着儿曹,累累却有,金印光垂组。付君此事,从今直上,休忆对床风雨。但赢得靴纹绉面,记余戏语。

这是独创一格的戏赋姓氏的词,拿自家姓氏"辛"字说事,以戏谑风趣的口吻，纵横议论，发泄幽愤，取得了独特的艺术效果。

辛弃疾善于学习借鉴前人的艺术经验，为我所用，推陈出新，进行了多种艺术尝试和探索。如吸收辞赋精华，效天问体而赋送月（《木兰花慢》"可怜今夕月"），效招魂体而为"些"语（《水龙吟》"听兮清佩琼瑶些"），效《鹏鸟赋》而对鹤语（《六州歌头》"晨来问疾"）。又如，效花间体而摧刚为柔，效易安体而取其清新自然。又有集经句体、隐括体、禽言体等等，不一而足。

总之，辛弃疾词"慷慨纵横，有不可一世之概，于倚声家为变调；而异军特起，能于剪红刻翠之外，屹然别立一宗，迄今不废"（《四库全书总目提要·稼轩词提要》）。同时，稼轩词又不限于慷慨豪放，风格多样，手法多变，"其词之为体，如张乐洞庭之野，无首无尾，不主故常；又如春云浮空，卷舒起灭，随所变态，无非可观"（范开《稼轩词序》），影响后人既深且远。

五

稼轩词久为世人推崇，流传甚广。早在稼轩生前，其词集已有刊行。淳熙十五年（1188）正月，辛弃疾门人范开编成《稼轩词》（后称《稼轩词甲集》）行世。之后乙集、丙集、丁集相继问世，合为四卷，其中未收稼轩出任浙东安抚使、镇江知府时及之后作品，其成书当在嘉泰三年（1203）辛弃疾64岁以前。南宋时还有多种版本面世，可惜今皆不传。南宋陈振孙《直斋书录解题》载

《稼轩词》四卷，又称"信州本十二卷，视长沙本为多"，可知南宋时已有四卷本和十二卷本两个系统。流传至今的四卷本《稼轩词》，427首，主要有明代吴讷《唐宋名贤百家词》本以及明末毛晋汲古阁精钞本；今存十二卷本《稼轩长短句》，572首（增稼轩晚年词作，包括绝笔之作，当成书于稼轩身后），主要有元大德三年己亥（1299）广信书院孙粹然、张公俊据宋信州本重刻本，明代嘉靖年间历城王诏校刊、李濂批点本，清光绪十四年（1888）王鹏运四印斋刻本等。四卷本与十二卷本文字不尽相同，互有优劣，近现代学者多有校勘评议。又有学者从《永乐大典》、《清波别志》、《草堂诗馀》等书中辑出稼轩佚词五十余首，稼轩词总数达六百二十余首，但其间所补仍有存疑者。

本书精选辛弃疾词110首，占稼轩词总数六分之一强。所依底本为元大德三年广信书院刊本（简称"大德本"），主要参校毛晋汲古阁钞本（简称"四卷本"）、明代历城王诏校刊本（简称"王诏刊本"）、晚清王鹏运四印斋刻本（简称"四印斋本"）。凡底本显误、缺失，或不尽妥帖的，则斟酌诸参校本，择善而从，并出校记；诸参校本异文而有参考、对比价值的，亦出校记。选词尽可能兼顾各种题材类型、多种艺术风格以及不同时期的代表性作品，同时也考虑作品的可读性，以多数读者相对容易接受、欣赏为度。词的编排大致以创作时间先后为序，主要参考邓广铭《稼轩词编年笺注》（上海古籍出版社2007年第二版），其间亦有根据个人臆见而酌情调整顺序的。因文献资料缺乏，部分作品创作时间难以确考，或划定一个粗略的时段，或依大德本、四卷本原编顺序推测排序，或以类相从。注释部分，对词中掌故、语典、名物、人物、职官、地理、疑难字词等等，逐一出注，并根据需要，作疏通串讲。解读部分，则介绍作品相关背景，简要分析作品内蕴与创作特色，间引历代学者相关评语，以供读者参考。部分注释、解读，参阅了邓广铭、夏承焘、俞平伯、唐圭璋、胡云翼、缪钺、叶嘉莹等学者的研究成果，凡有征引，逐一注明。间出己见，聊备一说。深知解人不易得，郑笺更难求。试看清人周济纵论稼轩，高瞻远瞩，至于评点具体作品，则难免附会穿凿；晚清陈廷焯论稼轩词颇多真知灼见，评"蓦然回首，那人却在，灯火阑珊处"，却说"了无余味"(《白雨斋词话》)。因知人固有短长，何况庸陋如我辈；而且优秀艺术作品多有为世人渐次接受过程。考虑到上述几方面因素，书末辑录历代诸家评论，并附词人年表，以备读者查检考稽。同时，真诚期待读者的批评指教。

　　本书撰写、出版过程中，承蒙徐元先生、黄育海先生、郑建钢先生诸多支持，浙江传媒学院罗仲鼎教授、王挺教授勉励督促，并蒙人民文学出版社葛云波先生和李俊先生悉心审阅，尚飞先生精心筹划，在此谨致深切的谢意。

郑小军
辛卯仲秋芙蕖木樨并开时节识于钱塘艮山门内

汉宫春

立 春①

春已归来，看美人头上，袅袅春幡②。无端风雨，未肯收尽余寒③。年时燕子，料今宵梦到西园④。浑未办黄柑荐酒，更传青韭堆盘⑤。　　却笑东风从此，便薰梅染柳⑥，更没些闲。闲时又来镜里，转变朱颜⑦。清愁不断，问何人会解连环⑧。生怕见花开花落，朝来塞雁先还⑨。

注释

① 立春：二十四节气之首，岁时节日，时间通常在农历十二月下旬或正月之初。立春日预示春季的开始，民间有各种迎春民俗活动，朝廷也有迎春仪式，宋时每逢"立春日，宰臣以下，入朝称贺"(见宋吴自牧《梦粱录》)。"立春"，四卷本作"立春日"。

② "春已归来"三句：立春时节，从插在美人头上飘动的春幡，可以看出春天归来的消息。美人：当指词人妻子范氏。袅袅(niǎo 鸟)：形容随风摇动的样子。春幡(fān 翻)：旧时立春日的习俗，剪彩绸(或纸)为小旗或花、蝴蝶、燕子等形状，插在头上，或缀于花枝之下，称为春幡，又称幡胜、彩胜。《岁时风土记》："立春之日，士大夫之家，剪裁为小幡，或悬于家人之

头,或缀于花枝之下。"

③ "无端"二句:意谓虽已入春,但时有阴冷的风雨,散发着残冬的寒气。无端:无缘无故地。

④ "年时"二句:意谓去年南来的燕子,尚未北归,料想今夜燕子正做着回归西园的梦。年时:去年,往年。西园:园名。历史上有名的西园,包括西汉都城长安上林苑(别名西园)、北宋汴京琼林苑(亦称西园)等。又词人在山东济南郊区故居亦有花园。这里西园借指故国或故园。

⑤ "浑未办"二句:言无心备办立春日应节饮食。浑:全。黄柑荐酒:立春日互相进献的黄柑酒。苏轼《洞庭春色》诗序:"安定郡王以黄柑酿酒,谓之洞庭春色,色香味三绝。以饷其犹子德麟,德麟以饮予。"更传:更不要说传送。青韭堆盘:旧时习俗,于正月初一或立春日,用韭、葱、蒜、芥、蓼蒿等五种味道辛辣的菜蔬置盘中供食,以取迎新之意,称为五辛盘。苏轼《立春日小集呈李端叔》诗:"辛盘得青韭,腊酒食黄柑。"

⑥ 薰梅染柳:指春风吹拂,使梅花飘香,柳枝染绿。语本李贺《瑶华乐》诗:"玄霜绛雪何足云,薰梅染柳将赠君。"

⑦ "闲时"二句:意谓春风薰梅染柳之闲暇,又来镜中使人青春容颜变老。参见白居易《醉歌》:"腰间红绶系未稳,镜里朱颜看已失。"

⑧ 解连环:据《战国策·齐策六》记载,秦始皇曾派使者给齐国带去玉连环,让齐人解开,齐国群臣皆不知如何解开,齐国的君王后用铁椎砸破玉连环,才解决了难题。此处以连环比喻

解不开的清愁。

⑨ "生怕"二句:只怕花开花落,春光转瞬即逝,眼看着塞北的大雁一早飞回北方,自己却无法回归。

解读

　　这首词是辛弃疾从山东率起义军南归后第一篇词作,亦是现存稼轩词中最早作品,作于南归后第一个立春日,即绍兴三十二年十二月二十二日(1163 年 1 月 28 日)。当时词人二十三岁,已与同是南归的范邦彦之女、范如山之妹范氏成婚,寓居京口(今镇江)。立春日原本是大地复苏、万象更新、春风送暖之始,此词照应节候,前三句从"春已归来"写起,似乎让人看到春的生机、春的希望。但现实气候令人失望,"无端风雨"及不尽"余寒",隐隐引出时势之忧;南飞燕子的西园梦,进一层写出故国之思;立春日全无心思置办节令饮食,更为下片抒发愁绪做了充分的铺垫。过片写东风薰梅染柳,看似闲文戏笔,实则东风有闲,而岁月无情,从而引出花开花落,春去秋来,朱颜易老,而壮志难酬的哀愁。家国沦丧之伤痛,到最后两句,借塞雁北归而人不能归,沉重地抒发出来。整首作品意象丰富,设想新奇,思绪灵动而托意幽深,情辞哀婉而笔力凝重。明代卓人月、徐士俊《古今词统》评曰:"燕梦奇。下片无迹有象,无象有思,精于观化者。"明人潘游龙《古今诗馀醉》评"'却笑'至'变朱颜'等句妙"。晚清谭献《复堂词话》评此词起句"以古文长篇法行之",则已看出稼轩词以古文笔法入词、飘洒自如的特点。

满江红

暮　春①

　　家住江南，又过了清明寒食②。花径里一番风雨，一番狼籍③。红粉暗随流水去，园林渐觉清阴密④。算年年落尽刺桐花，寒无力⑤。　　庭院静，空相忆。无说处，闲愁极⑥。怕流莺乳燕，得知消息⑦。尺素如今何处也？彩云依旧无踪迹⑧。谩教人羞去上层楼，平芜碧⑨。

注释

① 大德本无题，此据四卷本。

② 清明：二十四节气之一，亦是传统节日，时间在阳历４月５日前后，历来有踏青、墓祭等习俗。寒食：节日名，时间在清明前一或二日。相传寒食节起源于春秋时代晋国。晋文公（重耳）即位后，功臣介子推隐居绵山，文公烧山逼令出仕，介子推抱树不出，被焚死。文公葬其尸于绵山，修祠立庙，并下令于介子推焚死之日禁火寒食，以寄哀思，后相沿成俗。

③ “花径”二句：随着一阵阵风吹雨打，一阵阵落花飘满花径。狼籍：亦作狼藉，指多而散乱堆积。参见欧阳修《采桑子》：“狼籍残红，飞絮濛濛，垂柳阑干尽日风。”

④ “红粉”二句：落花悄悄地随流水漂走，园林里渐渐绿荫浓密。红

满江红（家住江南）

粉：此指红色、粉色落花。暗随流水去：参见秦观《望海潮》："无奈
归心，暗随流水到天涯。""红粉"句，四卷本作"流水暗随红粉去"。
清阴：清凉的树荫。陶潜《归鸟》诗："顾俦相鸣，景庇清阴。"

⑤ "算年年"二句：每年清明时节，刺桐花都已凋零，天气转暖，
寒气逐渐消退。刺桐花：刺桐为高大落叶乔木，叶似梧桐，而
枝干间有棘刺，故名。其花鲜红，形似成串辣椒，花期通常在
阳历三月。"刺桐"，大德本原作"拆桐"，似误，此从四卷本。

⑥ "庭院"四句：意谓所思念之人不来，只能独守空院，徒然怀
念，满腹相思之愁无处诉说。

⑦ "怕流莺"二句：怕被多嘴的黄莺、母燕探知相思的心事，而到
处传扬。流莺：指鸣声流转的黄莺。沈约《八咏诗·会圃临
东风》："舞春雪，杂流莺。"乳燕：育雏的母燕。

⑧ "尺素"二句：所思念的人音信全无，如彩云般的踪迹无处寻觅。
尺素：一尺左右的小幅的绢帛，古人多用以写信或写文章。这
里指书信。古乐府《饮马长城窟行》："客从远方来，遗我双鲤
鱼。呼儿烹鲤鱼，中有尺素书。"彩云：比喻所思念之人如天上
彩云般空幻，行踪不定，无从寻觅。李白《凤凰曲》："影灭彩云
断，遗声落西秦。""彩云"，王诏刊本、四印斋本作"绿云"。

⑨ "谩教人"二句：写盼望心上人归来，时常上楼远眺，却总是望
而不见，希望落空，因而都羞于登楼了。谩：空，徒然。平芜
碧：草木丛生的平旷的原野一片碧绿。参见李白《菩萨蛮》：
"平林漠漠烟如织，寒山一带伤心碧。"欧阳修《踏莎行》："平
芜尽处是春山，行人更在春山外。"

解读

　　这首词是伤春感时之作，而以思妇口吻出之，情思绵邈幽怨，意绪悲凉。"又过了"，"年年"，谓年复一年，光阴荏苒；落花流水，喻年华逝去，红颜凋零。而所思之人不来，孤苦寂寞，空留回忆，相思之情无处诉说；待要倾诉，却又怕轻薄莺燕，蜚短流长。情人音信既已渺茫，如浮云踪迹无从得知，虽登高企盼，亦只能是失望蒙羞而已。观"家住江南，又过了清明寒食"，这可能是词人南归后第二年(1164)之作，时在江阴签判任上。词人南归后，感伤时势、孤寂落寞、投闲置散而又忧谗畏讥、无可奈何的心绪，难以倾诉，只能借伤春相思之情，细腻婉转透露。清李佳《左庵词话》举末四句曰："皆为北狩南渡而言。以是见词不徒作，岂仅批风咏月。"清陈廷焯《云韶集》评此词"亦流宕，亦沉切"。近人沈曾植《稼轩长短句小笺》称"此数章皆髀肉复生之叹"。又，邓广铭《稼轩词编年笺注》以为此词"一番风雨，一番狼籍"，盖暗指隆兴元年(1163)宋金符离之战，宋师全军溃败。可供参考。

念奴娇

登建康赏心亭，呈史留守致道①

我来吊古，上危楼，赢得闲愁千斛②。虎踞龙蟠

7

何处是？只有兴亡满目③。柳外斜阳，水边归鸟，陇上吹乔木④。片帆西去，一声谁喷霜竹⑤？　　却忆安石风流，东山岁晚，泪落哀筝曲⑥。儿辈功名都付与，长日惟消棋局⑦。宝镜难寻，碧云将暮，谁劝杯中绿⑧？　　江头风怒，朝来波浪翻屋⑨。

注释

① 建康赏心亭：北宋宰相丁谓创建，在建康府（今南京）下水门之城上，下临秦淮河，为登临观览胜地。史留守致道：史正志，字致道，扬州人（一说镇江人），绍兴二十一年（1151）进士，任枢密院编修。高宗视察水军时，他曾上《恢复要览》五篇。孝宗乾道三年至六年（1167—1170），知建康府，兼行宫留守、沿江水军制置史。晚年归老姑苏。著有《建康志》《菊谱》等。"史留守致道"，四卷本作"史致道留守"。

② 吊古：凭吊历史古迹。危楼：高楼。此指赏心亭。斛（hú 胡）：容器单位，古时十斗为一斛。闲愁千斛，形容愁绪万千。

③ "虎踞"二句：登楼观览建康，哪里有虎踞龙盘的山川形胜？只有满眼历史兴亡的遗迹。参见李商隐《咏史》诗："北湖南埭水漫漫，一片降旗百尺竿。三百年间同晓梦，钟山何处有龙盘？"虎踞龙蟠（pán 盘）：诸葛亮观秣陵（南京）山阜形势，曾感叹："钟山龙盘，石城虎踞，此帝王之宅。"兴亡：南京先后是三国吴、东晋、南朝宋、齐、梁、陈六朝首都，迭经历史兴亡。

"兴亡满目"，王诏刊本作"江山满目"。

④ "陇上"句：风吹拂着丘陇上高大树木。陇上：田垄，田野；这里当指丘陇、坟墓，即六朝遗迹。

⑤ 喷霜竹：指吹笛。黄庭坚《念奴娇》词题记"客有孙彦立，善吹笛，援笔作乐府长短句，文不加点"，词结句云："孙郎微笑，坐来声喷霜竹。"

⑥ 安石风流：东晋谢安，字安石，官至宰相。据《晋书·谢安传》记载，谢安出仕前寓居会稽，与王羲之、许询、支遁等名士交往，出则游历山水，入则吟诗属文，每游赏必携妓相从；屡违朝旨，高卧东山。后遂以东山指代谢安。南朝王俭曾对人说："江左风流宰相，惟有谢安。"见《南齐书·王俭传》。"东山"二句：谢安晚年，因功名极盛而遭猜忌谗毁。据《晋书·桓伊传》记载，东晋孝武帝曾邀善音乐者桓伊宴饮，谢安侍坐，桓伊抚筝而歌《怨诗》曰："为君既不易，为臣良独难，忠信事不显，乃有见疑患……"歌声慷慨，谢安泪下沾襟，乃上前将桓伊须曰："使君于此不凡。"孝武帝甚有愧色。但后来谢安仍罢相。

⑦ "儿辈"二句：谢安将建功立业之事交付给儿辈，自己唯有下棋度日。据《晋书·谢安传》记载，前秦大将苻坚挥师南下，晋军相继败退，谢安遣弟谢石、侄谢玄等迎战，于淝水大败秦军。捷报传至，谢安正与客人下围棋，看完捷报毫无喜色，下棋如故，客人问他，他缓慢答道："小儿辈遂已破贼。"另，唐代李远有诗句云："长日惟销一局棋。"见张固《幽闲鼓吹》。

⑧ "宝镜"三句：意谓能洞悉词人心事而劝解的知己十分难得。
　　宝镜难寻：据唐李濬《松窗杂录》记载，有渔人于秦淮河得一
　　古铜镜，能照见人肺腑，后不慎将古镜落入水中，遍寻不着。
　　碧云将暮：谓天色将晚。参见江淹《拟休上人怨别》诗："日暮
　　碧云合，佳人殊未来。"杯中绿：即杯中酒。语本白居易《和梦
　　得游春诗一百韵》："行看须间白，谁劝杯中绿？"
⑨ "江头"二句：谓江上风急，波浪险恶。波浪翻屋：参见杜甫
　　《观李固请司马弟山水图》诗："高浪垂翻屋，崩崖欲压床。"陆
　　游《南唐书史·虚白传》记虚白溪居诗句："风雨揭却屋，浑家
　　醉不知。"苏轼《次韵刘景文登介亭》诗："涛江少酝藉，高浪翻
　　雪屋。"

解读

　　宋孝宗乾道五年（1169）前后，辛弃疾任建康通判时，独自
登临赏心亭，怀古伤今，忧从中来，因作此词，呈送当时建康行
政、军事长官史致道。除本篇外，词人同时期另有《满江红·
建康史帅致道席上赋》、《千秋岁·为金陵史致道留守寿》，寄
望史氏来日奋发有为，乃至以唐代名将郭子仪事迹，激励其运
筹帷幄，力图恢复。词人多次登临赏心亭，所作有关赏心亭的
词有三首，这是其中较早的一首。上片起首写登楼凭吊历史，
先抒发无穷无尽的愁绪，而后揭示愁绪来源，皆因满目所见，
只有六朝衰亡的遗迹，哪有"虎踞龙盘"的形胜？再看那斜阳
归鸟，丘陇古木，孤帆远影，伴以凄厉笛声，清冷的景象无不令

人伤感。下片缅怀六朝风流人物——东晋抗击北方强敌的谢安,着重写他功绩显赫却遭受猜疑排挤的不幸遭遇,以此隐喻现实中主张抗金人士的不幸处境,并由此抒发自己壮志难酬、孤独苦闷的心境。歇拍以景代情,进一层抒发对危难时局和险恶处境的深深忧虑,心潮翻滚,难以平静。清陈廷焯《词则·放歌集》眉批赞此词"老辣",意谓稼轩这一早期作品已初具后来作品成熟老辣风味。

满江红

　　点火樱桃,照一架荼蘼如雪①。春正好见龙孙穿破,紫苔苍壁②。乳燕引雏飞力弱,流莺唤友娇声怯③。问春归不肯带愁归,肠千结④。　　层楼望,春山叠。家何在?烟波隔⑤。把古今遗恨⑥,向他谁说?　蝴蝶不传千里梦,子规叫断三更月⑦。听声声枕上劝人归,归难得⑧。

注释

① 点火樱桃:火红的樱桃。樱桃春末结果实,红色。照:映照,对照。荼蘼(tú mí 图迷):亦作酴醾、荼蘼、荼蘼。落叶小灌

11

木,春末夏初开花,花白色。荼蘼是攀缘植物,多攀架子蔓生。王安石《池上看金沙花数枝过酴醾架盛开》二首之二:"酴醾一架最先来,夹水金沙次第栽。"

②"春正好"二句:春光正好时候,只见春笋从地面或岩缝中破土而出。龙孙:俗称笋为龙孙。梅尧臣《韩持国遗洛笋》诗:"龙孙春吐一尺芽,紫锦包玉离泥沙。"紫苔苍壁:布满青紫色苔藓的地面、岩壁。"春正好"句,按词律应是七字句,疑多出一字。万树《词律》于《满江红》又一体下注称,稼轩此词"多一'见'字,皆系误传,即当时偶笔,亦是差处"。

③"乳燕"二句:母燕引领雏燕试飞,雏燕力量还弱;黄莺鸣叫着呼朋唤友,声音娇软。乳燕:育雏的母燕。

④"问春归"二句:为何春天走了,却不肯把愁一同带走。参见辛弃疾《祝英台近·晚春》"是他春带愁来,春归何处,却不解带将愁去"及注。肠千结:谓愁肠千回百折,纠结难解。东汉赵晔《吴越春秋·勾践入臣外传》记越王夫人歌曰:"肠千结兮服膺,於乎哀兮忘食。"

⑤"层楼"四句:登楼眺望北方家乡,但见青山叠嶂,烟水阻隔。烟波:烟雾笼罩的水面。

⑥古今遗恨:此指古往今来同此感慨的家国沦丧之恨。

⑦"蝴蝶"二句:从唐代崔涂《春夕旅怀》诗"蝴蝶梦中家万里,子规枝上月三更"化出,反其意而用之,意谓梦中见不到千里之外的故乡,只听见杜鹃深夜凄厉的啼叫。蝴蝶梦:《庄子·齐物论》记庄子梦中化为蝴蝶,不知是庄子梦为蝴蝶

呢,还是蝴蝶梦为庄子。后遂借指梦。子规:即杜鹃,相传为古蜀国望帝杜宇魂魄所化,常于春暮昼夜向北啼叫,啼时泣血。

⑧ "听声声"二句:枕上听着子规一声声催人归去,自己却是有家难归。劝人归:子规啼叫声如曰"不如归去",故子规又称催归鸟、思归鸟。

解读

这首词的作年难以确考,元大德本置于三十余首同调词《满江红》之前列,估计作年较早,观词中思归之意,"烟波隔"云云,可能是词人早期在建康或京口时的作品。上片先以浓墨重彩描摹晚春好景:火红的樱桃与雪白的荼蘼对比鲜明,相映成趣;春笋破土而出,母燕引领雏燕试飞,黄莺娇声呼唤伴侣,尽显蓬勃生机。但是,极力描写晚春佳景,正为尽情反衬无尽春愁——春去却不肯带着春愁去,只叫人愁肠百转千回。下片正面抒写春愁——实是怀乡之愁、家国之思。登楼远眺故乡,已被山水阻隔;欲论古今遗恨,却又无处倾诉。连梦里也见不到故园,却听得见杜鹃彻夜啼叫——"不如归去,不如归去。"词人何尝不想归去,奈何故国沦丧,有家难归。"归难得"的哀叹,写出了一般思乡词不曾有的沉痛悲怆。

青玉案

元　夕①

东风夜放花千树，更吹落，星如雨②。宝马雕车香满路③。凤箫声动，玉壶光转，一夜鱼龙舞④。

蛾儿雪柳黄金缕，笑语盈盈暗香去⑤。众里寻他千百度，蓦然回首，那人却在，灯火阑珊处⑥。

注释

① 元夕：农历正月十五日为元宵节或上元节，此夜即元夕。历来有上灯、放烟花、演杂耍、舞龙灯、士女游赏、吃汤圆等习俗。

② "东风"三句：形容元夕的千树灯火像花，燃放的焰火似星如雨。参见《左传·庄公七年》："夜中，星陨如雨。"唐代苏味道《正月十五夜》诗："火树银花合，星桥铁锁开。"一说"花千树"、"星如雨"皆指元夕灯火。参见《东京梦华录》卷六记正月十六夜汴京各坊巷"各以竹竿出灯球于半空，远近高低，望之如飞星然"。

③ "宝马"句：满路都是赶来观赏灯火的华丽的车马和散发着香气的士女。参见唐代郭利贞《上元》诗："九陌连灯影，千门度月华。倾城出宝骑，匝路转香车。"骆宾王《咏美人在天津桥》诗："整衣香满路，移步袜生尘。"李清照《永遇乐·元宵》："来

相召,香车宝马,谢他酒朋诗侣。"

④ "凤箫"三句:描写元夕乐声四起,灯光流转,整夜舞动龙灯。凤箫:美称箫。据《列仙传》记载,萧史善吹箫,秦穆公把女儿弄玉嫁给他。萧史教弄玉吹箫作凤鸣声,后夫妻乘凤飞去。玉壶:用白玉制成的灯。《武林旧事》卷二"元夕":"灯之品极多,……福州所进,则纯用白玉,晃耀夺目,如清冰玉壶,爽彻心目。"一说,玉壶指明月。鱼龙舞:原是汉代百戏的一种。《汉书·西域传赞》"鱼龙角抵之戏"颜师古注:"鱼龙者,为舍利之兽,先戏于庭极毕,乃入殿前,激水化成比目鱼,跳跃漱水,作雾障日毕,化成黄龙八丈,出水敖戏于庭,炫耀日光。"这里指元夕舞动鱼龙状灯。

⑤ 蛾儿雪柳黄金缕:宋时女子元夕所戴的名叫闹蛾儿、金雪柳的头饰。《宣和遗事》记北宋汴京元夕,"京师民有似雪浪,尽头上带着玉梅、雪柳、闹蛾儿,直到鳌山下看灯。"《武林旧事》卷二"元夕"记南宋临安,"元夕节物,妇人皆戴珠翠、闹蛾、玉梅、雪柳、菩提叶、灯毬、销金合、貂蝉袖、项帕,而衣多尚白,盖月下所宜也。"李清照《永遇乐·元宵》:"中州盛日,闺门多暇,记得偏重三五。铺翠冠儿,捻金雪柳,簇带争济楚。""笑语"句:描写出游的美丽女子欢声笑语,飘香而过。盈盈:仪态美好的样子。周邦彦《瑞龙吟》:"障风映袖,盈盈笑语。"暗香:指淡淡幽香。

⑥ 他:指心仪的女子。古时他字不分性别。蓦(mò 默)然:忽然,猛然。阑珊(lán shān 兰山):形容灯火稀少暗淡。

解读

　　这是辛弃疾词中脍炙人口的名篇。词写元夕观灯场景，颇似京城临安（今杭州）盛况，可能是词人乾道七年（1171）前后在临安任司农寺主簿时的作品。上片极写元夕灯火辉煌，华光四射，宝马雕车，香满街衢，仙乐飘飘，龙灯翻舞的华丽热闹景象，加上过片观灯女子欢声笑语，最后强烈地对比、反衬出灯火冷落处作者所寻觅的心仪的对象，表现词人苦心孤诣的独特情怀，艺术效果极为鲜明，余音袅袅，不绝如缕，给人留下宽广的回味余地和想象空间。此前宋词中写元宵的极多。如苏轼《蝶恋花·密州上元》，通过上片钱塘（杭州）元夕的盛况"灯火钱塘三五夜，明月如霜，照见人如画。帐底吹笙香吐麝，更无一点尘随马"，来反衬下片密州元夕的孤寂冷清。再如周邦彦《解语花·上元》，就眼前元夕景象"花市光相射"，"箫鼓喧，人影参差，满路飘香麝"，回忆北宋汴京元夕盛况，"因念都城放夜，望千门如昼，嬉笑游冶。钿车罗帕，相逢处，自有暗尘随马"，进而抒发"旧情衰谢"的感慨。又如李清照《永遇乐·元宵》，亦是通过今昔对比，写出眼前别人的热闹与自身的孤独。这些作品可能对辛弃疾有所启发，但辛词意蕴更深，境界则高超绝伦。清彭孙遹《金粟词话》评辛词"蓦然回首"三句，"秦（观）、周（邦彦）之佳境也"，犹是皮相之见。清陈廷焯《词则·闲情集》眉批论此词："艳语亦以气行之，是稼轩本色。"清谭献《复堂词话》评曰："稼轩心胸，发其才气，改之（刘过）而下则犷。何尝不和婉。起二句赋色瑰异。"亦是泛泛之见。近人梁启超《饮冰室评词》评此词"自怜幽独，伤心人别有怀抱"，可谓切中肯綮。至于王国维《人间词话》论"古今之成大事业、大学问者，必经过三种之境界"，而以"众里寻他千百度，蓦然回首，那人却在，灯火阑珊处"为最高之第三境界，则是创造性的引申发挥，亦可见王氏对辛弃疾此词之敬仰。

声声慢

滁州旅次登奠枕楼作，和李清宇韵①

征埃成阵，行客相逢，都道幻出层楼②。指点檐牙高处，浪涌云浮③。今年太平万里，罢长淮千骑临秋④。凭栏望，有东南佳气，西北神州⑤。　　千古怀嵩人去，还笑我，身在楚尾吴头⑥。看取弓刀陌上，车马如流⑦。从今赏心乐事，剩安排酒令诗筹⑧。华胥梦，愿年年人似旧游⑨。

注释

① 滁（chú 除）州：今安徽省滁州市，在安徽东部，淮河以南。旅次：客中。因词人作为北方人而南来，故称"旅次"。奠枕楼：乾道八年（1172）秋，辛弃疾守滁州时，为安定黎民，收容商旅而建。奠枕之名，大致取四方安定，使民高枕无忧，登临而乐

17

声声慢（征埃成阵）

之意。辛弃疾友人周孚(信道)作有《奠枕楼记》。李清宇:延安籍,辛弃疾在滁州结识的友人,亦能词。四卷本题作"旅次登楼作"。

② "征埃"三句:在人来车往的大路上扬起阵阵尘土,行人们惊讶地发现突然幻化出一座高楼。

③ "指点"二句:行人们感叹此楼高入云端。檐牙:屋檐边翘出的如牙的部分。浪涌云浮:形容浮云如浪涌。"浪涌",四卷本作"浪拥"。

④ "罢长淮"句:今年秋天,宋金边界淮河一带停止了交战。长淮:指淮河,宋金界河。骑(jì计):一人一马合称骑。

⑤ 东南佳气:此指定都临安的南宋王朝而言。佳气,美好的云气,古代以为是吉祥、兴隆的象征。班固《白虎通·封禅》:"德至八方则祥风至,佳气时喜。"西北神州:指被金人占领的北方地区。神州,此指中原地区。《世说新语·言语》:王丞相愀然变色曰:"当共戮力王室,克复神州,何至作楚囚相对!"

⑥ "千古"三句:写自己滞留滁州,不能像唐代李德裕那样如愿回归北方。怀嵩人去:唐代李德裕贬滁州时建怀嵩楼,取怀归嵩洛之意;后来李德裕如愿回归北方嵩山。楚尾吴头:古时称江西北部一带为楚尾吴头,这里指滁州一带,因地理位置在古代楚地下游、吴地上游,如首尾相衔接。"还笑",四卷本作"应笑"。

⑦ "看取"二句:只见兵卒随处巡逻,路上车水马龙,一派安定繁

荣景象。弓刀:指代兵卒。陌上:路上。化用黄庭坚《寄上叔父夷仲》诗:"弓刀陌上望行色,儿女灯前语夜深。"

⑧ 赏心乐事:谢灵运《拟魏太子邺中集诗序》:"建安末,余时在邺宫,朝游夕讌,究欢愉之极。天下良辰、美景、赏心、乐事,四者难并。"剩:尽,尽管。酒令:宴席上助酒兴的一种游戏。推一人为令官,由令官出令,违令或输者都要饮酒。诗筹:行酒令用的筹子之一种。筹上规定背出某人某首诗,或指出筹上诗句的作者,或指出诗句的缺字,或照规定的韵即席成诗等等。能者胜,不能者罚。

⑨ 华胥梦:据《列子·黄帝篇》记载,黄帝昼寝,梦游于华胥氏之国。其国无君长,其民无嗜欲,自然而已。黄帝既寤,怡然自得。后常以"华胥梦"代指安乐和平的理想之境。

解读

乾道八年(1172)春,辛弃疾由司农寺主簿出知滁州(今安徽滁州)。据《宋史》本传及崔敦礼《宫教集·奠枕楼记》载,辛弃疾知滁州期间,宽政薄赋,招流散,教民兵,议屯田,一洗荒陋之气,自此流通四来,商旅毕集。辛弃疾于乾道八年秋所建奠枕楼,正是其安抚百姓、收容商旅、与民同乐的政绩工程之一。这首词系奠枕楼落成后不久,词人登楼与友人唱和之作。全词结构严谨,写景生动宏阔,述怀跌宕杳远。上片着重写楼:先是从行人惊喜指点及仰观的视角来写,突出奠枕楼的高耸突兀;再从登楼者凭栏俯瞰的视角来写万里江山,特别关注南宋王朝的佳气和有待收复的神州大地，进而引出后半部分的感想。下片着重抒情：过片承接"西北神州"，抒发北方沦陷，有家难归的感慨；继而就眼前滁州安定繁荣景象，聊以自慰；最后归结到建楼的初衷，祝愿滁州百姓安居乐业，生活幸福美满。

木兰花慢

滁州送范倅①

老来情味减，对别酒，怯流年②。况屈指中秋，十分好月，不照人圆③。无情水都不管，共西风只管送归船④。秋晚莼鲈江上，夜深儿女灯前⑤。　　征衫便好去朝天，玉殿正思贤⑥。想夜半承明，留教视草，却遣筹边⑦。长安故人问我，道愁肠殢酒只依然⑧。目断秋霄落雁，醉来时响空弦⑨。

注释

① 滁州：见前《声声慢》(征埃成阵)注①。范倅(cuì 翠)：范昂，滁州通判，滁州知州辛弃疾的副职，当时任职期满，奉诏回京。倅，副职，这里指通判。宋初在各州府设置通判(意即共同处理政务)一职，官位略次于州府长官，但握有连署州府公

21

事和监察官吏的实权。

② 老来:当时辛弃疾三十三岁,但南归已有十年,常有年华飞逝的感叹。"对别酒"二句:面对离别饯行的场面,感伤年华似水流逝。化用苏轼《江神子·冬景》:"对尊前,惜流年。"

③ "况屈指"三句:何况算来又是中秋时节,明月十分圆满,但人间却有离散之事,不得圆满。

④ 只管:四卷本作"只等"。

⑤ "秋晚"二句:设想范昂途经家乡时,品尝家乡美味,与儿女团聚的场景。莼鲈(chún lú 纯卢):莼菜羹与鲈鱼脍,吴中美味。据《世说新语·识鉴》记载,西晋张翰(字季鹰)在洛阳,见秋风起,因思家乡吴中菰菜、莼羹、鲈鱼脍,曰:"人生贵得适意尔,何能羁宦数千里,以要名爵!"遂命驾便归。后常用"莼鲈"或"莼羹鲈脍"为思归返乡的典故。夜深儿女灯前:化用黄庭坚《寄上叔父夷仲》诗:"弓刀陌上望行色,儿女灯前语夜深。"

⑥ "征衫"二句:范昂此去当很快朝见天子,因为朝廷正思慕贤才。征衫:旅行者所穿衣衫,代指范昂。玉殿:美称宫殿,借指朝廷、天子。

⑦ "想夜半"三句:设想范昂受朝廷重用的场景,时常夜半起草诏书,又被派去镇守边关,统筹边防事务。承明:即承明庐,汉代承明殿旁屋,是侍臣值夜休憩之所。借指朝中值宿处。视草:原指古代词臣奉旨修正诏谕一类公文,后泛指替皇帝起草诏书。

⑧ "长安"二句：如果京城老友问我近况如何，就说我依然借酒浇愁。长安故人：代指在南宋京城临安的老友范昂。殢（tì 替）酒：沉湎于酒，醉酒。参见韩偓《有忆》诗："愁肠泥酒人千里，泪眼倚楼天四垂。"张先《南歌子》："醉后和衣倒，愁来殢酒醲。""愁肠殢酒"，四卷本作"寻常泥酒"。

⑨ "目断"二句：是说醉里还能以空弦射落大雁，言其壮心不已。一说，末两句隐寓忧谗畏讥之意。目断：望断，望到尽头。落雁、空弦：用惊弓之鸟故事。据《战国策·楚策》记载，更羸与魏王在京台之下，仰见飞鸟，更羸谓魏王曰："臣为君引弓，虚发而下鸟。"有雁从东方来，更羸以虚发而下之。魏王问其故，更羸答道：此雁飞徐而鸣悲，是旧伤未愈而惊心未去之失群孤雁，闻弓弦响而欲高飞，旧伤迸裂，因而坠落。

解读

　　乾道八年（1172）中秋时节，滁州通判范昂任职期满，奉诏回京，由水路出发。滁州知州辛弃疾为这位副手也是好友饯行，并作此词相送。词中糅合了别离的感伤、温馨的祝愿、热情的勉励和慷慨悲壮之情，意蕴丰富，情感充沛，拓展了送别词的境界和内涵。开篇直抒胸臆，慨叹岁月如流，年华易老，而别离更易催人老。虽然词人才三十三岁，正值壮年，但是经历了南归以后十年的蹉跎消磨，确有年华老去之感。何况又是中秋月圆时候，月圆人散，倍添凄凉；再说西风、流水一样无情，只管匆匆送船归去，绝不会体谅送行者的心境。"秋晚"以下，笔锋一转，驰骋想象。悬想归船渐行渐远,友人途经家乡,与儿女团聚一堂的温暖画面。下片则着力设想友人得到朝廷重用,充分施展才华,竭诚为国效力的场景,寄寓了热诚的勉励与祝福,亦寄托了词人难以实现的理想。辛弃疾借酒浇愁的孤独无奈和不甘沉沦的慷慨悲壮,在后四句中,深入而沉郁地展现出来。全词借送别发端,思绪跌宕,层层递进,发语浑厚,一气流转。诚如清人陈廷焯在《词则·放歌集》眉批里评论的那样:"一直说去,而语极浑成,气极团炼,总由力量大耳。"

菩萨蛮

金陵赏心亭为叶丞相赋[①]

青山欲共高人语,联翩万马来无数[②]。烟雨却低回,望来终不来[③]。　　人言头上发,总向愁中白。拍手笑沙鸥,一身都是愁[④]。

注释

① 金陵赏心亭:在建康府。见前《念奴娇》(我来吊古)注①。
　"金陵赏心亭",四卷本作"赏心亭"。叶丞相:叶衡(1122—
　1183),字梦锡,婺州金华人。绍兴十八年(1148)进士。曾为淮西江东军马钱粮总领,历知荆南、成都。淳熙元年(1174)正月知建康府兼江东安抚使,二月被召入朝,为户部尚书、签书枢密院事,十一月任右丞相兼枢密使,曾力荐辛弃疾慷慨有大略。淳熙二年(1175),被汤邦彦所谮,罢相,郴州安置。后还乡。

② "青山"二句:描写青山形势起伏,仿佛万马奔腾而来,想跟高人对话交流。参见苏轼《越州张中舍寿乐堂》诗:"青山偃蹇如高人,常时不肯入官府。高人自与山有素,不待招邀满庭户。"联翩(piān 偏):连续不断的样子。

③ "烟雨"二句:青山在烟雨中徘徊,眼看要来,最终却没有来。低回:徘徊,流连。

④ "人言"四句:按照古人的说法,头发白是因为发愁;可笑那沙鸥全身白色,岂不是满身都是忧愁。参见白居易《白鹭》诗:"人生四十未全衰,我为愁多白发垂。何故水边双白鹭,无愁头上也垂丝。"杨万里《有叹》诗:"君道愁多头易白,鹭鸶从小鬓成丝。"沙鸥:栖息于沙滩或沙洲上的鸥鸟,羽毛白色。

解读

叶衡为淮西江东总领时,曾与辛弃疾同官建康;淳熙元年(1174)正月,叶衡知建康府兼江东安抚使,辛弃疾再官建康,任江东安抚使参议官,深得叶衡器重。两人皆力主抗金,同声相应,同气相求,交谊甚厚。此词当是淳熙元年(1174)献给叶衡的作品(其时叶衡或尚未任丞相,词题中"丞相"有可能是后来追加)。同一时期前后,辛弃疾还作有《一剪梅·游蒋山呈叶丞相》、《洞仙歌·寿叶丞相》以及《摸鱼儿·观潮上叶丞相》等。这首作品写满腹壮志及壮志难酬的愁闷心结，却不曾直接披露，只是借登临赏心亭，就眼前景物加以发挥，妙在鲜龙活跳，风趣诙谐，不着痕迹，皆因词人善于活用比拟、联想、隐喻手法。上片写青山似万马奔腾，可以想见词人胸中有多少雄兵；而望来终不来，又可想见词人南渡以来有多少郁闷失望。下片将一腔愁绪，只以嬉笑打趣带过，聊以自我宽解而已，其中蕴藏多少无奈。明卓人月、徐士俊《古今词统》评此词"趣语解颐"，则尚未探得骊珠。

太常引

建康中秋夜为吕叔潜赋①

　　一轮秋影转金波，飞镜又重磨②。把酒问姮娥：被白发欺人奈何③？　　乘风好去，长空万里，直下看山河。斫去桂婆娑，人道是清光更多④。

注释

① 中秋：节日名。时间为农历八月十五，时值三秋之半，故名中秋。中秋夜月亮满圆，故又称月节、月夕。吕叔潜：吕大虬，字叔潜，婺州金华（今浙江金华）人。尚书右丞吕好问的孙

子，知名学者吕祖谦的叔父。词人与吕叔潜、吕祖谦叔侄皆有交往。"中秋夜"，四卷本作"中秋"。"吕叔潜"，大德本原作"吕潜叔"，此从四卷本。

② 秋影：指秋天月影。顾况《奉酬刘侍郎》诗："几回新秋影，璧满蟾又缺。"金波：指月光。《汉书·礼乐志》载《郊祀歌》："月穆穆以金波，日华耀以宣明。"颜师古注："言月光穆穆，若金之波流也。"飞镜又重磨：月亮如新磨的铜镜一般圆满明亮。古人常用"飞镜"比喻天上明亮的圆月。南朝刘孝先《草堂寺寻无名法师》诗："飞镜点青天，横照满楼前。"李白《把酒问月》诗："皎如飞镜临丹阙，绿烟灭尽清辉发。"

③ 姮（héng 恒）娥：神话传说里的月中女神。《淮南子·览冥训》："羿请不死之药于西王母，姮娥窃以奔月。"高诱注："姮娥，羿妻。羿请不死之药于西王母，未及服之，姮娥盗食之，得仙，奔入月中，为月精也。""姮娥"亦作"恒娥"，汉代避文帝刘恒讳，改称"常娥"，俗作"嫦娥"。白发欺人：化用唐代薛能《春日使府寓怀》诗："青春背我堂堂去，白发欺人故故生。"（故故，意为屡屡。）

④ "斫去"二句：按照古人的说法，斫去月中枝叶繁茂的桂树，月亮应该会更加明亮。这是联想到杜甫《一百五日夜对月》诗："斫去月中桂，清光应更多。"据唐段成式《酉阳杂俎》记载：旧传月中有桂树，高五百丈，树下有一人常斫之，树上创口随斫随合；此人姓吴名刚，因为学仙有过，被责罚长期斫树。斫（zhuó浊）：用刀或斧砍。婆娑（suō梭）：枝叶繁茂分披的样子。

解读

　　这首词是中秋之夜写给友人的作品,当作于淳熙元年(1174)词人在建康任江东安抚使参议官时。此词紧扣中秋明月加以生发,想象灵动,思绪飞扬,而寄托颇深。上片由一轮皓月映照下的银色世界,联系到头上丝丝白发,因而质问月中嫦娥,人生为何有如此多的忧伤,以至于让人白发丛生?下片转而想摆脱忧伤的世界,因而乘风飞去,翱翔于万里长空;但俯瞰下界山河,不由得触动词人愁绪:中原沦陷,山河破碎,而收复无期。一腔热血壮志,无从发泄,最终借杜甫诗意,以砍除月中阴暗,使其重放光明的理想作结。清陈廷焯《词则·放歌集》眉批:此词"以劲直胜,后人自是学不到。用杜诗意亦有所刺。"清周济《宋四家词选》眉批谓此词末二句"所指甚多,不止秦桧一人而已"。盖"桂"与秦桧之桧(guì 贵)谐音,或谓即暗指秦桧余孽。

水龙吟

登建康赏心亭①

　　楚天千里清秋,水随天去秋无际②。遥岑远目,献愁供恨,玉簪螺髻③。落日楼头,断鸿声里,江南游子④。把吴钩看了,栏干拍遍,无人会,登临意⑤。

水龙吟（楚天千里清秋）

休说鲈鱼堪脍，尽西风，季鹰归未⑥？　求田问舍，怕应羞见，刘郎才气⑦。可惜流年，忧愁风雨，树犹如此⑧。倩何人唤取，红巾翠袖，揾英雄泪⑨。

注释

① 建康赏心亭：见前《念奴娇》（我来吊古）注①。

② "楚天"二句：清秋时节，楚天千里空阔，长江自天而来，秋色一望无际。楚天：泛指长江中下游一带的天空，战国时这一带属于楚国。

③ "遥岑"三句：纵目远眺，北方的青山虽如美女玉簪首饰、螺形发髻般美丽，却似乎正向人们诉说着哀愁和愤恨。遥岑（cén 涔）远目：眺望远方的山峦。岑，小而高的山，泛指山峦。参见孟郊、韩愈《城南联句》："遥岑出寸碧，远目增双明。""远目"，四卷本作"远日"。玉簪（zān 赞阴平）螺髻（jì 计）：原指女子头上的碧玉簪子及螺形发髻，此处形容秀美的山峦。参见韩愈《送桂州严大夫同用南字》诗："江作青罗带，山如碧玉簪。"

④ "落日"三句：在黄昏日落时分，孤鸿哀鸣声里，江南游子伫立楼头。落日楼头：参见杜甫《越王楼歌》："楼下长江百丈清，山头落日半轮明。"断鸿：失群掉队的孤雁。参见柳永《玉蝴蝶》："黯相望，断鸿声里，立尽斜阳。"江南游子：词人自指。词人从家乡山东起兵，投奔南宋以来，一直漂泊江南。

⑤ "把吴钩"四句：词人凝视手中宝剑良久，又把楼头栏杆拍遍，

却无人理会他此刻登楼之意。吴钩:春秋时吴人铸造的兵器,形似剑而弯曲。后泛指刀剑。参见杜甫《后出塞》诗:"少年别有赠,含笑看吴钩。"李贺《南园》诗:"男儿何不带吴钩,收取关山五十州。"栏干拍遍:用北宋诗人刘概(字孟节)故事。据北宋王辟之《渑水燕谈录》卷四记载:刘概"酷嗜山水,而天姿绝俗,与世龃龉,故久不仕。……少时多居龙兴僧舍之西轩,往往凭栏静立,怀想世事,吁唏独语,或以手拍栏干。尝有诗曰:'读书误我四十年,几回醉把栏干拍。'"无人会,登临意:化用北宋王琪登赏心亭诗意。据北宋僧人文莹《湘山野录》卷上记载:王琪守金陵,登赏心亭,感怀往事,有诗曰:"冉冉流年去京国,萧萧华发老江湖。残蝉不会登临意,又噪西风入座隅。"会,领会,理会。

⑥ "休说"三句:反用晋人张翰见秋风起,思念家乡鲈鱼脍美味,辞官归乡事。见前《木兰花慢》(老来情味减)注⑤。这三句是说,不要说鲈鱼脍美味诱人,纵然已是秋风时节,我这个张翰还能回家吗?言外之意是中原沦陷,有家难回。

⑦ "求田"三句:如果像许汜那样,只顾买田置房,恐怕要被胸怀天下的刘备羞辱。据《三国志·魏书·陈登传》记载,刘备曾当面责备许汜只顾私利而不顾国事:"许汜与刘备并在荆州牧刘表坐,表与备共论天下人,汜曰:'陈元龙湖海之士,豪气不除。'……备问汜:'君言豪,宁有事耶?'汜曰:'昔遭乱过下邳,见元龙。元龙无客主之意,久不相与语,自上大床卧,使客卧下床。'备曰:'君有国士之名,今天下大乱,帝主失所,望

君忧国忘家,有救世之意,而君求田问舍,言无可采,是元龙所讳也,何缘当与君语? 如小人,欲卧百尺楼上,卧君于地,何但上下床之间耶?'"

⑧ "可惜"三句:感叹岁月如流,时不我待,忧愁风雨飘摇,时势艰险。流年:似水流逝的年华。忧愁风雨:参见苏轼《满庭芳》:"百年里,浑教是醉,三万六千场。思量,能几许,忧愁风雨,一半相妨。"树犹如此:据《世说新语·言语》记载:东晋桓温北征,途经金城,见年轻时所种之柳皆已十围,慨然曰:"木犹如此,人何以堪!"攀枝执条,泫然流泪。

⑨ 倩(qiàn 欠):请。红巾翠袖:女子的服饰,指代女子。"红巾翠袖",四卷本作"盈盈翠袖"。揾(wèn 问):擦拭。

解读

这是辛弃疾词中久负盛名的代表作。约作于淳熙元年(1174)在建康任江东安抚使参议官时。词人借秋日登楼,纵目远眺,慷慨悲歌,抒发了南归以来一系列郁结的情感,其中既有高亢激越的抗金复国豪情,又有无人理会、孤独难耐的痛苦,以及岁月如流、国事飘摇的哀伤,集中宣泄了请缨无门、壮志难酬的悲愤。上片以写景为主,从远景到近景,从无我之境到有我之境,构思精细,层次井然。先从楚天寥廓、秋高气爽的远景写起,由天写到水,由水写到山,突出"献愁供恨"的北方山峦,隐隐带出中原沦丧之痛,进而转入近景特写,重点刻画登楼观景之人(词人)。"落日"暗示时势,"断鸿"映衬"江南游子"之孤单,词人一腔悲愤则通过看吴钩、拍栏杆的系列动作生动地呈现出来。至于无人理会的"登临意"上片并未直接抒发。下片以抒情为主,借助历史掌故,逐层展开心结,具体申说"登临意"。先用排除法:无法以张季鹰作比,季鹰是有家可归,自己的家乡还在金人统治下,是有家难回;又不宜效法求田问舍的许汜,怕让胸怀天下的志士耻笑。接着正面揭示内心忧虑:眼下正处于风雨飘摇之际,怕只怕岁月如流,时不我待,报国无望。末三句"倩何人"云云,看似风流倜傥,实是世无知己之意,照应"无人会,登临意",悲怆酸楚之极,难禁英雄热泪。晚清谭献《复堂词话》评此词曰:"裂竹之声,何尝不潜气内转。"言其慷慨激烈之意,而能以深挚含蓄、婉转寄托之妙表现出来。

酒泉子

　　流水无情,潮到空城头尽白①。离歌一曲怨残阳,断人肠②。　　东风官柳舞雕墙,三十六宫花溅泪③,春声何处说兴亡,燕双双④。

注释

① "流水"二句:流水无情送走客船,只剩潮水拍打空城,离人因

离愁而头发全白。化用李白《送殷淑》三首之二："流水无情去，征帆逐吹开。"以及刘禹锡《金陵五题·石头城》："山围故国周遭在，潮打空城寂寞回。"

② "离歌"二句：听着伤别之歌，看着友人远去，只恨夕阳西下时间催人，不由得让人肝肠寸断。参见韦庄《衢州江上别李秀才》诗："一曲离歌两行泪，更知何地再逢君。"李白《代寄情楚词体》："送飞鸟以极目，怨夕阳之西斜。"曹操《蒿里行》："生民百遗一，念之断人肠。"离歌：离别之歌，伤别之歌。

③ "东风"二句：离宫别院中，柳树随东风舞动，春花却因感伤时世而落泪。化用骆宾王《帝京篇》："秦塞重关一百二，汉家离宫三十六。"以及杜甫《春望》诗："感时花溅泪，恨别鸟惊心。"

④ "春声"二句：成对的燕子在春天里声声鸣叫，似乎在诉说历史兴亡。化用刘禹锡《金陵五题·乌衣巷》："朱雀桥边野草花，乌衣巷口夕阳斜。旧时王谢堂前燕，飞入寻常百姓家。"周邦彦《西河·大石金陵》："想依稀王谢邻里，燕子不知何世，入寻常巷陌人家，相对如说兴亡，斜阳里。"

解读

从这首词化用刘禹锡等人咏金陵诗词来看，当作于建康，可能是淳熙元年或二年（1174 或 1175）春，词人第二次官建康，任江东安抚使参议官时所作。上片写送别友人之情，以流水、离歌、夕阳渲染，点出离愁令人头白肠断。下片写历史兴亡之感，宫墙虽在，柳色青青，而物是人非，春花落泪，双燕哀鸣,无尽的感慨溢于言外。这首作品将离情别绪与感时伤世糅合起来,将送别词与怀古词融为一体,增加了词的厚度与深度,又能自然融化古人诗词,翻出己意,雄放劲直中有哀婉苍凉、凝重幽远之致。清陈廷焯《词则》眉批赞此词曰:"不必叫嚣,自然雄杰,此是真力量,古今一人而已。"又其《白雨斋词话》举"三十六宫花溅泪,春声何处说兴亡,燕双双"数句,"于悲壮中见浑厚"。

摸鱼儿

观潮上叶丞相①

望飞来半空鸥鹭,须臾动地鼙鼓②。截江组练驱山去,鏖战未收貔虎③。朝又暮,悄惯得吴儿不怕蛟龙怒④。风波平步⑤。看红旆惊飞,跳鱼直上,蹙踏浪花舞⑥。　　凭谁问,万里长鲸吞吐,人间儿戏千弩⑦。滔天力倦知何事,白马素车东去⑧。堪恨处,人道是属镂怨愤终千古⑨。功名自误⑩。谩教得陶朱,五湖西子,一舸弄烟雨⑪。

注释

① 观潮:此指在京城临安观赏钱塘江大潮。钱塘江大潮是我国最为壮观的潮汐,是由天文现象影响及钱塘江口特殊的喇叭口地形所致,农历每月十五至二十及初一至初五为盛,尤以八月十六至十八潮最为雄壮。叶丞相:叶衡,见前《菩萨蛮》(青山欲共高人语)注①。

② 半空鸥鹭:此处形容远处际天而来的江潮白浪。参见枚乘《七发》形容广陵潮:"其始起也,洪淋淋焉,若白鹭之下翔。"须臾:片刻,一会儿。动地鼙(pí皮)鼓:形容江潮声势如震天动地的战鼓。鼙鼓,军鼓。参见唐代王翰《饮马长城窟行》:"遥闻鼙鼓动地来,传道单于夜犹战。"北宋潘阆《酒泉子》回忆钱江观潮景象:"来疑沧海尽成空,万面鼓声中。"

③ "截江"二句:横截江面的浪潮像一支身披白袍的精锐部队,追逐着浪山波峰;汹涌澎湃的大潮,又像是勇猛的将士们激战正酣,不肯休战。截江:指白色大潮横截江面。参见杨万里《题文发叔所藏潘子真水墨江湖八境小轴浙江观潮》诗:"海涌银为郭,江横玉系腰。"组练:组甲、被练,原指将士所穿的两种衣甲服装;借指精锐部队。《左传·襄公三年》:"春,楚子重伐吴,……使邓廖帅组甲三百、被练三千以伐吴。"注:"组甲,漆甲成组文;被练,练袍。"苏轼《催试官考较戏作》诗:"八月十八潮,天下壮观无。鲲鹏水击三千里,组练长驱十万夫。"驱山:指驱逐白色浪潮。鏖(áo熬)战:激战,苦战。貔(pí皮)虎:貔和虎,两种猛兽;比喻勇猛的将士。参见范仲淹

《观潮》诗:"势雄驱岛屿,声怒战貔貅。"

④ "朝又暮"二句:朝朝暮暮的钱塘江潮养成了钱塘一带弄潮儿不怕蛟龙、出入风浪的冒险习性。参见苏轼《八月十五日看潮》诗:"吴儿生长狎涛渊,冒利轻生不自怜。"朝又暮:钱塘江一日有早晚两潮。《宋史·河渠志》:"浙江通大海,日受两潮。"悄惯得:直纵容得。"悄",四卷本作"诮"。吴儿:此指钱塘一带年轻的弄潮儿。钱塘古时属吴地。蛟龙:古代传说中居深水里的两种动物,相传蛟能发洪水,龙能兴云雨。

⑤ 风波平步:弄潮儿在风口浪尖上如履平地。

⑥ "看红旆"三句:描写弄潮儿手举红旗翻飞于水面,时而像鱼一样在浪涛上跳跃,时而脚踏浪花嬉戏起舞。参见北宋潘阆《酒泉子》:"弄涛儿向涛头立,手把红旗旗不湿。别来几向梦中看,梦觉尚心寒。"南宋钱塘吴自牧《梦粱录》卷四"观潮":"杭人有一等无赖不惜性命之徒,以大彩旗或小清凉伞、红绿小伞儿,各系绣色缎子满竿,伺潮出海门,百十为群,执旗泅水上,以迓子胥。弄潮之戏,或有手脚执五小旗浮潮头而戏弄。"旆(pèi配):旌旗。蹙(cù促)踏:踩踏。

⑦ "凭谁问"三句:有谁问:长鲸吞吐形成的万里大潮,岂是人间儿戏般的射弩所能制服。长鲸吞吐:相传潮汐是由大鲸鱼吞吐造成的。参见左思《吴都赋》:"长鲸吞航,修鲵吐浪。"儿戏千弩:据《宋史·河渠志》记载,吴越王钱镠筑海塘时,遭潮水昼夜冲击,曾命数百弓箭手用强弩射潮。这在词人看来如同儿戏。另参苏轼《八月十五日看潮》诗:"安得夫差水犀手,三

千强弩射潮低。"

⑧ "滔天"二句：滔天海潮向西倒灌之后，不知为何又筋疲力尽向东退潮。白马素车：形容潮水。枚乘《七发》描写曲江潮水"如素车白马帷盖之张"。又，《太平广记》卷二九一"伍子胥"条："时有见子胥乘素车白马在潮头之中，因立庙以祠焉。"

⑨ 属镂(lòu 陋)怨愤终千古：春秋时，伍子胥屡劝吴王夫差拒绝越国请和，吴王不从，反信谗言，赐属镂剑命子胥自杀。子胥临死谓门人曰："抉吾目，悬吴东门上，以观越之入灭吴也。"吴王大怒，取子胥尸，盛入鸱夷(革囊)，投于江中。传说子胥冤灵化为钱塘江怒潮，千古不息。又，文种与范蠡助越王勾践灭吴后，范蠡离去，文种留下，后遭人谗毁，越王乃赐文种属镂剑，文种自刎。"属镂怨愤"，四卷本作"子胥冤愤"。

⑩ 功名自误：言伍子胥、文种皆所遇非人，自误功名前程。

⑪ "谩教得"三句：徒然让陶朱公范蠡功成身退，携美女西施泛舟五湖，游赏烟雨。据《史记·越王勾践世家》记载，范蠡施美人计送西施给吴王夫差，助越王勾践灭吴后，自认为大名之下，难以久居，且勾践为人，可与同忧患，难于共安乐。于是装其珍宝珠玉，浮海而去，自称鸱夷子皮。后定居于陶(今山东定陶)，经商致富，自谓陶朱公。又，相传吴灭亡后，范蠡复取西施，同舟泛五湖而去。参见杜牧《杜秋娘》诗："西子下姑苏，一舸逐鸱夷。"谩：空，徒然。五湖：太湖的别名。西子：西施。舸(gě)：大船。

解读

　　这是一首气势雄浑、感慨遥深的观潮词,作于淳熙元年至二年间(1174—1175)。淳熙元年,叶衡举荐辛弃疾慷慨有大略,辛弃疾得以由建康调京城临安,入朝任仓部郎官。这首观潮词就是献给恩人兼知己叶衡的。钱塘江大潮作为我国最大的潮汐,潮势汹涌,蔚为大观,唐宋以来观潮之风盛行,一大批诗人写过钱江潮的作品,孟浩然、刘禹锡、潘阆、范仲淹、苏轼、杨万里等人观潮之作广为流传。辛弃疾这首作品融汇了观潮、弄潮的生动壮观的描写,和对钱江潮历史传说故事的思考和阐发,写得大气磅礴,动人心魄,又发人深省。上片着重写观潮所见。起首二句描绘江潮由远及近,由初起如白鸥翔舞,至扑面而来如闻动地战鼓,气势奔腾迅猛。"截江"二句,以威武之师激烈鏖战形容江潮,所向无前,势极雄豪,可以想见词人心中驰骋疆场之渴望。"朝又暮"六句,描画弄潮儿出入风口浪尖,无所畏惧,脚踏浪花如履平地,手举红旗翩然起舞的奇观,极其鲜活刺激,亦令词人生出无限向往。下片围绕钱江潮的历史故事加以评说。对于钱王射潮故事,词人视为儿戏,似有所讽喻。对于伍子胥蒙冤而死,化为钱江怒潮,则表达了同情和愤懑不平。"功名自误"是警醒语,亦是愤激语。词人心中向往的理想,是像风流倜傥的范蠡那样,建功立业,功成身退,携美人泛舟五湖。辛弃疾在《洞仙歌》(婆娑欲舞)、《唐河传》(春水)、《破阵子》(掷地刘郎玉斗)、《汉宫春》(秦望山头)等作品里同样表达了对范蠡的羡慕。

菩萨蛮

书江西造口壁①

郁孤台下清江水，中间多少行人泪②。西北望长安，可怜无数山③。　　青山遮不住，毕竟东流去④。江晚正愁余，山深闻鹧鸪⑤。

注释

① 造口：今江西省万安县沙坪镇皂口村，皂口河在此流入赣江。皂口即造口。

② 郁孤台：在今江西省赣州市区北贺兰山上，因郁然孤峙山顶而得名。清江：袁江与赣江汇合处，旧称清江；此指流经赣州的赣江。行人泪：据传，宋朝南渡之初，金人曾追隆祐太后至造口；行人泪指当年被金人追击而逃难流亡者之泪。

③ "西北"二句：唐代李勉任赣州刺史时，曾登临郁孤台，北望长安，以示效忠朝廷，又嫌"郁孤"之名不美，因改为"望阙台"。这里是以长安代指北宋都城汴京，意谓向北眺望故都，可惜被无数青山遮住视线。参见杜甫《小寒食舟中作》诗："云白山青万余里，愁看直北是长安。"刘邠《九日》诗："可怜西北望，白日远长安。""西北望"，四卷本作"东北是"。

④ "青山"二句：青山虽能遮挡视线，但终究挡不住滚滚东流的江水。"东流"，大德本、四卷本均作"江流"，此从王诏刊本、

菩萨蛮（郁孤台下清江水）

四印斋本。

⑤ "江晚"二句：赣江黄昏景象正令我忧愁，又闻深山鹧鸪哀鸣，更添思念故国愁绪。鹧鸪(zhè gū 浙姑)：鸟名，形似鸡，黑色，为我国南方留鸟。古人谓其鸣声如曰"行不得也哥哥"，诗文中常用以表示思念故乡。参见唐代李群玉《九子坡闻鹧鸪》诗："落照苍茫秋草明，鹧鸪啼处远人行。"北宋张咏《闻鹧鸪》诗："画中曾见曲中闻，不是伤情即断魂。北客南来心未稳，数声相应过前村。"罗大经《鹤林玉露》则解释为"恢复之事行不得也"。

解读

据南宋罗大经《鹤林玉露》"辛幼安词"记载，南宋初期，金兵大举南侵，曾追隆祐太后御舟至造口，不及而返，辛弃疾词即由此起兴。词当作于淳熙二、三年间(1175—1176)辛弃疾任江西提刑时。上片先就郁孤台前山水景象，回顾南渡之初金兵追击往事，想象清江水中还流淌着逃亡者的泪水。又由郁孤台别名"望阙"，引出故国之思和神州陆沉之痛。下片言青山虽层峦叠嶂，毕竟无法阻挡大江东去，隐寓词人百折不挠的报国壮志。但在赣江暮色中，听到鹧鸪啼声，如说"行不得也"，使词人联想到现实中恢复之事阻碍重重，又不免充满深深的忧愁。词中既有赤诚炽烈的爱国热忱，又有无可奈何的忧国愁绪，写来如山环水绕，几经曲折，寄慨幽深，而拳拳忠心溢于言表。短小的篇幅里，有极宏阔的表现空间，是辛弃疾小令中的杰作。清陈廷焯《白雨斋词话》评此作"用意用笔，洗脱温、韦殆尽，然大旨正见吻合"；又其《词则·大雅集》评此词"慷慨生哀"。清谭献《谭评词辨》评"西北望长安"两句"宕逸中亦有深炼"。梁启超《饮冰室评词》曰："《菩萨蛮》如此大声鞺鞳，未曾有也。"意谓小令如《菩萨蛮》而能写大题材、大感慨者，前所未见。

霜天晓角

旅　兴①

吴头楚尾，一棹人千里②。休说旧愁新恨，长亭树，今如此③。　　宦游吾倦矣，玉人留我醉④：明日落花寒食，得且住，为佳耳⑤。

注释

① 旅兴：旅途即兴之作。大德本无题，此从四卷本、王诏刊本。

② 吴头楚尾：今江西北部，春秋时为吴、楚两国交界的地方，它处于吴地长江的上游，楚地长江的下游，好像首尾衔接。《方舆胜览》："豫章之地为楚尾吴头。"一棹(zhào 赵)人千里：意为坐船作千里之行。当时词人从江西出发，沿水路赴临安。棹，划船。

③ 长亭树,今如此:感叹时不我待,年华逝去。用晋人桓温故
事,见前《水龙吟》(楚天千里清秋)注⑧。

④ 宦(huàn 换)游:谓在外做官。玉人:指美女。

⑤ "明日"三句:是美人挽留的话。意谓明天就是寒食,正是风
雨摧花时节,不妨暂住几天为好。语本晋人书帖:"天气殊未
佳,汝定成行否? 寒食近,且住为佳尔。"南朝梁宗懔《荆楚岁
时记》:"去冬节一百五日,即有疾风甚雨,谓之寒食。"落花:
四卷本作"万花"。

解读

　　这是淳熙五年(1178)春天,辛弃疾应召赴京城临安任大理
寺少卿,自隆兴(今南昌)沿水路东行,途中即兴之作。首两句点
明出发地,以及此去水路行程,看似笔调轻快,实则写漂泊之感,
盖词人饱受频繁调动之苦,五六年内辗转滁州、建康、临安、赣
州、襄阳、江陵、隆兴,已倦于仕宦漂泊,四处播迁,观下文即可见
其内心真实感受。"休说旧愁新恨",恰恰是愁恨交加,不胜负
荷。"长亭树"云云,盖词人年近四十,沉滞下僚,叹惜逝水流年。
由此也就不难理解"宦游吾倦矣"的感慨。开解词人满腹愁闷
的,是后半段佳人殷勤劝酒款留的温馨:"明日落花寒食,得且
住,为佳耳",轻巧融入晋人书帖,既清雅,又熨帖。难怪明代杨
慎《词品》评此词末三句曰:"晋人语本入妙,而词又融化之如此,
可谓珠璧相照矣。"

念奴娇

书东流村壁①

野棠花落②，又匆匆过了，清明时节。划地东风欺客梦，一夜云屏寒怯③。曲岸持觞，垂杨系马，此地曾轻别④。楼空人去，旧游飞燕能说⑤。　　闻道绮陌东头，行人曾见，帘底纤纤月⑥。旧恨春江流不断，新恨云山千叠⑦。料得明朝，尊前重见，镜里花难折⑧。也应惊问：近来多少华发⑨？

注释

① 东流：旧县名。在今安徽省安庆市南，濒临长江。南宋时属江南东路池州，今与至德县合并为东至县。

② 野棠花：野棠又名棠梨、野梨，落叶乔木，旧历二月开花，花白色。唐代李洞《绣岭宫词》："春日迟迟春草绿，野棠开尽飘香玉。""野棠"，王诏刊本、四印斋本作"野塘"。

③ 划(chǎn 产)地：依旧，照样。东风欺客梦：指春风依旧寒冷，冻醒了行客的梦。云屏寒怯：谓屏风挡不住寒风。云屏，有云形图案的屏风，或用云母作装饰的屏风。寒怯，怕冷。"一夜"，四印斋本作"一枕"。

④ "曲岸"三句：回忆当年与那女子在此地分别的场景。曲岸持觞(shāng 商)：在弯曲的水边举杯饮酒。写饯行送别。觞，

古代饮酒器。垂杨系马：语本苏轼《定风波·感旧》："垂杨系马恣轻狂。"这里写临行之际。轻别：轻易离别。钱起《送杨著作归东海》诗："酒酣暂轻别，路远始相思。"

⑤　"楼空"二句：写人去楼空，历历往事只有楼中燕子能够叙说。化用苏轼《永遇乐·夜宿燕子楼》："燕子楼空，佳人何在？空锁楼中燕。"唐代燕子楼故事，见于白居易《燕子楼诗》小序：徐州张尚书有爱妓名盼盼，善歌舞，颇风雅，白居易曾作诗赠之。张尚书去世后，归葬东洛，而徐州有张氏旧宅，其中有小楼名燕子楼，盼盼因念旧爱而不嫁，居燕子楼十余年，幽然独处。

⑥　"闻道"三句：听说过往行人曾在繁华街市的东面，见过这位明艳动人的女子。绮陌：繁华的街道。帘底：帘子底下。纤纤月：纤细的新月，比喻美人的眉毛，或比喻美人的形体、姿色。南宋周密《浩然斋词话》则认为此处以月喻美人之足。"曾见"，四卷本作"长见"。

⑦　"旧恨"二句：谓往日离别之恨已如春江之水绵绵不断，今日相思之恨又如万千云山重重叠叠。参见李煜《虞美人》："问君能有几多愁，恰似一江春水向东流。"秦观《江城子》："便做春江都是泪，流不尽，许多愁。"苏轼《书王定国所藏〈烟江叠嶂图〉》诗："江上愁心千叠山，浮空积翠如云烟。""不断"，四卷本作"未断"。

⑧　"料得"三句：即使他日在酒席上与那女子重逢，恐怕也像镜中之花，难以攀折了。谓那女子已另有所欢，不能如从前一般亲近了。参见黄庭坚《沁园春》："镜里拈花，水中捉月，觑着无由

得近伊。"料得:料想,预计。尊前:酒樽之前,指酒席上。

⑨"也应"二句:那女子大概也会惊讶地发问:为何近来词人头上会有如此多的白发? 华发:花白头发。苏轼《念奴娇·赤壁怀古》:"多情应笑我,早生华发。"

解读

淳熙五年(1178)清明节后,辛弃疾应召自江西赴京城临安,途经东流县境(今安徽东至县一带),回忆当年与一女子在此地的一段情事,思旧怀人,感慨万千,即兴作词,题于乡村壁上。上片写故地重游,往事不堪追忆。"野棠花落",隐喻美好往事已经飘零,其感伤的意象笼罩全篇,自然引出阴冷的春风,单薄的客梦。再由客梦引出当年江边饯行、垂杨系马的临别场景。无奈一别之后,人去楼空,只剩燕子呢喃,似在诉说如烟往事。过片隐约写出那女子现在身份的变化,似已别有所欢,遂令词人由滔滔"旧恨"转添出无穷"新恨",进而设想,即使来日有机会重逢,情景亦是极不堪矣。此词写情深挚哀婉,缠绵悱恻,而又慷慨悲怆,读来令人回肠荡气。不失为稼轩集中名篇。清陈廷焯《白雨斋词话》评"旧恨春江流不断,新恨云山千叠"二句"于悲壮中见浑厚"。清谭献《谭评词辨》论稼轩词"大踏步出来,与眉山同工异曲。然东坡是衣冠伟人,稼轩则弓刀游侠。'楼空'二句,当识其俊逸清新,兼之故实。"亦有评论家求索过深,如梁启超论此词为"南渡之感"(《饮冰室评词》),梁启勋也说"相传此词乃写徽、钦二宗北迁之痛心事"(《词学》下编),未免失之牵强。

47

鹧鸪天

代人赋①

扑面征尘去路遥，香篝渐觉水沉销②。山无重数周遭碧，花不知名分外娇③。　　人历历，马萧萧，旌旗又过小红桥④。愁边剩有相思句，摇断吟鞭碧玉梢⑤。

注释

① 大德本无题，此从四卷本。

② "扑面"二句：游子风尘仆仆踏上征程，渐行渐远，女子独守空闺，任由香笼中的香料燃烧殆尽。征尘：旅途上扬起的尘埃。王勃《别人》四首之一："自然堪下泪，谁忍望征尘？"香篝（gōu勾）：熏香的笼子。陆龟蒙《奉和袭美茶具十咏·茶坞》："遥盘云髻慢，乱簇香篝小。"水沉：即沉香。香料名。李时珍《本草纲目·木一·沉香》："[沉香]木之心节置水则沉，故名沉水，亦曰水沉。"

③ "山无"二句：重重叠叠的山峦四周环绕，一片苍翠，不知名的山花开得分外娇艳。山无重数：参见贺铸《感皇恩》："回首旧游，山无重数。"周遭：周围，四周。参见刘禹锡《石头城》诗："山围故国周遭在，潮打空城寂寞回。"王安石《移桃花》诗："晴沟涨春绿周遭，俯视行影移渔舠。"

48

④ "人历历"三句：描写征途上人马前行、旌旗招展的场面。历历：清晰分明的样子；也可以形容排列成行的样子。萧萧：象声词。这里形容马叫声。参见《诗·小雅·车攻》："萧萧马鸣，悠悠旆旌。"杜甫《兵车行》："车辚辚，马萧萧，行人弓箭各在腰。"小红桥：红色小桥。参见唐代张说《清明日诏宴宁王山池赋得飞字》诗："绿渚传歌榜，红桥度舞旂。"白居易《新春江次》诗："鸭头新绿水，雁齿小红桥。"

⑤ "愁边"二句：愁苦之余，吟诗抒发相思之情，因吟诗觅句而不断摇晃鞭子，以致把鞭子上的碧玉梢头摇脱了。

解读

题曰"代人赋"，也就是词里常见的写游子思妇的代言体作品。但在辛弃疾笔下，没有传统同类作品顾影自怜、哀伤低回、难以振拔的弱点。写游子出行，充满豪荡之气，如"扑面征尘"，"人历历，马萧萧"；又不乏浪漫幽情，如一路点染山光花影以及小红桥。写思妇别绪，"香篝渐觉水沉销"，以景代情，极含蓄而又极耐人寻味；写游子离情，"摇断吟鞭碧玉梢"，直截旷达而又深挚顽艳。巧于点缀，善于映带，生新鲜活，至情流露，令读者如身历其境，正是词人不同凡响处，所以高出常人百倍。清人陈廷焯《词则·放歌集》眉批赞曰："信手拈来，自饶姿态。幼安小令诸篇，别有千古。"

鹧鸪天

送　人①

唱彻《阳关》泪未干，功名余事且加餐②。浮天水送无穷树，带雨云埋一半山③。　今古恨，几千般，只应离合是悲欢④？江头未是风波恶，别有人间行路难⑤。

注释

① 大德本无题，此从四卷本。

② 《阳关》：即《阳关曲》，又称《渭城曲》。古曲名。因唐代王维《送元二使安西》诗"渭城朝雨浥轻尘，客舍青青柳色新。劝君更尽一杯酒，西出阳关无故人"而得名。后以此诗入乐府，为送别之曲，因反复诵唱，亦称《阳关三叠》。李商隐《赠歌妓》二首之一："红绽樱桃含白雪，断肠声里唱《阳关》。"功名余事：功名乃是正业以外的事，次要的事。参见《庄子·让王》："帝王之功，圣人之余事也，非所以完身养生也。"加餐：谓多进饮食，保重身体。劝慰之辞。《古诗十九首》："弃捐勿复道，努力加餐饭。"《后汉书·桓荣传》："愿君慎疾加餐，重爱玉体。"王维《酌酒与裴迪》诗："世事浮云何足问，不如高卧且加餐。"

③ "浮天"二句：连天的江水似乎送别了无尽的江树，带雨的云

烟埋藏了一半山峰。浮天水：上涨的江水，似乎与天相连。参见杜牧《题白云楼》诗："江村夜涨浮天水，泽国秋生动地风。"北宋杨徽之《嘉阳川》诗："浮花水入瞿塘峡，带雨云归越嶲州。"

④ "今古"三句：意为古往今来有几千般恨，难道仅仅只有离愁别恨。这里"离合"、"悲欢"偏重"离"和"悲"。参见苏轼《水调歌头·丙辰中秋，欢饮达旦，大醉，作此篇，兼怀子由》："人有悲欢离合，月有阴晴圆缺，此事古难全。""只应"，王诏刊本、四印斋本作"只今"。

⑤ "江头"二句：江上的风波算不得险恶，人间行路更加艰难凶险。参见刘禹锡《竹枝词》九首之七："瞿塘嘈嘈十二滩，人言道路古来难。长恨人心不如水，等闲平地起波澜。"白居易《太行路》："行路难，不在水，不在山，只在人情反覆间。"又，乐府曲有《行路难》，多咏人间行路艰难。

解读

这是一首送别词，可能是淳熙五年（1178）春词人应召自江西赴临安途中，与友人小聚又告别之作。上片述离别之情，感情真挚，抒怀结合写景，内涵丰富。起句直截点题，饱含深情，叠唱离歌，满含热泪，充满惜别之意。临别赠言，谓功名之事难以强求，不如保重身体、努力加餐为要。"浮天"二句，以景代情，连天江水似在依依送别江树，云雨遮埋青山则令人忧虑前途，隐隐为末句伏笔。下片不限于离恨，古往今来千万般恨，岂止离愁别恨，词人由眼前江景生发，引出世路艰难之恨，慨叹世途凶险，远胜江上狂风恶浪。一腔悲愤，见于言外，感慨绝深。

满江红

冷泉亭①

　　直节堂堂，看夹道冠缨拱立②。渐翠谷群仙东下，珮环声急③。谁信天峰飞堕地，傍湖千丈开青壁④。是当年玉斧削方壶，无人识⑤。　　山木润，琅玕湿⑥。秋露下，琼珠滴⑦。向危亭横跨，玉渊澄碧⑧。醉舞且摇鸾凤影，浩歌莫遣鱼龙泣⑨。恨此中风物本吾家，今为客⑩。

注释

① "冷泉亭"四卷本作"题冷泉亭"。冷泉亭：在今杭州城西灵隐寺前、飞来峰下。唐代杭州刺史元㻌建。白居易为杭州刺史时作《冷泉亭记》曰："东南山水，余杭郡为最；就郡言，灵隐寺为尤；由寺观，冷泉亭为甲。亭在山下水中央，寺西南隅。高不倍寻，广不累丈，而撮奇得要，地搜胜概，物无遁形。春之日，吾爱其草薰薰，木欣欣，可以导和纳粹，畅人血气。夏之

夜,吾爱其泉淳淳,风泠泠,可以蠲烦析酲,起人心情。山树为盖,岩石为屏,云从栋生,水与阶平。坐而玩之者,可濯足于床下;卧而狎之者,可垂钓于枕上。"

② "直节"二句:描写道路两旁杉树劲直挺拔,如同公卿大夫高冠拱立。化用北宋徐望圣因庭前有八株挺拔杉树而建直节堂故事。参见苏辙《南康直节堂记》:"南康太守听事之东,有堂曰'直节',朝请大夫徐君望圣之所作也。庭有八杉,长短巨细若一,直如引绳,高三寻,而后枝叶附之。岌然如揭太常之旗,如建承露之茎;凛然如公卿大夫高冠长剑立于王庭,有不可犯之色。"堂堂:形容形貌壮伟的样子。冠缨:指代衣冠整齐的公卿大夫。缨,帽带。拱立:拱手站立。

③ "渐翠谷"二句:行至青山翠谷之中,渐闻泉水向东急流,水声如同仙人们佩带的玉环叮咚作响。参见柳宗元《至小丘西小石潭记》:"从小丘西行百二十步,隔篁竹,闻水声,如鸣珮环,心乐之。"珮环:佩挂的玉饰。

④ "谁信"二句:谁信眼前的飞来峰是从西天飞来坠落于此,傍湖屹立起千丈青翠的崖壁。据《咸淳临安志》卷二三引《晏殊舆地志》记载,东晋咸和年间,印度僧人慧理云游到此,登山而叹:"此是中天竺国灵鹫山之小岭,不知何年飞来。佛在世日多为仙灵所隐,今此亦复尔耶?"遂于此地建灵隐寺,称寺前石山为飞来峰。"谁信",四卷本作"闻道"。

⑤ "是当年"二句:飞来峰应是当年仙人用玉斧削出来的仙山,只是现在无人知其来历罢了。方壶:传说中仙山名。一名方丈。

《列子·汤问》："渤海之东,不知几亿万里,有大壑焉……其中有五山焉:一曰岱舆,二曰员峤,三曰方壶,四曰瀛洲,五曰蓬莱。……所居之人皆仙圣之种。"

⑥ "山木"二句:意谓冷泉之水滋润着草木和山石。琅玕(láng gān 郎甘):似玉美石。这里美称山石。

⑦ "秋露"二句:形容冷泉之水清凉如秋露,晶莹如玉珠。琼珠:玉珠。

⑧ "向危亭"二句:横跨清澈的潭水,来到屹立于水中的冷泉亭。危亭:高亭。玉渊澄碧:深水潭清澈碧绿。

⑨ "醉舞"二句:词人醉中起舞,如鸾鸟凤凰之姿;引吭高歌,却怕水中鱼龙哭泣。参见唐代柳泌《玉清行》:"狮麟威赫赫,鸾凤影翩翩。"宋代苏辙《中秋夜八绝》之六:"猿狖号枯木,鱼龙泣夜潭。"

⑩ "恨此中"二句:词人家乡泉城济南风景与杭州冷泉亭前景物颇为相似,但现在却是有家难回,只能作客江南。"风物",四卷本作"风月"。

解读

　　淳熙五年(1178),词人在临安任大理寺少卿时,游历飞来峰下冷泉亭而作此词。冷泉亭向来以山水清幽、秀美绝伦著称,是当年白居易任杭州刺史时最喜爱的地方,有《冷泉亭记》为证。这首词咏冷泉亭,却不急于直接描绘,而是先从周遭环境写起,渐次引入冷泉亭,最后由眼前之景引出内心的思乡之情和落寞之感,内涵深刻,并非单纯的山水词。起句从青山翠谷中幽径着笔,选取道路两旁古木劲直挺拔的壮伟形象,借用前人"直节堂"故事,写出词人胸中一腔浩然之气,起势不凡,笔力雄健。"渐翠谷"六句,由泉水叮咚之声,带出泉水经过之飞来峰,综合飞来峰仙佛传说故事,驰骋想象,用笔纵横恣肆。"山木"以下,从冷泉周围湿润的草木山石,移至晶莹如琼珠秋露的冷泉,进而横跨到清澈潭水中央的冷泉亭,可谓移步换景,渐入佳境,泉亭之美令人陶醉。"醉舞"四句由写景转入抒情,眼前似曾相识的冷泉美景,触动了词人对故乡泉城济南的怀念,翩翩醉舞和慷慨浩歌中,引出故国沦丧之恨,客居江南之感,乐极生哀,忧愤深广。

水调歌头

舟次扬州和杨济翁、周显先韵①

落日塞尘起,胡骑猎清秋②。汉家组练十万,列舰耸层楼③。谁道投鞭飞渡,忆昔鸣髇血污,风雨佛狸愁④。季子正年少,匹马黑貂裘⑤。　　今老矣,搔白首,过扬州⑥。倦游欲去江上,手种橘千头⑦。二客东南名胜,万卷诗书事业,尝试与君谋⑧:莫射南山虎,直觅富民侯⑨。

注释

① 四卷本题作"舟次扬州和人韵"。舟次：船停泊。杨济翁：杨炎正（1145—1216），字济翁，吉水（今江西吉水）人，诗人杨万里族弟。五十二岁始登进士第，曾任大理司直，出知藤州、琼州。工词，著有《西樵语业》。与辛弃疾交谊甚厚，多有酬唱。周显先：辛弃疾友人，亦能诗词。生平未详。辛弃疾诗集中有《和周显先韵》七绝二首。

② "落日"二句：回顾金兵秋季大举南侵往事。绍兴三十一年（1161）九月，金主完颜亮以"巡猎"为名，率举国之兵南侵，一度占领扬州，后被南宋虞允文率领的军队在采石矶击溃，完颜亮率部至扬州瓜洲渡寻求突破，虞允文率万余军队赴京口增强防御，并将马船改造成战舰。完颜亮发布军令，实行连坐法，逼令下属作战，导致金兵内变，完颜亮被部将杀死在扬州瓜洲之龟山寺。

③ "汉家"二句：描写南宋十万雄师及高大战舰在长江一带严阵以待。汉家：借指宋朝。组练：指精锐部队。见前《摸鱼儿》（望飞来半空鸥鹭）注③。列舰耸层楼：高大战舰楼船陈列江面。"层楼"，四卷本作"高楼"。

④ "谁道"三句：写完颜亮虽飞扬跋扈一时，终不免兵败身亡。投鞭飞渡：据《晋书·符坚载记》，前秦符坚率领九十余万大军南侵东晋，曾夸口说："以吾之众，投鞭于江，足断其流。"结果淝水之战符坚大败。这里以符坚比完颜亮。鸣髇（xiāo 消）血污：鸣髇，即鸣镝，一种射出去带响的箭，多用于发号

令。据《史记·匈奴列传》记载，匈奴单于头曼爱其少子，太子冒顿欲弑父夺位，遂作鸣镝，号令左右：随其鸣镝所射而射，不射者斩。后头曼出猎，冒顿率先以鸣镝射头曼，左右随之而射，头曼遂死于箭下。这里比喻完颜亮被部下射杀。风雨佛狸(lí 狸)愁：佛狸是北魏拓跋焘的小字。他曾率兵入侵南朝刘宋，攻至扬州等地，因刘宋军队列舰严阵以待，被迫北撤，后死于宦官之手。这里也是以拓跋焘比喻完颜亮。

⑤ "季子"二句：以苏秦自比，叙述自己年轻时意气风发，值金兵南侵之际，在山东举兵起义，匹马黑裘，驰骋疆场，后奉表南归。季子：苏秦，字季子，战国时代纵横家代表人物。据《战国策·赵策》记载，苏秦年轻时，赵国李兑曾送他明月之珠、和氏之璧、黑貂之裘、黄金百镒，资助苏秦西入于秦，游说秦惠王。苏秦显赫时，曾佩六国相印。

⑥ "今老"三句：写这首词时，词人重过扬州，距年轻时率义军南归已有十六年，而壮志难酬，故有叹老之句。搔白首：以手搔白发。这里形容失落的样子。参见杜甫《梦李白》二首之二："出门搔白首，若负平生志。"

⑦ "倦游"二句：因倦于宦游，欲退隐江上，种橘千株，作为生计来源。橘千头：据《襄阳耆旧传》记载，三国时李衡为丹阳太守，曾派人去武陵龙阳汜洲建住宅，种橘千株。临终时告诉孩子说：我家里有"木奴千头"，每年足够使用了。后柑橘长成，每年得绢数千匹，家道富足。

⑧ "二客"三句：杨济翁、周显先两位东南名士，饱读诗书，欲成

就一番事业;词人愿为他们出谋划策。名胜:此指名士。《资治通鉴》卷一一二《晋纪》胡三省注:"江东人士,其名位通显于时者,率谓之佳胜、名胜。"万卷诗书事业:参见杜甫《奉赠韦左丞丈二十二韵》:"读书破万卷,下笔如有神。……致君尧舜上,再使风俗淳。"

⑨ "莫射"二句:不要学飞将军李广射虎征战,应该学车千秋以片言封侯。射南山虎:据《史记·李将军列传》记载,汉代名将李广居蓝田南山中,曾射猎。又载,李广居右北平时射虎,虎腾扑伤李广,李广终射杀虎。富民侯:据《汉书·西域传》记载,汉武帝晚年后悔长年远征西域,因此不复出征,封丞相车千秋为富民侯,表示休养生息、赐恩富民的意思。又据《汉书·车千秋传》,车千秋初为高寝郎小官,因上书为死去的太子申冤,得到武帝赏识,越九级提拔为大鸿胪,不久拜丞相,封富民侯。

解读

这是稼轩词中名篇。淳熙五年(1178)夏秋之际,任大理寺少卿不足半年的辛弃疾,出为湖北转运副使,沿水路赴湖北任所途中,经过镇江,友人杨炎正、周显先作《水调歌头》,船至镇江北岸扬州停泊,辛弃疾步其原韵,作此词。周显先原唱不传,杨炎正原唱《水调歌头·登多景楼》云:"寒眼乱空阔,客意不胜秋。强呼斗酒发兴,特上最高楼。舒卷江山图画,应答龙鱼悲啸,不暇顾诗愁。风露巧欺客,分冷入衣裘。忽醒然,成感慨,望神州。

可怜报国无路,空白一分头。都把平生意气,只做如今憔悴,岁晚若为谋。此意仗江月,分付与沙鸥。"杨词借登镇江北固山多景楼,眺望中原,宣泄报国无路的苦闷,有意仿效稼轩词风,不无峻爽,唯抒情太过直露。辛弃疾和韵,从扬州着眼,上片回顾十七年前战争场景,南宋军队在此严阵以待,奋起反击,击溃了不可一世的金兵,画面生动,形象鲜活,穿插历史掌故,笔势雄浑,情感激荡。"季子"二句,以苏秦自比,为自己参与、见证了这难忘的战斗而倍感自豪。下片转回到现实之中,与上片形成鲜明的反差,自屈辱的"隆兴和议"(1164)签订以来,主和派重新抬头,主战派请缨无路,词人重过扬州,年近四十,眼看年华老去,久沉下僚,倦于仕宦,不由萌生归隐念头。结尾两句借劝勉友人,针对主和派得势现实,反语相讥,满含愤懑,沉郁有力。清陈廷焯《词则·放歌集》眉批论曰:"稼轩《水调歌头》诸阕,直是飞行绝迹。一种怨愤慷慨郁结于中,虽未能痕迹消融,却无害其为浑雅,后人未易摹仿。"

满江红

江行简杨济翁、周显先①

过眼溪山,怪都似旧时曾识②。还记得梦中行遍，江南江北③。佳处径须携杖去，能消几緉平生屐④。笑尘劳三十九年非，长为客⑤。　　吴楚地，东南坼⑥。英雄事，曹刘敌⑦。被西风吹尽，了无陈迹⑧。楼观才成人已去，旌旗未卷头先白⑨。叹人间哀乐转相寻，今犹昔⑩。

注释

① 简：寄信，寄给。杨济翁、周显先：参见上一首《水调歌头》(落日塞尘起)注①及解读。四卷本题作"江行和杨济翁韵"。

② "过眼"二句：船行江上，奇怪所见两岸山水，似乎都是从前认识一般。

③ "还记得"二句：还记得平常梦里走遍了大江南北的山山水水。"还记得"句，四卷本作"是梦里寻常行遍"。

④ "佳处"二句：遇上山水佳处，真该带上手杖，穿上木屐，好好游览，人生能有多少这样的机会呢。能消几緉平生屐：语本晋人阮孚。据《世说新语·雅量》记载，阮孚喜欢木屐，曾有人拜访阮孚，只见他自己吹火给木屐上蜡，边做边叹息道："未知一生当著几量屐！"神情悠闲潇洒。緉(liǎng 两)，一双(鞋)。屐(jī 基)，木底带齿的鞋，古人常穿木屐登山。

⑤ "笑尘劳"二句：自嘲年近四十而知三十九年之碌碌无为，长期客居江南。"尘劳"，四卷本作"尘埃"。三十九年非：参见《淮南子·原道训》："蘧伯玉年五十而有四十九年非。"王安

石《省中》诗："身世自知还自笑，悠悠三十九年非。"

⑥ "吴楚"二句：化用杜甫《登岳阳楼》诗："吴楚东南坼，乾坤日夜浮。"杜诗是形容洞庭湖之开阔，如同东南一带吴、楚两地裂开来一般。这里形容湖北、江西一带山水形胜。坼(chè 彻)：裂开。

⑦ "英雄"二句：三国时代，堪称英雄的是曹操和刘备，而能与曹、刘匹敌的是吴楚一带的孙权。据《三国志·蜀志·先主传》记载，曹操曾从容对刘备说："今天下英雄，惟使君(指刘备)与操耳。"

⑧ "被西风"二句：历史上那些英雄事业，早已随风而逝，全无踪迹。陈迹：指遗迹。"陈迹"，大德本原作"尘迹"，此据四卷本。

⑨ "楼观"二句：大楼刚刚建好，建造者已先离去；北伐事业未成，自己早已两鬓斑白。"楼观"句：化用苏轼《送郑户曹》诗："楼成君已去，人事固多乖。"观(guàn 灌)，楼台。旌旗：指战旗。"才成"，王诏刊本、四印斋本作"甫成"。

⑩ "叹人间"二句：感叹人间悲哀欢乐循环往复，古今相同。转相寻：辗转循环。"人间"，王诏刊本、四印斋本作"人生"。

解读

淳熙五年(1178)夏秋之际，三十九岁的词人由大理寺少卿出为湖北转运副使，自水路赴湖北任所途中作此词，寄赠友人杨炎正、周显先。可与上一首《水调歌头》(落日塞尘起)参看。这首词上片写江行所见所感，眼前山水似曾相识，想来是梦中早已见过，说得颇为含蓄，实则词人近两三年历官赣州、襄阳、江陵、隆兴(南昌),"二年历遍楚山川"(《鹧鸪天》),早已熟悉吴楚山水,而频繁辗转奔波的"尘劳",长期客居江南的落寞,使词人痛感平生碌碌无为,由此兴发徜徉山水、摆脱俗累之想。下片由吴楚之地的历史兴衰引出现实感慨。遥想当年孙权坐镇吴楚,与天下英雄曹操、刘备抗衡,虽东吴基业初成,终不免随风而逝,无迹可寻。现实世界里,英雄无处请缨,转瞬老去,历史的悲哀循环往复,古今同此感慨,思之令人心碎。南宋魏庆之《诗人玉屑》引黄昇《中兴词话》评"吴楚地"至"陈迹"数语:"铁心石肠发于词气间,凛凛也。"清陈廷焯《白雨斋词话》评"楼观"至结尾数语"于悲壮中见浑厚"。又陈廷焯《词则·放歌集》眉批论此词:"回头一击,龙蛇飞舞。悲壮苍凉,却不粗鲁。改之(刘过)、放翁(陆游)辈终身求之不得也。"

唐河传

效花间体①

　　春水,千里,孤舟浪起,梦携西子②。觉来村巷夕阳斜。几家,短墙红杏花③。　　晚云做造些儿雨。折花去,岸上谁家女④。太狂颠,那边,柳绵,被风吹上天⑤。

唐河传（春水）

注释

① 花间体:后蜀赵崇祚编《花间集》,收录晚唐至五代十八位词人的五百首作品,为我国第一部文人词总集,奠定了词的基本体制及发展基础,所收词以写风月花柳、闺思幽情为主,风格香软轻艳,后人称此类词为花间体。四卷本题作"效花间集"。

② "春水"四句:春日泛舟,千里逐浪,午后梦中携美女西施共游。辛弃疾词中多次提到范蠡携西施泛舟太湖的故事。见前《摸鱼儿》(望飞来半空鸥鹭)注⑪及解读。

③ "觉来"三句:写梦醒后所见景象:夕阳映照村落,几户人家红杏开出墙外。参见陆游《马上作》诗:"杨柳不遮春色断,一枝红杏出墙头。"短墙:矮墙。

④ "晚云"三句:傍晚轻云洒下少许雨点,岸上女孩采花而去。做造:制造。些儿:一点儿,少许。

⑤ "太狂颠"四句:那边柳絮也太轻狂了,随风飘飞到了天上。化用杜甫《绝句漫兴九首》之五:"颠狂柳絮随风去,轻薄桃花逐水流。"柳绵:柳絮。李商隐《临发崇让宅紫薇》诗:"桃绶含情依露井,柳绵相忆隔章台。""狂颠",大德本原作"颠狂",此从四卷本。"那边",四卷本作"那岸边"。

解读

  辛弃疾词虽以豪迈浑厚称雄于世,但也不乏妩媚清丽的花间体作品,在其词题中明确标出模仿花间体的,包括本篇和《河渎神·女城祠效花间体》。这首词是辛弃疾乘舟江行途中所作，具体作年难以考定。上片写词人春日泛舟千里，波浪颠簸之余，昏昏沉沉之间，不觉进入白日梦乡，梦见自己像范蠡那样，携手西施，泛舟五湖，尽享艳福。一觉醒来，已是黄昏时分，夕阳斜照的村落中，时见红杏出墙，逗引词人余兴。下片续写江行所见景象，傍晚的轻云微雨，岸边少女的采花身影，尤其是被风直吹上天的癫狂的柳絮，无不引起词人的兴趣。此词以写景为主，描绘鲜活明快，风调轻盈妍丽，语词生动流利，带有清新的民歌风调。

南乡子

　　隔户语春莺，才挂帘儿敛袂行①。渐见凌波罗袜步，盈盈，随笑随颦百媚生②。　　着意听新声，尽是司空自教成③。今夜酒肠难道窄，多情，莫放纱笼蜡炬明④。

注释

① 隔户语春莺：隔着门户，听到歌姬语音如春莺婉转鸣叫。北宋王诜有歌姬名啭春莺。这里借以形容歌姬。敛袂（liǎn mèi 脸昧）：整理衣袖。形容端庄。

② 凌波罗袜步：形容美女轻盈的步履，如乘碧波而行。语出曹植《洛神赋》："凌波微步，罗袜生尘。"吕向注："步于水波之上，如尘生也。"罗袜，丝罗袜子。盈盈：形容姿态轻盈，也可以形容仪态举止美好。"随笑"句：无论欢笑或皱眉，都极其妩媚。参见白居易《长恨歌》："回眸一笑百媚生，六宫粉黛无颜色。"颦(pín 频)，皱眉。

③ 着意：留意，仔细。新声：新制作的乐曲。司空自教成：谓新曲都是主人亲自教给歌姬的。据唐代孟棨《本事诗·情感》记载：刘禹锡罢和州刺史，李司空罢镇在京，慕刘名，曾邀至宅中，厚设饮食。酒酣，命妙妓歌以送之。刘于酒席上赋诗曰："髰髻梳头宫样妆，春风一曲《杜韦娘》。司空见惯浑闲事，断尽江南刺史肠。"李因以妓赠之。

④ 酒肠：指酒量。唐代韦蟾《和柯古穷居苦日喜雨》诗："玉律诗调正，琼卮酒肠窄。"难道：四卷本作"还道"。"莫放"句：意谓莫让良辰美景虚度。纱笼：用绢纱作外罩的灯笼。"纱笼"，四卷本作"笼纱"。

解读

　　大德本把这首词放在《南乡子·舟行记梦》之前，"舟行记梦"是辛弃疾江行途中"梦里笙歌花底去，依然，翠袖盈盈在眼前"的梦中艳想之作，后来的编者以类相从，把这首写歌姬的艳词与"舟行记梦"放在一起了。此词上片描写歌姬音容。未见其人，先闻其声，隔户聆听，娇声如春莺婉转。循声而带出挂帘、整装之细致端庄形态,继以凌波微步的轻盈,含嗔带笑的娇媚,活画出歌姬的风采神韵。下片写席间听歌感想。歌姬所唱,尽是主人调教的新曲,听来令人生出无限情愫。"今夜酒肠难道窄",盖因多情而"断尽江南刺史肠";"莫放纱笼蜡炬明",谓莫遣良宵虚度,意极幽婉。辛弃疾弟子范开《稼轩词序》评稼轩词"其间固有清而丽、婉而妩媚,此又坡词之所无,而公词之所独也"。南宋刘克庄《辛稼轩集序》亦谓稼轩词"其秾纤绵密者,不在小晏、秦郎之下"。观此词与《祝英台近》(宝钗分)等,均为稼轩"昵狎温柔"的代表性作品,不输温、韦、小晏,是词人慷慨雄迈之外的另一面,亦是传统意义上所说的词的"本色"。

摸鱼儿

淳熙己亥,自湖北漕移湖南,同官王正之置酒小山亭,为赋①。

更能消几番风雨②,匆匆春又归去。惜春长怕花开早,何况落红无数③。春且住,见说道天涯芳草无归路④。怨春不语,算只有殷勤,画檐蛛网,尽日惹飞絮⑤。　　长门事,准拟佳期又误⑥。蛾眉曾有人妒⑦。千金纵买相如赋,脉脉此情谁诉⑧?　君莫舞,君不见玉环飞燕皆尘土⑨。闲愁最苦。休去倚危栏，斜阳正在，烟柳断肠处⑩。

注释

① 淳熙己亥：宋孝宗淳熙六年己亥(1179)。自湖北漕移湖南：辛弃疾于淳熙五年(1178)夏秋间，由大理寺少卿出为湖北转运副使，次年三月改为湖南转运副使。漕是转运司的简称。王正之：王正己(1119—1196)，原名慎言，字正之，后字伯仁，明州鄞县(今浙江宁波市鄞州区)人，寓居泰州(今属江苏)。经由右丞相叶衡推荐，除尚书吏部员外郎，权右司郎官。为辛弃疾老友，互有唱和。当时任湖北转运判官，为辛弃疾同僚。小山亭：在鄂州湖北转运使衙署内。

② 消：禁受，承受。

③ "惜春"二句：痛惜春花过早凋零，因而常常怕花开得太早。长怕：四卷本作"长恨"。落红：落花。李白《书情寄从弟邠州长史昭》诗："怀君芳岁歇，庭树落红滋。"

④ 见说道：听说。天涯芳草无归路：一直长到天边的芳草迷失了春的归路。参见唐代惟审《别友人》诗："芳草迷归路，春衣滴泪痕。"苏轼《桃源忆故人·暮春》："暖风不解留花住，片片著人无数。楼上望春归去，芳草迷归路。""无归路"，四卷本作"迷归路"。

⑤ "怨春"四句：对春天匆匆归去怨而不语的，算来只有屋檐上的蜘蛛网了，它整天沾惹春末的柳絮，殷勤挽留春意。画檐

蛛网:化用苏轼《虚飘飘》诗:"画檐蛛结网,银汉鹊成桥。"画檐,有画图装饰的华美的屋檐。

⑥ "长门"二句:用汉武帝陈皇后失宠退居长门宫故事。据《史记·外戚世家》及《汉书·外戚传》记载,陈皇后为长公主刘嫖之女,汉武帝即位,立为皇后,擅宠骄贵,十余年而无子。闻卫子夫颇得武帝宠幸,几死者数焉。武帝怒,于是废陈皇后,罢退居长门宫,而立卫子夫为皇后。准拟佳期又误:计划复得武帝宠幸而不能。

⑦ "蛾眉"句:谓美人曾遭人嫉妒中伤。化用屈原《离骚》:"众女嫉余之蛾眉兮,谣诼谓余以善淫。"

⑧ "千金"二句:据《文选》司马相如《长门赋》序:"孝武皇帝陈皇后,时得幸,颇妒,别在长门宫,愁闷悲思。闻蜀郡成都司马相如天下工为文,奉黄金百斤,为相如、文君取酒,因于解悲愁之辞。而相如为文以悟主上,陈皇后复得幸。"序文所述陈皇后复得武帝宠幸事,与《史记》、《汉书》所记史实不合。一般认为,《长门赋》当系后人托名司马相如之伪作。这两句是说,即使真用千金买到了司马相如的《长门赋》,陈皇后遭人排挤中伤的郁闷之情也未必能够向谁倾诉。纵:纵使,即使。脉脉:形容藏在内心深处难以言说的情感。杜牧《题桃花夫人庙》诗:"细腰宫里露桃新,脉脉无言几度春。"

⑨ "君莫舞"二句:得宠者切莫舞姿翩翩,得意过早,没看到历史上擅长歌舞、骄宠一时的杨玉环、赵飞燕最后凄凉的下场吗?玉环:杨玉环,唐玄宗贵妃,姿质丰艳,善歌舞,通音律,颇受

宠幸,兄弟姐妹皆得分封。马嵬兵变时,被缢死于佛室。飞燕:赵飞燕,汉成帝皇后,善歌舞,号曰飞燕,与妹赵合德同受成帝专宠十余年,贵倾后宫。汉哀帝时尊为皇太后。汉平帝即位,废为庶人,被逼自尽。皆尘土:参见《赵飞燕外传》附《伶玄自叙》:"哀帝时,子于(伶玄字)老休,买妾樊通德,有才色,知书,颇能言赵飞燕姊弟故事。子于闲居命言,厌厌不倦。子于语通德曰:'斯人俱灰灭矣! 当时疲精力驰骛嗜欲蛊惑之事,宁知终归荒田野草乎!'"

⑩ "休去"三句:切莫登上高楼远眺,黄昏烟柳残日景象会让人肝肠寸断。参见李商隐《北楼》诗:"此楼堪北望,轻命倚危栏。"苏舜钦《春日晚晴》诗:"谁见危栏外,斜阳尽眼平。"危栏:高楼栏杆。"危栏",四卷本作"危楼"。

解读

　　这是被梁启超赞誉为"回肠荡气,至于此极,前无古人,后无来者"(《饮冰室评词》)的不朽之作。宋孝宗淳熙六年己亥(1179)暮春三月,词人由湖北转运副使,改任湖南转运副使。临行前,作为词人的同僚和故友,时任湖北转运判官的王正己,专门在衙署内小山亭设酒席,为之饯行,辛弃疾即席赋词。此作借鉴楚骚"香草美人"手法,纯以象征、隐喻出之,抒情婉转,托意悠远,寄慨深沉,多言外之味,弦外之响。上片就暮春景象,写伤春之感,隐寓时势之忧。凄风苦雨几番摧折,但见落花无数,又是匆匆春归时节,令人情何以堪。想要留住春天,告以"天涯芳草无归路",不如休去,但难阻春归。眼下只有檐间蜘蛛,殷勤结网,粘住柳絮,试图挽留些许春光。暗示时势日非,风雨飘摇,满含大局难以挽回的忧愁和痛苦。下片承暮春而翻出蛾眉遭妒,美人迟暮,写身世之感。陈皇后遭人构陷中伤而失宠,纵以千金买得相如之赋,为之说情辩护,估计亦无济于事,复合的佳期难以指望。词人多年来迭遭弹劾,屡受排挤,遭遇正与此相似。观同年辛弃疾在湖南上奏《论盗贼札子》所云"年来不为众人所容,顾恐言未出口而祸不旋踵",即可想见"脉脉此情谁诉"的愤懑与无奈了。但眼前的得宠者只是一时得志,终不免如飞燕、玉环,灰飞烟灭。真正令人忧伤断肠的是,日薄西山,烟柳凄迷,时势危殆,触目惊心。愁到深处,忧愤交加,沉痛至极。南宋罗大经《鹤林玉露》说此作"词意殊怨,……闻寿皇(孝宗)见此词,颇不悦"。清陈廷焯《白雨斋词话》认为,此作虽"词意殊怨,然姿态飞动,极沉郁顿挫之致。起处'更能消'三字,是从千回万转后倒折出来,真是有力如虎。"又评"休去倚危栏"三句,"多少曲折。惊雷怒涛中,时见和风暖日。所以独绝千古,不容人学步"。清谭献《复堂词话》论此作"权奇倜傥,纯用太白乐府诗法"。

阮郎归

耒阳道中为张处父推官赋[①]

山前灯火欲黄昏,山头来去云[②]。鹧鸪声里数家村，潇湘逢故人③。　　挥羽扇，整纶巾，少年鞍马尘④。如今憔悴赋《招魂》，儒冠多误身⑤。

注释

① 耒阳：今湖南省耒阳市。宋朝隶衡州衡阳郡，属荆湖南路安抚司。张处父：辛弃疾旧友，生平未详。推官：州府所属助理官员，多主军事、刑狱。四卷本题作"耒阳道中"。

② 灯火：四卷本作"风雨"。山头来去云：参见刘长卿《送勤照和尚往睢阳赴太守请》："来去云无意，东西水自流。"

③ 鹧鸪(zhè gū 这姑)：鸟名。参见《菩萨蛮》(郁孤台下清江水)注⑤。潇湘逢故人：借用南朝梁柳恽《江南曲》："洞庭有归客，潇湘逢故人。"潇湘，潇水与湘江的合称，湘江流经耒阳。故人，老友，指张处父。

④ "挥羽扇"三句：回忆年轻时与张处父的一段军事生活。按辛弃疾二十一岁时在山东举兵起义，反抗金朝统治，次年奉表归南宋。张处父很可能是当年随词人起兵抗金并南归的战友。羽扇、纶(guān 官)巾：魏晋时儒将常用的装饰，后多形容大将指挥若定，从容潇洒。纶巾，用青丝带做的头巾。参见苏轼《念奴娇》："遥想公瑾当年，小乔初嫁了，雄姿英发。羽扇纶巾，谈笑间，樯橹灰飞烟灭。"少年鞍马尘：参见辛弃疾《带湖新居上梁文》："梦寐少年之鞍马，沉酣古人之诗书。"

⑤ 憔悴:黄瘦;瘦损。参见《楚辞·渔父》:"屈原既放,游于江潭,行吟泽畔,颜色憔悴,形容枯槁。"《招魂》:《楚辞》中的作品。相传是屈原招楚王亡魂之作,或谓宋玉招屈原亡魂之作,或谓屈原自招其魂之作。这里指带有楚地《招魂》风格的作品。儒冠多误身:儒生大多不通世情,空怀壮志,功业无成,自误前程。语本杜甫《奉赠韦左丞丈二十二韵》诗:"纨袴不饿死,儒冠多误身。"儒冠,古代儒生戴的帽子,借指儒生。

解读

淳熙六、七年(1179—1180)间,词人在湖南安抚使任上,巡视州郡时,于耒阳道上邂逅故人张氏,有感而作此词。上片叙巧遇故人,以写景为主,着意渲染黄昏村落,鹧鸪声声,山前灯火攒动,山头风起云涌的氛围,为湘江之畔巧逢故人时悲喜交加之情作铺垫。下片写回忆和感叹,结合故人和自己的共同身世遭遇。回想年轻时代与故人在北方的抗金活动,羽扇纶巾,鞍马驰骋,雄姿英发,潇洒豪迈,对比眼下的憔悴落魄,沉溺下僚,形成强烈的反差,进而以叹息的口吻,抒发对现实的不满。语调酸楚,情感悲凉。上下片末句,均借用古人成句以点睛,与词意融为一体,浑然无迹,足见词人点染之妙。

满江红

　　敲碎离愁，纱窗外风摇翠竹①。人去后吹箫声断，倚楼人独②。满眼不堪三月暮，举头已觉千山绿③。但试把一纸寄来书，从头读④。　　相思字，空盈幅；相思意，何时足⑤？　滴罗襟点点，泪珠盈掬⑥。芳草不迷行客路，垂杨只碍离人目⑦。最苦是立尽月黄昏，栏干曲⑧。

注释

① "敲碎"二句：纱窗外传来风敲翠竹的阵阵声响，闺中思妇的满腔离愁似乎也被敲碎了。参见秦观《满庭芳》："风摇翠竹，疑是故人来。"

② "人去后"二句：情郎一去，不见踪影，只剩思妇独自倚楼企盼。吹箫声断：化用萧史吹箫引凤仙去故事，见前《青玉案》(东风夜放花千树)注④。参见李白《忆秦娥》："箫声咽，秦娥梦断秦楼月。秦楼月，年年柳色，灞陵伤别。"柳永《笛家弄》："岂知秦楼，玉箫声断，前事难重偶。"

③ "满眼"二句：抬头纵目，不忍看三月暮春时节百花凋零、千山绿遍的景象。千山绿：参见李贺《十二月乐词·四月》："晓凉暮凉树如盖，千山浓绿生云外。"

④ 试把：四卷本作"试将"。寄来书：指情郎寄来的信。

⑤ "相思"四句：虽然信上满是相思字眼，但天各一方，未见归来，只能是一纸空文，难慰思妇相思之意。盈幅：满纸。参见寇准《远恨》诗："深情染彩笺，密密空盈幅。"

⑥ 罗襟：衣襟。罗，轻软的丝织衣衫。盈掬（jū 鞠）：满捧，满把。这里形容泪水极多。

⑦ "芳草"二句：芳草不会迷了情郎归来的路途，垂杨却遮挡了思妇企盼的视线。"芳草"句：参见《楚辞·招隐士》："王孙游兮不归，春草生兮萋萋。"唐代惟审《别友人》诗："芳草迷归路，春衣滴泪痕。"这里反其意而用之。

⑧ "最苦"二句：最凄苦的是，思妇整日凭栏眺望，直站立到黄昏时候，月色朦胧，而仍无音讯。参见南朝民歌《西洲曲》："鸿飞满西洲，望郎上青楼。楼高望不见，尽日栏杆头。栏杆十二曲，垂手明如玉。"

解读

　　这是一首"代言体"的闺怨词，述说闺中女子与情郎分别后的离愁别绪及相思之苦。起句措辞尖新，非同凡响。"人去后"交代原委，"吹箫声断，倚楼人独"，别后情境，宛然在目。"满眼"两句，感伤绿肥红瘦，春色凋零，亦所以自伤身世。读情郎来信数句，打破上下片结构，一气贯穿，言情郎空有相思之字而无相思之实，语极紧凑迫促，诉到哀婉凄怆处，不禁珠泪涟涟。"芳草"以下，痴心不改，终日翘首企盼，自早至晚苦苦守望。渲染孤独中的忧伤，无望中的执着，情景交织，缠绵悱恻，寄慨深远，读来令人黯然神伤，感叹不已。清陈廷焯《云韶集》评此词："起笔精湛。情致楚楚，那弗心动。低徊宛转，一往情深，非秦、柳所及。"又陈廷焯《白雨斋词话》赞"芳草"二句"婉妙"。

贺新郎

柳暗凌波路①。送春归猛风暴雨，一番新绿②。千里潇湘葡萄涨，人解扁舟欲去③。又樯燕留人相语④。艇子飞来生尘步，唾花寒唱我新番句⑤。波似箭，催鸣橹⑥。　　黄陵祠下山无数。听湘娥泠泠曲罢，为谁情苦⑦。行到东吴春已暮，正江阔潮平稳渡。望金雀觚棱翔舞⑧。前度刘郎今重到，问玄都千树花存否⑨。愁为倩，幺弦诉⑩。

注释

① "柳暗"句：沿岸柳树掩映水滨。"凌波"与下文"生尘"均出自曹植《洛神赋》："凌波微步，罗袜生尘。"见前《南乡子》(隔户语春莺)注②。"凌波"，四卷本作"清波"。

② "送春归"二句：狂风暴雨送走了春天，眼前只剩一片新绿。

③"千里"二句：暴雨过后，千里潇湘水位上涨，这时友人要乘船离去。潇湘：潇水与湘江的合称。葡萄涨：形容碧绿的河水上涨犹如葡萄发酵酿酒。参见李白《襄阳歌》："遥看汉水鸭头绿，恰似葡萄初酦醅。"苏轼《武昌西山》诗："春江渌涨蒲萄醅，武昌官柳知谁栽。"扁（piān 偏）舟：小船。

④"又樯燕"句：停在船桅上的燕子叽喳叫着，似乎在挽留行人。化用杜甫《发潭州》诗："岸花飞送客，樯燕语留人。"

⑤"艇子"二句：歌女乘着小艇赶来，唱我新词为友人送行。生尘步：形容女子轻盈的步态。见注①。唾花寒：词人新词中涉及的赵飞燕唾花故事。《飞燕外传》："后与婕妤坐，后误唾婕妤袖，婕妤曰：'姊唾染人绀袖，正似石上华（花），假令尚方为之，未必能若此衣之华，以为石华广袖。'"苏轼《记梦回文二首叙》："十二月二十五日，大雪始晴。梦人以雪水烹小团茶，使美人歌以饮。余梦中为作回文诗，觉而记其一句云：'乱点余花唾碧衫。'意用飞燕唾花故事也。"新番：依旧谱写新词。番，同"翻"。

⑥"波似箭"二句：水波迅疾似箭，似乎在催促船只起航。鸣橹：摇橹声，借指船行。范成大《送同年朱师古龙图赴潼川》诗："魏阙江湖关出处，招头不用催鸣橹。"

⑦"黄陵"三句：设想友人此去，经过黄陵祠，听罢湘妃演奏的悠扬琴曲，定会情动于中。黄陵祠：相传为舜二妃娥皇、女英之庙，亦称黄陵庙、二妃庙。故址在今湖南省湘阴县北。据《水经注·湘水》记载，舜出巡，娥皇、女英从征，溺于湘江，神游

洞庭之渊,出入潇湘之浦,故民尊为湘水之神,立祠于水侧。湘娥:指舜二妃娥皇、女英,即湘妃(湘灵)。传说湘妃善弹琴瑟。屈原《远游》:"使湘灵鼓瑟兮,令海若舞冯夷。"曹植《仙人篇》:"湘娥拊琴瑟,秦女吹笙竽。"泠泠(líng 灵):形容乐声清越、悠扬。

⑧ "行到"三句:设想友人乘船到江东一带,正是暮春时节,江面开阔,水流平缓,适合航行;遥望前方,可见京城临安宫阙。江阔潮平:唐代王湾《次北固山下》:"潮平两岸阔,风正一帆悬。"金雀觚(gū 孤)棱:装饰有金凤凰的宫阙飞檐翘角。参见《文选》班固《西都赋》:"设璧门之凤阙,上觚棱而栖金爵。"五臣注:"凤阙,阙名也。南有璧门。觚棱,阙角也。角上栖金爵,金爵,凤也。"苏轼《皇太妃阁五首》之二:"雪残乌鹊喜,翔舞下觚棱。"

⑨ "前度"二句:借用唐代刘禹锡故事,言友人重回临安,未知京城中情况如何。据孟棨《本事诗》记载,刘禹锡由屯田员外郎贬朗州司马,十年后召还长安,正值春天,作《赠看花诸君子》诗曰:"紫陌红尘拂面来,无人不道看花回。玄都观里桃千树,尽是刘郎去后栽。"有人诬其有怨愤讥讽,遂被贬为连州刺史。十四年后,刘禹锡重还长安,为主客郎中,再游玄都观,则荡然无一桃树,唯见兔葵、燕麦动摇于春风中,因作《再游玄都观》诗曰:"百亩庭中半是苔,桃花净尽菜花开。种桃道士归何处?前度刘郎今又来。"

⑩ "愁为"二句:一腔愁绪,只有通过琴弦诉说。倩(qiàn 欠):

请。幺弦:琵琶的第四弦,因为最细,故称幺弦。参见张先《千秋岁》:"莫把幺弦拨,怨极弦能说。"

解读

淳熙七年(1180)暮春,一场狂风暴雨之后,湖南安抚使辛弃疾在江边送别返回临安的友人,创作了这首情深意浓、回味悠长的送别词。上片写临别之际情形,层层渲染离愁别绪,技法娴熟细致。首句借岸边之柳,引出送别之情,盖古人有折柳赠别习俗,"柳"与"留"谐音,用以寄托挽留惜别之意。"送春归",亦是用以映衬送客归,友人一别,似乎也把春光带走。"猛风暴雨"引起潇湘水涨,也引出后文水流似箭、催人快行的难堪。兼写燕子留人,与歌女唱曲,是双倍挽留惜别写法。下片设想友人一路行程,想象丰富,笔致灵动,意蕴饱满。湘灵鼓瑟,承接歌女唱曲,上下呼应,进一层生发伤别之情。行至东吴,江阔潮平,宫阙在望,则已安然抵达临安。友人重游京城,但不知时势如何。"前度刘郎"二句,用刘禹锡本事,有所讽喻,托意颇深,耐人寻思。故末两句愁绪甚浓,不单单是离别之愁。清许昂霄《词综偶评》谓此词"通首寄慨绝远",不无道理。陈廷焯《云韶集》赞此词"笔态恣肆,是幼安本色。字字有气魄,卓不可及。闲处亦不乏姿态。情景都绝"。

木兰花慢

席上送张仲固帅兴元①

汉中开汉业，问此地，是耶非②？想剑指三秦，君王得意，一战东归③。追亡事今不见，但山川满目泪沾衣④。落日胡尘未断，西风塞马空肥⑤。　　一编书是帝王师，小试去征西⑥。更草草离筵，匆匆去路，愁满旌旗⑦。君思我回首处，正江涵秋影雁初飞⑧。安得车轮四角，不堪带减腰围⑨。

注释

① 张仲固：张坚，字仲固，镇江人，绍兴二十四年甲戌（1154）进士。淳熙七年（1180）秋，受命知兴元府兼利州东路安抚使。安抚使为主管一路的军政长官，习称"帅"，这里作动词用。兴元：府名，府治在今陕西汉中市。秦汉以来，皆称汉中。唐德宗曾于兴元元年（784）避乱汉中，遂以其年号改汉中为兴元。北宋平后蜀，升为兴元府，下辖南郑等县，属利州东路。题中"送"四卷本作"呈"。

② "汉中"三句：都说汉中是开启汉王朝基业的根据地，是不是这样呢？据《史记·高祖本纪》记载，项羽自立为西楚霸王，统辖梁、楚地九郡，定都彭城；另立刘邦为汉王，统辖巴、蜀、汉中，定都南郑（汉中）。

③ "想剑指"三句:遥想当年,刘邦一举吞并三秦,得意非凡,向东挺进,与项羽争夺天下。剑指三秦:据《史记·高祖本纪》记载,项羽三分秦地,立秦三降将章邯、司马欣、董翳为雍王、塞王、翟王,统辖关中,以御刘邦入秦。刘邦用韩信之计,暗度陈仓,击败雍王章邯,平定雍地。不久,塞王司马欣、翟王董翳皆降汉,刘邦遂并三秦。东归:刘邦故乡在沛丰邑(今江苏丰县),故称其向东挺进与项羽争雄为东归。

④ 追亡事:指萧何追韩信事。据《史记·淮阴侯列传》记载,韩信因刘邦不予重用而逃亡,萧何闻讯,未及报告刘邦,自去追韩信。有人告诉刘邦说:萧何逃亡。刘邦大怒,如失左右手。过一二日,萧何来拜见刘邦,刘邦责问萧何为何逃亡。萧何说:"臣不敢亡也,臣追亡者。"又力荐韩信"国士无双","王必欲长王汉中,无所事信;必欲争天下,非信无所与计事者也。"这句是说,像萧何追韩信这样重视人才、举贤任能的事如今不会再有了。山川满目泪沾衣:借用唐代李峤《汾阴行》:"山川满目泪沾衣,富贵荣华能几时? 不见只今汾水上,惟有年年秋雁飞。"

⑤ "落日"二句:夕阳下,金兵铁骑飞驰,扬起阵阵尘埃;西风中,我军边塞战备荒废,战马长期不用而肥。隆兴二年(1164),金兵大规模南下,迫近长江,宋廷被迫与金签订屈辱的"隆兴和约",以换取偏安的局面。陆游作于淳熙五年(1178)的《关山月》诗写道:"和戎诏下十五年,将军不战空临边。朱门沉沉按歌舞,厩马肥死弓断弦。"

⑥ "一编"句:用汉张良故事,比喻张坚有杰出的才能,堪为帝王军师。据《史记·留侯世家》记载,张良年轻时避难下邳,曾从容游于桥上,遇一老人,约张良五日后天亮时会于桥上。张良两次迟到而未果。后张良未及夜半前往,老人喜曰:"当如是。"授张良一编书,曰:"读此,则为王者师矣。"视其书,乃是《太公兵法》。后张良辅佐刘邦,运筹帷幄之中,决胜千里之外,成为汉朝开国元勋。"小试"句:意谓张坚去西部兴元府任职,只是小试锋芒。似有大材小用之意。"一编",大德本原作"一篇",此从四卷本。

⑦ 草草:匆忙;草率,简陋。离筵:离别时送行的酒席。愁满旌旗:参见戴叔伦《送耿十三沣复往辽海》诗:"仗剑万里去,孤城辽海东。旌旗愁落日,鼓角壮悲风。"

⑧ 江涵秋影雁初飞:秋天的各种景色,包括初向南飞的大雁,都倒映在明镜般的江水中。借用杜牧《九日齐山登高》诗:"江涵秋影雁初飞,与客携壶上翠微。"

⑨ 车轮四角:意谓车轮生出四角,停止转动,以挽留行人。参见陆龟蒙《古意》:"君心莫淡薄,妾意正栖托。愿得双车轮,一夜生四角。"带减腰围:腰带渐宽,腰身渐瘦。指因感伤而瘦损。参见杜甫《伤秋》诗:"懒慢头时栉,艰难带减围。"

解读

淳熙七年(1180)秋,张坚受命由江南西路转运判官,调任兴元府(今陕西汉中)知府兼利州东路安抚使。差不多同一时期,湖南安抚使辛弃疾亦受命调任隆兴府知府兼江西安抚使。这首词便是词人在送别友人张坚的筵席上创作的。友人赴任地点在汉中，词的上片即由汉中史实发端，抚今追昔，引发深沉感慨。遥想刘邦当初以汉中为根据地，并吞三秦，向东扩展，进而统一中国，开创汉朝基业，是何等气势。反观现实，中原山河沦陷，宋室偏安一隅，主战将领不受重视，反遭排挤，长使英雄泪下沾衣；金兵铁骑不断骚扰边境，宋朝军队却是战备荒废。鲜明的古今对照与敌我对比中，蕴含着极深的愤懑与忧伤。下片写送别与思念之情。先以辅佐刘邦的张姓名相张良比拟张坚，对友人才华赞赏有加，对友人此行充满激励。再以临别之际场景描写，渲染离愁别绪。最后想象既别之后彼此的思念。"君思我"二句，是从对方想我着墨，写友人回望江影秋雁，以寄托思念之情。"安得"二句，是从我想对方落笔，"车轮四角"是留别的幻想，"带减腰围"是伤别的后果。此词虽为送别而作，却不局限于送别，而是熔咏史、怀古、讽喻、送别于一炉，内蕴丰富，情感充沛，结构精致，技巧娴熟，笔势翻飞，是一首兼有深度与广度的出色的抒情词。

祝英台近①

晚　春

宝钗分，桃叶渡，烟柳暗南浦②。怕上层楼，十

万绿丛
中狂一
点动人
春急
不须多
咫尺瀛
沈在海
寓面

祝英台近（宝钗分）

日九风雨。断肠片片飞红，都无人管，更谁劝啼莺声住③。　　鬓边觑。试把花卜归期，才簪又重数④。罗帐灯昏，哽咽梦中语：是他春带愁来，春归何处，却不解带将愁去⑤。

注释

① 四卷本词牌作"祝英台令"。

② "宝钗"三句：女子回忆当初，在烟柳凄迷的渡口，与情人告别时，分钗留念的场景。宝钗分：古代男女分别时，有分钗留别的习俗，男女各持钗一股，作为来日重逢的信物。南朝梁陆罩《闺怨》诗："自怜断带日，偏恨分钗时。"白居易《长恨歌》："唯将旧物表深情，钿合金钗寄将去。钗留一股合一扇，钗擘黄金合分钿。但教心似金钿坚，天上人间会相见。"贺铸《绿头鸭》："翠钗分、银笺封泪，舞鞋从此生尘。"桃叶渡：在建康(今南京)秦淮河口。东晋王献之与爱妾桃叶分别的渡口，故名。王献之作歌送桃叶云："桃叶复桃叶，渡江不用楫。但渡无所苦，我自迎接汝。"这里借指男女分别的地方。南浦：屈原《九歌·河伯》："子交手兮东行，送美人兮南浦。"江淹《别赋》："春草碧色，春水渌波。送君南浦，伤如之何。"后常以南浦泛指分别的地方。

③ "怕上"五句：怕登楼远眺，望见风雨连绵、红花飘零、莺啼凄苦的晚春景象，会触动离愁而悲痛伤心。飞红：飞花，落花。

秦观《千秋岁》："春去也,飞红万点愁如海。""更谁劝"句,四卷本作"倩谁唤流莺声住"。

④ "鬓边"三句:试着用插在鬓边的花来占卜,以花瓣数来推算情郎的归期,因不满意占卜结果,花刚插回鬓上,重又取下来数。鬓边觑(qù 去):朝鬓边窥视。簪(zān 赞阴平):插戴在头上。"试把",大德本原作"应把",此从四卷本。"归期",四卷本作"心期"。

⑤ "罗帐"五句:记女子夜间梦中哽咽之语:是春天把愁带了来,现在春天走了,却不懂得把愁带走。参见辛弃疾前辈词友赵彦端《鹊桥仙》:"春愁元自逐春来,却不肯随春归去。"又,刘克庄《后村诗话》:"雍陶《送春》诗云:'今日已从愁里去,明年更莫共愁来。'稼轩词云:'是他春带愁来,春归何处,却不解和愁将去。'虽用前语而反胜之。"另参辛弃疾《满江红》(点火樱桃):"问春归不肯带愁归,肠千结。""哽咽",四卷本作"呜咽"。"带将愁去",四卷本作"将愁归去"。

解读

南宋时曾流行一则传说,说是辛弃疾曾纳吕正之女儿为妾,吕氏因小事触怒辛弃疾,竟至被逐出家门。辛弃疾这首"宝钗分,桃叶渡"词就是因此而作。事见南宋张端义《贵耳集》。前人多有说宋人小说不靠谱的。近人梁启勋《词学》就说:"宋人说部,未可遽信。"俞平伯《唐宋词选释》亦说此事"恐出流俗附会,且与词意亦不合"。这应该是一首代言体的闺怨词。题曰"晚春",实是伤别、盼归兼伤春、怨春之作,亦是稼轩词中缠绵柔婉一路的代表作。上片由伤别而伤春。"宝钗"三句,描绘女子与情人离别场面,情景如画,景中含情。"怕上"五句,既别之后女子孤苦凄凉光景,借由伤春写出,伤悼风雨凄迷、落花无主,正是自伤身世。下片因盼归而怨春。"鬓边"三句,写花卜归期甚细,揭示女子急切盼望情人归来心思。但望而不见,盼而不归,不由借梦语抒发怨恨。不怨情人不归,却怨春带愁来、不带愁归,情味愈浓。末三句虽从前人诗词翻出,仍具巧思,托意深远,耐人回味。南宋魏庆之《诗人玉屑》引黄昇《中兴词话》评此词"风流妩媚,富于才情,若不类其为人矣。……盖其天才既高,如李白之圣于诗,无适而不宜,故能如此"。清人沈谦《填词杂说》亦云:"稼轩词以激扬奋厉为工,至'宝钗分,桃叶渡'一曲,昵狎温柔,魂销意尽,才人伎俩,真不可测。"

恋绣衾

无 题

　　夜长偏冷添被儿,枕头儿移了又移①。我自是笑别人底,却元来当局者迷②。　　如今只恨因缘浅,也不曾抵死恨伊③。合下手安排了,那筵席须有散时④。

注释

① "夜长"二句：长夜漫漫，被子单薄，独自一人感觉格外寒冷，添加了被子，反复安放枕头，仍难以入睡。参见辛弃疾《寻芳草》(有得许多泪)："枕头儿放处都不是，旧家时怎生睡。"夜长：王诏刊本、四印斋本作"长夜"。

② "我自是"二句：以前只知道笑话别人，现在自己身陷痛苦，却犯了迷糊。底：相当于"的"。元来：同"原来"。当局者迷：原指下棋者容易犯糊涂，不如旁观者看得清楚。比喻当事人身处其境，反而看不清形势。《宋书·王微传》载南朝宋王微与王僧绰书曰："且持盈畏满，自是家门旧风，何为一旦落漠至此，当局苦迷，将不然邪！"

③ "如今"二句：如今只恨彼此缘分太浅，并不会一味恨他。抵死：格外；总是。"抵死"，大德本原作"底死"，此从王诏刊本及四印斋本。

④ "合下手"二句：须明白世上无不散的宴席，对此应该早有准备。合：合该，应该。下手：王诏刊本、四印斋本作"手下"。筵席：酒席，宴会。

解读

　　此词与《祝英台近》(宝钗分)作年难以考定，大约都是词人中年为官时所作。这首带有花间词风的作品，以第一人称的口吻，写一位被人抛弃的女子长夜辗转难眠的情形，以及自我宽解的心理活动。上片通过"添被"、"移枕",写出长夜寒冷,孤独难耐,无法入眠;又通过自己切身体验失恋痛苦,这才明白当初嘲笑别人,只因未曾体会痛苦。下片写自我安慰,并不痛恨那男子薄幸无情,只恨缘分太浅,因为这世上原无不散宴席。全篇通过人物动作和心理活动,描画出一位充满深情、为爱所困而又温柔敦厚、通达明智的女子形象。语言生动俚俗,口吻毕肖。

沁园春

带湖新居将成①

三径初成,鹤怨猿惊,稼轩未来②。甚云山自许,平生意气;衣冠人笑,抵死尘埃③。意倦须还,身闲贵早,岂为莼羹鲈鲙哉④。秋江上,看惊弦雁避,骇浪船回⑤。　　东冈更葺茅斋,好都把轩窗临水开⑥。要小舟行钓,先应种柳;疏篱护竹,莫碍观梅⑦。秋菊堪餐,春兰可佩,留待先生手自栽⑧。沉吟久,怕君恩未许,此意徘徊⑨。

注释

① 带湖:在信州府城(今江西上饶)灵山门外,原是一狭长形湖泊,湖水澄澈,环境幽美。淳熙八年(1181),辛弃疾依湖建成新居,因"前枕澄湖如宝带"(洪迈《稼轩记》),命名曰"带湖"。

② "三径"二句:带湖新居即将建成,主人稼轩居士却未归来,由此引起了猿鹤的抱怨和惊诧。三径:据赵岐《三辅决录·逃名》记载,西汉末,王莽专权,兖州刺史蒋诩称病辞官,归隐乡里,荆棘塞门,于院中开三径,唯与求仲、羊仲来往。后常以"三径"借指归隐者的家园。陶渊明《归去来兮辞》:"三径就荒,松菊犹存。"苏轼《次韵周邠》诗:"南迁欲举力田科,三径初成乐事多。"鹤怨猿惊:化用孔稚圭《北山移文》:"蕙帐空兮夜鹤怨,山人去兮晓猿惊。"意谓猿鹤因隐士出山、蕙帐空空而抱怨、惊诧。后常以"鹤怨猿惊"表示对隐士出山的抱怨或期待归隐的人。稼轩:辛弃疾带湖新居中,专门辟出田园,以备他日释官归来,躬耕于此,因于田园旁凭高筑屋,名为稼轩,由此自号稼轩居士。

③ "甚云山"四句:平生意愿,以归隐园田、与云山相伴自许,为何却总是混迹官场,沉溺俗世,被人笑话。甚:为什么;怎么。衣冠人笑:即"衣冠而为人笑"。一直为官,遭人讥笑。衣冠,代指官员,这里是自指。抵死:终究;总是。

④ "意倦"三句:厌倦了官场就应该趁早归隐,岂是为了贪图莼菜羹、鲈鱼脍美味。莼羹鲈鲙:见前《木兰花慢》(老来情味减)注⑤。

⑤ 惊弦雁避,骇浪船回:大雁惊闻弓弦之响而急忙躲避,船只害怕巨浪便掉头回转。比喻见机而退,全身远祸。似从白居易《送客南迁》诗"客似惊弦雁,舟如委浪萍"化出。惊弦雁避,参见前《木兰花慢》(老来情味减)注⑨。

⑥ "东冈"二句:计划在带湖新居的东冈再建茅屋,要让茅屋的窗子都朝向水面。东冈:参见洪迈《稼轩记》:"东冈西阜,北墅南麓,以青径款竹扉,以锦路行海棠。"轩窗临水开:参见北宋吕夷简《天花寺》诗:"贺家湖上天花寺,一一轩窗向水开。"晁端礼《雨中花》:"朱门映柳,绮窗临水,盛游应记当年。"

⑦ "要小舟"四句:规划新居园林池塘布局:在小船垂钓的水边种植杨柳,筑篱笆护竹林的同时不要妨碍赏梅。

⑧ "秋菊"三句:秋菊、春兰还有待自己亲手栽培。秋菊堪餐:语本屈原《离骚》:"朝饮木兰之坠露兮,夕餐秋菊之落英。"春兰可佩:化用屈原《离骚》:"扈江离与辟芷兮,纫秋兰以为佩。"先生:这里是自指。

⑨ 沉吟:犹豫,迟疑不决。怕君恩未许:恐怕皇上不同意自己归隐。君,此处指宋孝宗。徘徊:形容犹豫不决的样子。

解读

淳熙八年(1181)秋,辛弃疾还在江西安抚使任上,他用心营造的信州带湖新居即将建成,心里权衡着未来的人生走向,在进退出处之间还有些犹豫不定时,写了这首词。上片先以自嘲口吻,说明隐居之所即将建成,而隐居主人迟迟未来,引起猿鹤怨怒,揭示自己言行不一的矛盾状态。接着正面披露倦于宦游,欲趁早归隐,并非为贪图生活享乐,实是有感于"惊弦雁避,骇浪船回",为躲避官场倾轧,全身远祸,不得已而思退隐。下片承上片退隐之意,逐一布置新居中尚未完成之园林,东冈茅斋,临水轩窗,垂钓柳荫,意极闲雅。而修竹疏梅、春兰秋菊云云,以"香草"手法托意,映衬自己高洁品性、高远志尚。由此引出沉吟徘徊的矛盾心理,只因壮志未酬,功业无成,怕辜负君王重托,故又不忍即退。这种进退两难的复杂心理,正如清人黄蓼园《蓼园词评》分析的那样:"稼轩忠义之气,当高宗南渡,由山东间道奔行在,竭蹶间关,力图恢复,岂是安于退闲者。……所谓惊弦骇浪,迫于不得已而思退,心亦苦矣。末又云'怕君恩未许,此意徘徊',退不能退,何以为情哉。"词以议论铺叙为主,间以比兴托意,回环周转,娓娓道来,雍容大雅,而雍容大雅之中又有沉郁凝重之致。清陈廷焯《词则·放歌集》评此词"抑扬顿挫,急流勇退之情,以温婉之笔出之,姿态愈饶",庶几近之,然"急流勇退"之说不及黄蓼园所论周全。

水 调 歌 头

盟 鸥①

带湖吾甚爱,千丈翠奁开②。先生杖屦无事,一日走千回③。凡我同盟鸥鹭，今日既盟之后，来往莫相猜④。白鹤在何处？尝试与偕来⑤。　　破青萍，排翠藻，立苍苔⑥。窥鱼笑汝痴计，不解举吾杯⑦。废沼荒丘畴昔，明月清风此夜，人世几欢哀⑧。东岸绿阴少，杨柳更须栽⑨。

注释

① 盟鸥：与鸥鸟结盟，同住水乡。比喻退隐江湖。参见李白《赠王判官，时余归隐居庐山屏风叠》诗："明朝拂衣去，永与白鸥盟（一作'海鸥群'）。"陆游《雨夜怀唐安》诗："小阁帘栊频梦蝶，平湖烟水已盟鸥。"

② 带湖：见前《沁园春》(三径初成)注①。翠奁(lián 联)：绿色镜匣。这句比喻带湖如同打开镜匣看到的明亮的镜子。

③ "先生"二句：稼轩先生闲来无事，又酷爱带湖，便每天拄杖在湖边来来回回地走动。杖屦(jù 巨)：拄杖漫步。杜甫《祠南夕望》诗："兴来犹杖屦，目断更云沙。"

④ "凡我"三句：词人与鸥鹭订盟之语，化用《左传·僖公九年》齐侯盟诸侯于葵丘语："凡我同盟之人，既盟之后，言归于好。""鸥鹭"，四卷本作"鸥鸟"。

⑤ "白鹤"二句：词人邀请鸥鹭与同伴白鹤一起来游玩。

⑥ "破青萍"三句：描写鸥鹭破除浮萍，拨开水藻，立于布满青苔的湖边，窥视水中之鱼，准备啄食的情景。

⑦ "窥鱼"二句：讥笑鸥鹭只知啄食水中之鱼，却不懂得享受我杯中之酒。窥鱼：参见唐代楼颖《东郊纳凉，忆左威卫李录事收昆季、太原崔参军三首》之一："饥鹭窥鱼静，鸣鸦带子喧。"

⑧ "废沼"三句：带湖原本是不为人知的废池荒坡，而今经过整治已是月白风清的幽美湖景了，人世间就是这样充满悲欢哀乐的变化。畴昔：从前，往日。明月清风：参见黄庭坚《木兰花令》："徐熙小鸭水边花，明月清风都占却。"贺铸《断湘弦》："拟话当时旧好，问同谁与醉尊前。除非是，明月清风，向人今夜依然。"另参辛弃疾《菩萨蛮》："稼轩日向儿童说：带湖买得新风月。"

⑨ "东岸"二句：参见杜甫《舍弟占归草堂检校聊示此诗》："东林竹影薄，腊月更须栽。"并参辛弃疾《沁园春》(三径初成)："要小舟行钓，先应种柳。"

解读

　　这是淳熙九年(1182)春，辛弃疾罢居信州带湖之初创作的名篇。上一年十一月，词人由奉议郎改除两浙西路提点刑狱公事，不久台臣王蔺弹劾辛弃疾帅湖南时"用钱如泥沙，杀人如草芥"，因此落职罢官。辛弃疾此前仅有的一点希望和幻想就此破灭，于是不再沉吟徘徊，退回带湖新居，开始了长达十年的隐居生活。词以"盟鸥"为题，暗用《列子·黄帝》海上之人从鸥鸟游故事，隐含官场险恶、人心奸诈之意，正面表达愿与鸥鸟为伴，长久隐居带湖之志，题旨诡奇，意蕴丰富。起句直言对带湖的钟爱,日走千回,不离不弃,奠定了与鸥鸟缔结盟约的基础。"凡我同盟"三句,戏拟《左传》齐侯盟诸侯之语,与鸥鸟结盟,往来互不猜忌,点明主旨,颇有创意。"白鹤"二句挥洒自如,盖物以类聚,爱鸥及鹤。下片先调侃鸥鹭窥鱼之痴态,暗讽世人逐利,衬出词人放旷自在、浑然忘机的风采。接着以带湖今昔之变,引发人生哀乐循环的感慨,隐约有塞翁失马焉知非福之意。末二句神闲气定,以闲淡语作结,而意蕴悠远。诚如清人陈廷焯《词则·放歌集》眉批所论,此词结句"愈朴愈妙,看似不经意,然非有力如虎者不能"。其《白雨斋词话》又说,末二句"信手拈来,便成绝唱,后人亦不能学步"。

水调歌头

汤朝美司谏见和,用韵为谢①

白日射金阙,虎豹九关开②。见君谏疏频上,谈笑挽天回③。千古忠肝义胆,万里蛮烟瘴雨,往事莫惊猜④。政恐不免耳,消息日边来⑤。　　笑吾庐,门掩草,径封苔⑥。未应两手无用,要把蟹螯杯⑦。说剑论诗余事,醉舞狂歌欲倒,老子颇堪哀⑧。白发宁有种,一一醒时栽⑨。

注释

① 汤朝美：汤邦彦（1134—1187），字朝美，金坛（今江苏金坛）人，汤鹏举之孙，乾道八年（1172）中博学鸿词科。自负功名，议论英发，深得孝宗信任，除秘书丞、起居舍人兼中书舍人，擢升左司谏兼侍读。后因出使金国不力，淳熙三年（1176）送新州（今广东新兴）编管。数年后移信州，得与辛弃疾交游，互有唱和。这首词就是辛弃疾用原韵答谢汤邦彦和《水调歌头》（带湖吾甚爱）的。四卷本题作"汤坡见和，用韵为谢"。

② "白日"二句：白日照耀着皇城宫阙，重重宫门逐一开启。金阙：原指仙人或天帝居住的宫阙，借指皇帝居住的宫阙。参见李白《登高丘而望远》诗："扶桑半摧折，白日沉光彩。银台金阙如梦中，秦皇汉武空相待。"虎豹九关：原指虎豹执掌的九重天门。《楚辞·招魂》："魂兮归来，君无上天些。虎豹九关，啄害下人些。"王逸注："言天门凡有九重，使神虎豹执其关闭，主啄啮天下欲上之人而杀之也。"这里借指禁卫森严的重重宫门。

③ "见君"二句：汤邦彦屡次向孝宗上谏书，往往在谈笑之间改变皇帝意志。据《京口耆旧传》记载，汤邦彦任左司谏时，"论事风生，权幸侧目。上手书以赐，称其'以身许国，志若金石，协济大计，始终不移'。及其他圣意所疑，则以谘问。"又据刘宰《漫塘集·颐堂集序》载，汤邦彦（颐堂）"意气激昂，议论慷慨，独脱颖而出，故贵名之起如轰雷霆"。"君臣之间，气合道同，言听谏行。"挽天回：旧以皇帝为天，凡能劝谏皇帝改变意

志者称回天。据唐代吴兢《贞观政要·纳谏》以及《新唐书·张玄素传》记载,唐贞观年间,给事中张玄素谏止唐太宗修洛阳乾元殿,魏徵叹曰:"张公遂有回天之力。""谈笑",四卷本作"高论"。

④ "千古"三句:如此赤胆忠心的谏官,竟被贬到遥远的蛮荒之地;但往事既已过去,就不要再惊疑猜测了。蛮烟瘴雨:指蛮荒地区的烟雨瘴气。借指蛮荒地区。这里指汤邦彦被贬谪到新州。另参辛弃疾次年所作《满江红·送汤朝美司谏自便归金坛》:"瘴雨蛮烟,十年梦尊前休说。"

⑤ "政恐"二句:相信汤邦彦当重获朝廷重用,消息很快会从京城传来。政恐不免:"政"同"正"。借用东晋谢安语。据《世说新语·排调》记载,东晋谢安为布衣时,兄弟中已有富贵者,轰动乡里,刘夫人戏谓谢安曰:"大丈夫不当如此乎?"谢安捉鼻曰:"但恐不免耳。"日边:比喻京城一带或帝王身边。韦庄《章江作》诗:"之子棹从天外去,故人书自日边来。"

⑥ "笑吾庐"三句:自嘲家居冷落,杂草掩门,青苔封路,宾客稀少。径封苔:参见宋代胡寅《和仲固春日村居即事十二绝》之五:"西园闻道径封苔,落落髯仙去不回。"

⑦ "未应"二句:自己两手应该不会无用,至少可以一手持蟹螯,一手持酒杯。化用东晋毕卓(茂世)语。《世说新语·任诞》:毕茂世云:"一手持蟹螯,一手持酒杯,拍浮酒船中,便足了一生矣。"把:握。蟹螯(áo 敖):螃蟹的第一对脚,状似钳。

⑧ "说剑"三句:写自己罢官之后的闲居生活,常常醉酒狂歌,令

人悲哀。说剑论诗：参见苏轼《与梁左藏会饮傅国博家》诗：
"将军破贼自草檄，论诗说剑俱第一。"余事：次要的事，不重
要的闲事。醉舞狂歌欲倒：参见唐代李涉《却归巴陵途中走
笔寄唐知言》诗："醉舞狂歌此地多，有时酩酊扶还起。"老子
颇堪哀：化用东汉马援语。《后汉书·马援传》："诸曹时白外
事，援辄曰：'此丞掾之任，何足相烦，颇哀老子，使得遨游。'"
老子，老夫，自称之词。

⑨ "白发"二句：黄庭坚《次韵裴仲谋同年》诗："白发齐生如有
　　种，青山好去坐无钱。"辛弃疾意谓白发哪有什么种，那都是
　　自己清醒的时候在愁苦之中一一栽种的。

解读

　　辛弃疾交游唱和的朋友中，也不乏彼此为政治对手的，比如
汤邦彦与叶衡。回想当年汤邦彦任左司谏兼侍读之时，意气风
发，论事慷慨，深得孝宗嘉许，以至于言听计从，其间包括汤邦彦
奏右丞相叶衡诋毁皇上，直接导致叶衡罢相。但曾几何时，汤邦
彦因为出使金国有辱使命，很快也遭别人弹劾，被贬到遥远的蛮
荒之地新州，数年之后才移到信州。当时辛弃疾正在信州，也处
在人生重要的转折点上——罢官归隐。淳熙九年（1182）春，四
十三岁的辛弃疾退居信州带湖之初，写了著名的《水调歌头·盟
鸥》，汤邦彦很快和了一首。辛弃疾又用原调原韵，写了这首词，
作为答谢。词的上下半片，分别述说汤邦彦和词人自己。上片
写汤邦彦跌宕起伏的人生经历。起势雄强辉赫，光彩耀目，映衬

汤司谏当年在朝中议论英发,谈笑风生,深得孝宗倚重的荣耀。"千古"以下,笔锋一转,为汤氏遭人弹劾,贬谪蛮荒之地,深致惋惜,倍加劝慰,更激励其耐心待命,东山再起。下片写自己罢官后的悲凉境遇。先自嘲门庭冷落,人迹罕至。不说英雄无用武之地,偏说两手还能把杯持蟹。接着正面透露不再像以往那样谈剑论诗,只能靠醉酒狂歌宣泄郁闷,情形委实悲哀。结句以白发增生,表明郁闷愁苦不可断绝。词人借与友人唱和,以友人显赫的过去与光明的前景,反衬自己的落魄潦倒与黯然无望,将罢退以来一腔忧愤悲哀尽情倾泻出来。

踏莎行

赋稼轩,集经句①

进退存亡,行藏用舍②。小人请学樊须稼③。衡门之下可栖迟,日之夕矣牛羊下④。　　去卫灵公,遭桓司马⑤。东西南北之人也⑥。长沮桀溺耦而耕,丘何为是栖栖者⑦。

注释

① 稼轩:词人带湖新居中临近田园的房舍。见前《沁园春》(三

径初成)注②。集经句:辑取儒家经典著作(如《易经》、《书经》、《诗经》、《春秋》、《论语》等)语句,以成篇什。

② 进退存亡:语本《易经·乾·文言》:"知进退存亡而不失其正者,其惟圣人乎?"意思是:大约只有圣人才能处理好出仕或退隐、生存或死亡的关系,而又能不失其正道。行藏用舍:语本《论语·述而》:"子谓颜渊曰:'用之则行,舍之则藏,唯我与尔有是乎。'"孔子认为,只有自己和颜回(子渊)能做到:用我则行,弃我则隐。

③ "小人"句:用樊须(字子迟)向孔子请求学种庄稼故事。《论语·子路》:"樊迟请学稼,子曰:'吾不如老农。'请学为圃,子曰:'吾不如老圃。'樊迟出,子曰:'小人哉,樊须也!'"

④ "衡门"句:语本《诗经·陈风·衡门》:"衡门之下,可以栖迟。泌之洋洋,可以乐饥。"意思是:横木为门,便可安居;泌丘之泉,便可充饥。衡门:横木为门,言浅陋也(《毛传》)。栖迟:栖息,游息。"日之"句:语本《诗经·王风·君子于役》:"日之夕矣,羊牛下来。"意思是,黄昏时分,牛羊从山坡上下来了。

⑤ 去卫灵公:孔子崇尚礼义,卫灵公热衷战争,因见解不合,孔子离开卫国。去,离开。《论语·卫灵公》:"卫灵公问陈(阵)于孔子。孔子对曰:'俎豆之事,则尝闻之矣;军旅之事,未之学也。'明日遂行。在陈绝粮,从者病,莫能兴。"遭桓司马:孔子困厄时,路过宋国,遇上宋司马桓魋要杀他,被迫改换便服离开宋国。《孟子·万章上》:"孔子不悦于鲁、卫,遭宋桓司马,将要而杀之,微服而过宋。是时孔子当厄。"

⑥ "东西"句:《礼记·檀弓上》记孔子曰:"今丘也,东西南北之人也。"言其周游列国,漂泊四方。

⑦ "长沮"句:语出《论语·微子》:"长沮、桀溺耦而耕,孔子过之,使子路问津焉。……(桀溺)曰:'滔滔者,天下皆是也,而谁以易之? 且而与其从避人之士也,岂若从避世之士哉?'"孔子出游途中遇到两位隐士长沮、桀溺,于是派子路去问渡口,结果遭到两人讥讽,并劝子路跟他们一起避世。耦而耕:两人合作耕种。耦,同"偶"。"丘何为"句:语出《论语·宪问》:"微生亩谓孔子曰:'丘何为是栖栖者与? 无乃为佞乎?'"鲁国隐士微生亩质问孔子:孔丘你为何如此忙碌呢? 无非是为了显示自己巧言善辩吧。栖(xī 西)栖:忙碌不安的样子。

解读

集前人的诗文语句,连缀成诗或词,称为集句诗或集句词。西晋傅咸所作《〈毛诗〉诗》、《〈论语〉诗》、《〈易经〉诗》、《〈左传〉诗》等篇,为最早的集句诗,也是集经句之始。集句词则兴盛于宋朝,如王安石、苏轼、黄庭坚等皆擅此体,然所集多为前人诗句,集经句之词较少。历来集经句词,当以辛弃疾此篇为胜。词为新落成的稼轩而作,约写于淳熙九年(1182)退隐带湖之初。上片是说为人当识进退出处之机,如今退而学稼,虽居处简陋,足可以安享田园之乐。下片隐然以孔子事自拟,言己屡遭困厄,南北飘荡,理应学隐士归耕,何必长年奔波在外、忙碌不安呢? 全篇围绕稼轩归耕主旨,辑录经句,或稍作调整,浑然如自出机柸,通体完整,略无牵强之意,实属难能可贵。清沈雄《古今词话·词品》曰:"《柳塘词话》曰:徐士俊谓集句有六难:属对一也,协韵二也,不失粘三也,切题意四也,情思联续五也,句句精美六也。……沈雄曰:余更增其一难,曰打成一片。稼轩俱集经语,尤为不易。"所论极是。

贺新郎

听琵琶①

凤尾龙香拨②。自开元《霓裳曲》罢,几番风月③。最苦浔阳江头客,画舸亭亭待发④。记出塞黄云堆雪。马上离愁三万里,望昭阳宫殿孤鸿没⑤。弦解语,恨难说⑥。   辽阳驿使音尘绝⑦。琐窗寒轻拢慢捻,泪珠盈睫⑧。推手含情还却手,一抹《梁州》哀彻⑨。千古事云飞烟灭⑩。贺老定场无消息,想沉香亭北繁华歇⑪。弹到此,为呜咽⑫。

注释

① 大德本题作"赋琵琶",此从四卷本。

贺新郎（凤尾龙香拨）

② 凤尾龙香拨:琵琶的琴槽形似凤尾,琴拨用龙香柏制成。用唐玄宗贵妃杨玉环(太真)弹琵琶事。唐代郑嵎《津阳门》诗:"玉奴琵琶龙香拨,倚歌促酒声娇悲。"自注:"贵妃(玉奴)妙弹琵琶,其乐器闻于人间者,有逻沙檀为槽,龙香柏为拨者。上每执酒卮,必令迎娘歌水调曲遍,而太真辄弹弦倚歌,为上送酒。"苏轼《宋叔达家听琵琶》诗:"数弦已品龙香拨,半面犹遮凤尾槽。"

③ "自开元"二句:自从唐代开元年间《霓裳羽衣曲》盛行之后,不知又经历了多少岁月。开元:唐玄宗年号,公元713—741年。《霓裳(cháng 常)曲》:即《霓裳羽衣曲》,唐代乐曲名,相传开元年间由西域传入,经唐玄宗加工改编,盛行于天宝年间,直至安史之乱爆发。白居易《长恨歌》:"渔阳鼙鼓动地来,惊破《霓裳羽衣曲》。"

④ "最苦"二句:唐元和十一年(816)秋夜,江州司马白居易于浔阳江头送客,闻船中商妇弹琵琶、述身世,触动自身贬谪遭遇而潸然落泪,因作长歌《琵琶行》并序。参见《琵琶行》:"浔阳江头夜送客,枫叶荻花秋瑟瑟。……忽闻水上琵琶声,主人忘归客不发。……凄凄不似向前声,满座重闻皆掩泣。座中泣下谁最多? 江州司马青衫湿。"浔阳江:长江流经今江西九江市北的一段。画舸(gě 葛)亭亭:画船高耸华美。参见北宋郑文宝《绝句》:"亭亭画舸系寒潭,直到行人酒半酣。"

⑤ "记出塞"三句:写西汉王昭君出塞万里途中,琵琶马上奏乐,回望长安宫殿的情形。西晋石崇《王明君辞》序:"王明君者,

本是王昭君,以触(晋)文帝讳,故改之。匈奴盛,请婚于汉。元帝以后宫良家子明君配焉。昔公主嫁乌孙,令琵琶马上作乐,以慰其道路之思。其送明君,亦必尔也。其造新曲,多哀怨之声。"黄云堆雪:塞外黄沙漫天,白雪堆地。参见欧阳修《明妃曲和王介甫作》:"不识黄云出塞路,岂知此声能断肠。"北宋孔武仲《过马鞍山》诗:"畏日流金红艳艳,乱沙堆雪白漫漫。"昭阳宫殿:汉朝京城长安未央宫中有昭阳殿,为后妃居所。《三辅黄图·未央宫》:"武帝时,后宫八区,有昭阳……等殿。"孤鸿没(mò 莫):孤雁落下。象征孤独的身影。参见陆游《无题》诗:"天涯落日孤鸿没,镜里流年两鬓秋。"

⑥ "弦解语"二句:琵琶琴弦虽能传递语意,却很难尽情诉说心中怨恨。似反用杜甫《咏怀古迹五首》之三:"千载琵琶作胡语,分明怨恨曲中论。"以及白居易《琵琶行》:"低眉信手续续弹,说尽心中无限事。"

⑦ "辽阳"句:远征辽阳的亲人音信断绝。辽阳:今辽宁省辽阳市。古代军事重镇。驿使:驿站传递书信、公文的人。音尘:音信;踪迹。参见沈佺期《古意呈补阙乔知之》诗:"九月寒砧催木叶,十年征戍忆辽阳。白狼河北音书断,丹凤城南秋夜长。"毛文锡《河满子》:"梦断辽阳音信,那堪独守空闺。"李白《忆秦娥》:"乐游原上清秋节,咸阳古道音尘绝。"

⑧ "琐窗"二句:独守空闺的女子,在寒窗下弹着琵琶,不由得泪水盈眶。琐窗:刻有连琐图案的窗格。参见晏几道《浣溪沙》:"床上银屏几点山,鸭炉香过琐窗寒,小云双枕恨春闲。"

轻拢慢捻：弹琵琶的两种指法。拢，用指在弦上上下按捺。捻，用指揉弦。参见白居易《琵琶行》："轻拢慢捻抹复挑，初为《霓裳》后《绿腰》。"泪珠：王诏刊本、四印斋本作"珠泪"。

⑨ "推手"二句：思妇满含深情弹奏一曲《梁州》，乐声哀伤欲绝。推手、却手：弹琵琶的两种指法。推手是用指前弹，却手是用指后拨。《释名·释乐器》："枇杷（按即琵琶），本出于胡中，马上所鼓也。推手前曰枇，引手却曰杷，象其鼓时，因以为名也。"欧阳修《明妃曲和王介甫作》："推手为枇却手杷，胡人共听亦咨嗟。"抹：亦是弹琵琶指法。这里"一抹"指一曲。《梁州》：唐教坊曲名，亦名《凉州》。白居易《宅西有流水，墙下构小楼，临玩之时颇有幽趣，因命歌酒聊以自娱，独醉独吟，偶题五绝句》之四："《霓裳》奏罢唱《梁州》，红袖斜翻翠黛愁。"元稹《连昌宫词》："逡巡大遍《凉州》彻，色色龟兹轰录续。"

⑩ "千古"句：谓千古往事如同过眼云烟。云飞烟灭：参见苏轼《念奴娇·赤壁怀古》："谈笑间，樯橹灰飞烟灭。"

⑪ "贺老"二句：盛唐时代琵琶名师贺老再无踪影，长安宫中沉香亭北唐玄宗、杨贵妃赏花歌舞景象也早已衰歇。贺老：贺怀智，开元、天宝年间善弹琵琶的著名艺人。定场：言贺老琴艺出众，镇得住场子。参见元稹《连昌宫词》："夜半月高弦索鸣，贺老琵琶定场屋。"苏轼《虞美人·琵琶》："定场贺老今何在？几度新声改。"沉香亭：在长安兴庆宫图龙池东。据《松窗杂录》记载，开元年间，唐玄宗移植牡丹花于沉香亭前，时值花开繁盛，因乘月夜，召杨贵妃赏花，宣李白作《清平调词》

三首。李白《清平调词》之三："名花倾国两相欢,长得君王带笑看。解释春风无限恨,沉香亭北倚阑干。"

⑫ 为呜咽(yè 页):即为之呜咽。呜咽,低声哭泣。

解读

　　这是稼轩词中传世名篇。梁启超《饮冰室评词》论此词曰："琵琶故事,网罗胪列,乱杂无章,殆如一团乱草。惟其大气足以包举之,故不觉粗率。""大气足以包举",所言不虚;"殆如一团乱草",则未必然。此词大德本题作"赋琵琶",四卷本题作"听琵琶",似以"听琵琶"较为贴切,亦不致有杂乱之感。盖词人听乐姬弹奏琵琶曲,触动心弦,深有感慨,遂融汇《霓裳羽衣曲》、《琵琶行》、《昭君出塞曲》、《梁州曲》故实而作此词。词中"自开元《霓裳曲》罢"与"贺老定场无消息,想沉香亭北繁华歇",首尾照应,写盛衰之感,统摄全篇。其间穿插个人沦落之苦,或离愁别恨之痛,皆由时世艰难、大势衰微所致,虽世代各异,古今同此感慨。纵观全篇,由听曲起兴,融化琵琶故事,描写生动流利,情感一气贯注,构思完整细密。明人陈霆《渚山堂词话》曰:"辛稼轩词,或议其多用事,而欠流便。予览其琵琶一词,则此论未足凭也。……此篇用事最多,然圆转流丽,不为事所使,称是妙手。"清代陈廷焯《云韶集》亦说:"此词运典最多,却是一片感慨,故不嫌堆垛。心中有泪,故下笔无一字不呜咽。哀感顽艳,笔力却高。"又其《白雨斋词话》举"马上离愁"两句,谓"稼轩词于雄莽中别饶隽味"。

水龙吟

甲辰岁寿韩南涧尚书①

渡江天马南来，几人真是经纶手②？ 长安父老，新亭风景，可怜依旧③。夷甫诸人，神州沉陆，几曾回首④。算平戎万里，功名本是，真儒事，公知否⑤？ 况有文章山斗，对桐阴满庭清昼⑥。当年堕地，而今试看，风云奔走⑦。绿野风烟，平泉草木，东山歌酒⑧。待他年整顿，乾坤事了，为先生寿⑨。

注释

① 甲辰：淳熙十一年甲辰（1184）。寿：祝寿。韩南涧：韩元吉（1118—1187），字元咎，原籍开封雍丘（今河南杞县），晚年寓居信州（今江西上饶），居所前有涧水，因号南涧。孝宗朝，累官吏部尚书、龙图阁学士。主张抗金。政事、文学皆称名于世。与陆游、辛弃疾等交往甚密，多有唱和。著有《焦尾集》、《南涧甲乙稿》。四卷本题作"为韩南涧尚书寿，甲辰岁"。

② "渡江"二句：自从王室南渡以来，有几人真是治理天下的高手？渡江天马：用晋朝南渡典故。据《晋书·元帝纪》，西晋太安年间，有童谣曰："五马浮渡江，一马化为龙。"后晋室倾覆，司马睿与其他四王南渡，司马睿登帝位，是为东晋元帝，童谣应验。这里以晋王室南渡喻指宋王室南迁。参见张孝

祥《满江红·于湖怀古》："蹴踏扬州开帝里,渡江天马龙为匹。"南宋杨冠卿《水龙吟·金陵作》："渡江天马龙飞,翠华小驻兴王地。"经纶手:指治理国家的高手良才。北宋蔡襄《谢杜相公》诗:"是则经纶手,施于淡泊文。"

③ "长安"三句:长安父老盼望官军收复失地,但王室偏安一隅,气象依旧。长安父老:据《晋书·桓温传》记载,东晋桓温率军北伐,进至长安东南霸上,百姓持牛酒迎桓温于路,父老感泣曰:"不图今日复见官军!"新亭风景:据《世说新语·言语》记载,东晋初,南渡诸人每逢佳日,则聚会新亭,席地饮宴,其中周侯(顗)叹曰:"风景不殊,正自有山河之异!"大家都相视流泪,唯王丞相(导)愀然变色曰:"当共勠力王室,克复神州,何至作楚囚相对!"新亭,故址在今江苏南京市南,三国吴建,原名临沧观,东晋重修,名新亭。这里以东晋屈居江左,比喻南宋偏安一隅。

④ "夷甫"三句:朝中执政者不思抗敌,对中原沦陷何曾关注。夷甫:西晋王衍,字夷甫,官至尚书令(宰相)。据《晋书·王衍传》记载,王衍善玄言清谈,虽居宰辅之重,不以经国为念,而思自全之计,以致全军为石勒所破,西晋倾覆。王衍自说少不豫事,欲求自免。石勒怒斥之曰:"君名盖四海,身居重任,少壮登朝,至于白首,何得言不豫世事邪! 破坏天下,正是君罪。"神州沉陆:此指中原沦陷。据《晋书·桓温传》记载,桓温北伐途中,曾与下属登楼船眺望中原,慨然曰:"遂使神州陆沉,百年丘墟,王夷甫诸人不得不任其责!"几曾:何

曾,何尝。这里以西晋王衍等人喻指南宋朝廷中执政的主和派。

⑤ "算平戎"四句:驰骋万里,扫除金兵,平定中原,才算是真儒士应该建立的功业,对此韩公应该能够认同吧。平戎:此指平定金兵。"公知否",四卷本作"君知否"。

⑥ "况有"二句:更何况韩尚书出身名门望族,文章堪称一代宗师。山斗:泰山、北斗的合称。亦称泰斗。《新唐书·韩愈传赞》:"自愈没,其言大行,学者仰之如泰山、北斗云。"这里以韩愈文章的泰斗地位,赞誉韩元吉为一代文章宗师。南宋黄昇《花庵词选》亦称韩元吉"政事、文学为一代冠冕"。桐阴:韩元吉为北宋门下侍郎韩维玄孙,韩家在京师宅第门前多种植桐树,世称"桐木韩家"。韩元吉著有《桐阴旧话》十卷,记其家世旧事。满庭清昼:夏日桐树带来满庭清凉。

⑦ "当年"三句:自当年韩元吉降临人世,直至今日,风云际会,正是韩尚书大展身手,为国奔走的时候。堕地:落地,指出生。西晋傅玄《苦相篇》(豫章行):"男儿当门户,堕地自生神。雄心志四海,万里望风尘。"风云奔走:参见《后汉书·马武传》:"咸能感会风云,奋其智勇。"苏轼《和张昌言喜雨》诗:"二圣忧勤忘寝食,百神奔走会风云。"

⑧ "绿野"三句:借唐代名相裴度、李德裕及东晋良相谢安隐居故事,比喻韩元吉有良相之才而退隐林泉。绿野风烟:据《新唐书·裴度传》,唐宰相裴度因不满宦官擅权,乃于东都洛阳郊外建别墅,有泉石丛林之胜,号绿野堂,与白居易、刘禹锡

110

把酒为文,昼夜相欢,不问人间事。平泉草木:据《旧唐书·李德裕传》,唐宰相李德裕出仕前,于东都洛阳伊阙南建平泉别墅,清流翠竹,树石幽奇。东山歌酒:据《晋书·谢安传》记载,东晋名相谢安出仕前曾高卧东山(今浙江上虞西南),悠游山水,吟诗属文,每游赏必携妓女相从。

⑨ "待他年"三句:且待他年收复失地,平定中原,再来为先生祝寿。整顿乾坤:参见杜甫《洗兵马》(收京后作):"二三豪俊为时出,整顿乾坤济时了。"了(liǎo 燎上声):了结,结束。

解读

这是淳熙十一年(1184)词人寓居信州带湖时,为前辈好友韩元吉(南涧)六十七岁生日写的祝寿词。韩元吉出身北方望族,南渡时来江南,孝宗朝累官吏部尚书、龙图阁学士,平生力主北伐抗金,曾上《论淮甸札子》等,且在文坛享有较高名望,后期退居信州,与辛弃疾身世经历颇为相似,故二人气味相投,结为挚友。彼此在信州酬唱甚多,好以抗金复国相激励,虽祝寿之词亦不例外。如韩元吉寿辛弃疾原词《水龙吟》:"南风五月江波,使君莫袖平戎手。燕然未勒,渡泸声在,宸衷怀旧。卧占湖山,楼横百尺,诗成千首。正菖蒲叶老,芙蕖香嫩,高门瑞,人知否?

凉夜光躔牛斗,梦初回长庚如昼。明年看取,锋旗南下,六骡西走。功画凌烟,万钉宝带,百壶清酒。便留公剩馥,蟠桃分我,作归来寿。"辛弃疾此作同样突破传统祝寿词的俗套,关切国运时局,抒发豪情壮怀。上片以晋喻宋,忧愤时势,议论纵横。起句劈空而来，喝声如雷，谓南渡以来，朝中无人扭转时局。而长期偏安一隅，使得北方沦陷区父老屡屡失望。进而直斥当权者求和自保，不图恢复，误国误民。词人此时虽已退居带湖，仍以平戎功业与友人相激励，俨然以天下为己任，壮怀激烈，气势如虎。下片转入祝寿题意，展现美好愿景。先称扬前辈出身名门，文章诗词为一代冠冕。继言好友有良相之才，值此国步维艰，风云际会，正好一展身手，为国奔走。虽然现今退隐林泉，当如谢安有东山再起之机会。且待来年收拾山河，重整乾坤，再为前辈祝寿。篇末结合祝寿，又回应上片主旨，情辞飞扬，气贯长虹。清黄蓼园《蓼园词评》论此词曰："幼安忠义之气，由山东间道归来，见有同心者，即鼓其义勇。辞似颂美，实句句是规励，岂可以寻常寿词例之。"

满江红

送李正之提刑入蜀①

蜀道登天，一杯送绣衣行客②。还自叹中年多病，不堪离别③。东北看惊诸葛表，西南更草相如檄④。把功名收拾付君侯，如椽笔⑤。　　　儿女泪，君休滴⑥。荆楚路，吾能说⑦。要新诗准备，庐山山

色。赤壁矶头千古浪，铜鞮陌上三更月⑧。正梅花万
里雪深时，须相忆⑨。

注释

① 李正之：李大正，字正之，早年曾为张孝祥门客，乾道年间任
遂昌县尉、会稽县令。乾道中及淳熙中，曾两度为江淮荆浙
福建广南路提点坑冶铸钱公事，并由提点知南安军（今江西
大余县）。淳熙十一年（1184）起，转任利州路（今四川广元
市）提刑及四川都大茶马各官。提刑：提点刑狱公事的简
称，宋代官职名，主管一路的监察、刑狱、诉讼事务。入
蜀：指李正之赴蜀中，任利州路提刑。四卷本题作"送李
正之提刑"。

② 蜀道登天：蜀道之高耸艰险，犹如登天。李正之将前往的利
州为蜀北重镇，所辖剑阁等地，形势极为险要。参见李白《蜀
道难》："蜀道之难，难于上青天。"北宋黄彦平《乐府杂拟》：
"太行摧车险，蜀道登天危。"南宋袁说友《过新滩百里小驻峡
州城》诗："蜀道登天难，于此论始明。"绣衣行客：汉武帝时，
因地方官执法不力，乃直派使者着绣衣，前往各地，审理大案
要案。后称此等特派官员为"绣衣直指"、"绣衣使者"或"绣
衣执法"等。绣衣，表示身份尊贵。这里是以汉代官名比宋
代提刑职衔，代指李正之。

③ "还自叹"二句：化用东晋谢安对王羲之所说："中年伤于哀

乐,与亲友别,辄作数日恶。"见《世说新语·言语》。

④ "东北"二句:用历史上蜀中名人业绩,来勉励李正之。"东北"句:三国蜀相诸葛亮率军北伐,临行,上《出师表》,东北的曹魏为之震惊。"西南"句:汉武帝时,唐蒙为害西南巴蜀地区,百姓惊恐,武帝闻讯,乃使司马相如起草《喻巴蜀檄》,斥责唐蒙,安抚百姓。

⑤ "把功名"二句:以李正之杰出的文才,必能建立功名。收拾:收获,收取。君侯:汉代以后对达官贵人的敬称。此指李敬之。如椽(chuán 船)笔:像椽一样的大笔。椽,承屋瓦的圆木。《晋书·王珣传》:"珣梦人以大笔如椽与之,既觉,语人云:'此当有大手笔事。'"后因以"椽笔"比喻文笔出众。陈师道《钦慈皇后挽词二首》之一:"未有如椽笔,光容可得陈。"

⑥ "儿女"二句:不要像男女临别之际那样感伤落泪。化用王勃《送杜少府之任蜀州》诗:"无为在歧路,儿女共沾巾。"

⑦ "荆楚"二句:李正之此行将经过的荆楚一带,辛弃疾非常熟悉,能够一一细说。荆楚:今湖北、湖南一带,辛弃疾此前曾在湖北、湖南任职多年。

⑧ "要新诗"四句:请李正之准备好写新诗来描绘一路山水景色。参见苏轼《和张昌言喜雨》诗:"秋来定有丰年喜,剩作新诗准备君。"庐山山色:四卷本作"庐江山色"。按庐江在今安徽中部,似非李正之路过之地,以庐山为是,盖水路行经江州(九江),眺望庐山山色。赤壁矶:古地名。因山形截

然如壁而有赤色,故名。亦名赤鼻矶。在今湖北省黄冈市西长江边。苏轼误以为是周瑜破曹操之赤壁,作《念奴娇·赤壁怀古》、《赤壁赋》等。《念奴娇·赤壁怀古》:"大江东去,浪淘尽千古风流人物。"辛词"千古浪"即由此而来。铜鞮(dī 低):《隋书·音乐志》:"初,梁武帝在雍镇,有童谣云:'襄阳白铜蹄,反缚扬州儿。'"后人改"铜蹄"作"铜鞮",常用以指襄阳(今湖北省襄樊市)。参见唐代雍陶《送客归襄阳旧居》诗:"唯有白铜鞮上月,水楼闲处待君归。"按辛弃疾淳熙三年(1176)任京西转运判官,任所即在襄阳。陌:道路。

⑨ "正梅花"二句:正是梅花绽放、万里之外雪深时节,到了蜀中的李正之当会挂念远在信州的辛弃疾。化用杜甫《寄杨五桂州谭》诗:"五岭皆炎热,宜人独桂林。梅花万里外,雪片一冬深。闻此宽相忆,为邦复好音。江边送孙楚,远附白头吟。"

解读

　　据史料记载,李正之任遂昌、会稽、南安等地地方官时,调节赋税,处理滞案,判决如流,毫发不爽,颇快人心。李正之提点坑冶铸钱公事期间,因信州为主要产铜地区,故常驻信州,与寓居当地的辛弃疾过从甚密,交谊颇深。淳熙十一年(1184)冬,李正之出任利州路提刑,辛弃疾写了这首词为他送行。此词起势雄强,开门见山,直接切入送友人入蜀主题。上片重在以蜀地形胜及蜀中名人事迹,鼓励友人挥洒文才,建功立业。自叹多病,不堪离别,是陪衬笔法,正为振起壮行豪言,为友人雄心壮志极力鼓劲。下片重在抒发送行之情,而不流于儿女之态,主要是悬想友人此去一路行程,熔铸诗情,剪裁画意,颇具巧思。"赤壁"二句,雄浑而兼幽美;歇拍二句,放达而又柔婉。深情厚谊,溢于言外,感人至深。词中化用李白、王勃、苏轼、雍陶、杜甫等唐宋诗人词语,浑融无迹,流利自如,而又耐人玩味。清陈廷焯《白雨斋词话》评此词云:"龙吟虎啸之中,却有多少和缓。不善学之,狂呼叫嚣,流弊何极。"又其《词则·放歌集》眉批曰:"气魄之大,突迈东坡,古今更无敌手。想其下笔时,早已无余子矣。"

千年调

蔗庵小阁名曰卮言,作此词以嘲之①

卮酒向人时,和气先倾倒②。最要然然可可,万事称好③。滑稽坐上,更对鸱夷笑④。寒与热,总随人,甘国老⑤。 少年使酒,出口人嫌拗⑥。此个和合道理,近日方晓⑦。学人言语,未会十分巧⑧。看他们,得人怜,秦吉了⑨。

注释

① 蘸庵：郑汝谐(1126—1205)，字舜举，号东谷先生，又以居所号蘸庵，青田(今浙江青田)人。绍兴二十七年丁丑(1157)进士，乾道四年(1168)任两浙转运判官，救灾扶贫，颇有政绩。继任江西转运副使，升任大理寺少卿，为陈亮冤案平反。淳熙十二年(1185)知信州，建蘸庵，与辛弃疾结为知己。次年奉诏赴临安，任考功员外郎。以徽猷阁待制致仕。他力主抗金，被辛弃疾誉为"此老自当兵十万"(《满江红·送信守郑舜举被召》)。卮(zhī之)言：郑汝谐居所蘸庵中小阁名，语出《庄子·寓言》："卮言日出，和以天倪。"陆德明《庄子音义》："《字略》云：'卮，圆酒器也。'王云：'夫卮器，满即倾，空则仰，随物而变，非执一守故者也；施之于言，而随人从变，己无常主者也。'"据此，则所谓卮言，也就是毫无己见、随人而变的言语。"蘸庵"，大德本原作"庶庵"，此从王诏刊本、四印斋本。

② "卮酒"二句：卮这种盛酒器给人满酒时，恭敬和气，先自低头倾倒。

③ "最要"二句：最重要的是要唯唯诺诺，对什么都说好。然然可可：皆应诺之词，相当于唯唯诺诺。然，对，是。可，好，行。参见《庄子·寓言》："恶乎然？然于然。恶乎不然？不然于不然。恶乎可？可于可。恶乎不可？不可于不可。物固有所然，物固有所可。无物不然，无物不可。"万事称好：东汉末司马徽不轻易评论别人，如有人求他品评人物，他总是说：好，好。《世说新语·言语》注引《司马徽别传》："徽字

德操，颍川阳翟人。有人伦鉴识，居荆州，知刘表性暗，必害善人，乃括囊不谈议时人。有以人物问徽者，初不辨其高下，每辄言佳。其妇谏曰：'人质所疑，君宜辨论，而一皆言佳，岂人所以咨君之意乎！'徽曰：'如君所言，亦复佳。'其婉约逊遁如此。"

④ "滑稽"二句：酒席上，盛酒器滑稽与鸱夷轮番倒酒，相视而笑。滑（gǔ 鼓）稽：古代的一种酒器。《太平御览》卷七六一引北魏崔浩《汉记音义》："滑稽，酒器也。转注吐酒，终日不已，若今之阳燧樽。"鸱（chī 痴）夷：一种盛酒器。扬雄《酒箴》："鸱夷滑稽，腹大如壶，尽日盛酒，人复借酤。"

⑤ "寒与热"三句：甘草这种药，能调和众药，医疗百病，能兼治寒症与热症，能迎合各种症状的人，俗称"甘国老"。李时珍《本草纲目·草一·甘草》注引甄权《药性论》曰："诸药中甘草为君，治七十二种乳石毒，解一千二百般草木毒，调和众药有功，故有'国老'之号。"

⑥ "少年"二句：年轻人借酒使性子，说话刚直，让人嫌他桀骜不驯。拗（ào 傲）：不顺从。

⑦ "此个"二句：对人要和气逢迎这个处世道理，到近来才知道。

⑧ "学人"二句：学别人奉承的话，还学不到十分巧妙的地步。

⑨ "看他们"三句：看那些得宠的人，花言巧语，善于学舌，就像秦吉了。秦吉了：鸟名。也称了哥（鹩哥）、吉了，似鹦鹉，尤能学人言语。范成大《桂海虞衡志·志禽》："（秦吉了）能人言，比鹦鹉尤慧。大抵鹦鹉如儿女，吉了声则如丈夫。"白居

易《秦吉了》诗:"秦吉了,出南中,彩毛青黑花颈红。耳聪心慧舌端巧,鸟语人言无不通。"又白居易《双鹦鹉》诗:"始觉琵琶弦莽卤,方知吉了舌参差。"

解读

淳熙十二年(1185),郑汝谐任江西转运使,兼知信州(今上饶),与当时退居带湖的辛弃疾交游唱和,结为知己。郑汝谐在信州城隅一座山头建了住宅,名曰"蔗庵",又为其中一小阁取名"厄言"。"厄言",语出《庄子·寓言》,厄是一种"满即倾,空则仰,随物而变"的圆形酒器,厄言也就是毫无己见、随人而变的言语。后人亦用作对自己著作的谦辞。不管郑汝谐以"厄言"命名小阁用意何在,这首词并非嘲讽友人,而是就"厄言"之名,借题发挥,讽喻世情。上片用拟人手法,描绘厄、滑稽、鸱夷三种酒器以及甘草药材形象,影射官场政客、市侩小人点头哈腰、卑躬屈膝、唯唯诺诺、八面玲珑、察言观色、见风使舵的丑恶嘴脸和卑劣行径,比喻生动鲜活,巧妙妥帖,讽刺尖锐辛辣。下片写自己的阅历与性格,与"厄"式人物形成鲜明对比。自己年轻时使酒任性,说话刚直不阿,与世俗格格不入。近年来才略懂个中"道理",但仍然学不到位。且看如今得宠走红的,尽是些花言巧语、善于学舌的秦吉了式的角色。联系到词人因刚直而不容于世,屡遭弹劾,以至落职罢官的经历,这词中除了反讽挖苦,还包含强烈的愤激不平之情。

临江仙

金谷无烟宫树绿，嫩寒生怕春风①。博山微透暖薰笼。小楼春色里，幽梦雨声中②。　　别浦鲤鱼何日到，锦书封恨重重③。海棠花下去年逢。也应随分瘦，忍泪觅残红④。

注释

① "金谷"二句：寒食时节，庭园中树木渐绿，但寒气未消，闺中女子还是怕春风吹拂。金谷：金谷园，西晋石崇于洛阳城外金谷涧中所筑的园馆。这里借指女子所居园馆。无烟：寒食节禁烟火。宫树绿：参见元稹《连昌宫词》："初过寒食一百六，店舍无人宫树绿。"嫩寒：轻寒，微寒。苏轼《菩萨蛮》："湿云不动溪桥冷，嫩寒初透东风影。"

② "博山"三句：在一片春色中，小楼闺阁里，香炉和薰笼透出芬芳和暖意，闺中女子随着雨声进入隐约的梦境。博山：古香炉名，因炉盖上的造型似传闻中的海中名山博山而得名。后代指名贵香炉。《西京杂记》："长安巧工丁缓者，……作九层博山香炉，镂为奇禽怪兽，穷诸灵异，皆自然运动。"汉《古歌》："朱火飏烟雾，博山吐微香。"薰笼：可用以熏烤衣被的香笼。孟浩然《寒夜》诗："夜久灯花落，薰笼香气微。"

③ "别浦"二句：远方的情郎何日才会有书信寄来，而自己寄给

120

情郎的信中则包含了重重别恨。别浦鲤鱼：指远方的来信。别浦，河流入江海之处称别浦，借指远方。鲤鱼，代指书信，参见古乐府《饮马长城窟行》："客从远方来，遗我双鲤鱼。呼儿烹鲤鱼，中有尺素书。"锦书：锦字书，即前秦苏蕙寄给丈夫的织锦回文诗。后多指妻子寄给丈夫的表达思念之情的书信。唐代刘兼《征妇怨》诗："曾寄锦书无限意，塞鸿何事不归来。"

④ "海棠"三句：还记得去年春天在海棠花下相逢，今年已到海棠花落的时候，情郎仍没有归来，想来人也应该像花一样瘦了，不由得含泪寻觅残花。随分：照样，按例。残红：落花；凋残的花。唐代王建《宫词》之九十："树头树底觅残红，一片西飞一片东。"

解读

　　这首词的作年难以确考，根据大德本的编次推测，可能是词人退居带湖前期的作品。这是一首代言体的闺思词，带有花间风调，写得幽丽深婉。上片描绘庭园深闺幽景，隐隐带出闺中女子。起首两句点明节令，正是寒食禁烟之时，园树渐绿，但春寒未消，"生怕"二字，映带出怕风怯寒的娇弱女子。"博山"三句，由外景转入小楼闺阁内景。因怕风怯寒，故转回室内，用香炉薰笼驱寒，随着室温回暖，女子渐渐在春雨声里进入幽梦。下片抒发闺中女子对情郎的思念。"别浦"二句，写情郎杳无音信，令女子幽恨重重。"何日到"，实际是说"无书到"。"锦书封恨"，实际是不知情郎踪迹，无从寄信。但记得最后一次幽会，是去年在海棠花下相逢。转瞬一年过去，已是海棠飘零时节，想来所思之人也应像落花一样消瘦，想到此，不由含泪寻觅残花，以慰相思之痛。下片愈转愈浓，情到深处，哀婉缠绵，凄恻动人。对比温庭筠《遐方怨》："凭绣槛，解罗帏。未得君书，断肠潇湘春雁飞。不知征马几时归。海棠花谢也，雨霏霏。"稼轩此词更深折哀婉。清陈廷焯《白雨斋词话》评此词后半阕"婉转芊丽，稼轩亦能为此种笔路，真令人心折"。

丑奴儿

书博山道中壁①

少年不识愁滋味，爱上层楼②。爱上层楼，为赋新词强说愁③。　　而今识尽愁滋味，欲说还休④。欲说还休，却道"天凉好个秋"。

注释

① 大德本无题，此从四卷本。博山：在今江西上饶市东、广丰县西。古名通元峰，因形似庐山香炉峰，故改名博山（博山为香炉名）。有博山寺、雨岩等名胜。辛弃疾词中有关博山的作

品甚多。

② 不识愁滋味：参见北宋陈慥《无愁可解》词："光景百年，看便一世。生来不识愁味。"苏轼《小儿》诗："小儿不识愁，起坐牵我衣。"层楼：高楼。唐代李德裕《盘陀岭驿楼》诗："明朝便是南荒路，更上层楼望故关。"

③ 赋：写作（诗词）。强（qiǎng抢）：硬要；勉强。

④ 欲说还休：参见李清照《凤凰台上忆吹箫》："生怕闲愁暗恨，多少事欲说还休。"

解读

　　这是词人闲居上饶时期游历博山的一系列作品中的一首。与辛弃疾多数博山词作不同，这首词通篇抒发自己的感慨，并未描写博山景致。明代卓人越、徐士俊《古今词统》卷四评此词"前是强说，后是强不说"，大致概括了上下片内容。上片回顾少年时代，没有多少生活阅历，并未品尝忧愁滋味，只是为了创作新词，爱登楼抒怀，没有忧愁也硬说忧愁。这是为了反衬、对比下片。下片说如今饱尝忧愁滋味，但于忧愁却不展开申说，而是连用"欲说还休，欲说还休"打住，环顾左右而言他，以"却道天凉好个秋"荡开作结，满腔忧愁溢于言外。考虑到辛弃疾南归以来，请缨无路，久沉下僚，迭遭弹劾，忧谗畏讥，"顾恐言未脱口而祸不旋踵"（辛弃疾《论盗贼札子》）的实际情况，以及罢官退居带湖以来孤独难耐、功业无望的苦闷，这种难以言说的"愁"应该是极其深沉而痛苦的。

丑奴儿近

博山道中效李易安体①

千峰云起，骤雨一霎儿价②。更远树斜阳，风景怎生图画③。青旗卖酒，山那畔别有人家④。只消山水光中，无事过这一夏⑤。　　午醉醒时，松窗竹户，万千潇洒⑥。野鸟飞来，又是一般闲暇⑦。却怪白鸥，觑着人欲下未下⑧。旧盟都在，新来莫是，别有说话⑨？

注释

① 博山：见前《丑奴儿》(少年不识愁滋味)注①。效：模仿。李易安体：李清照(1084—约1155)，号易安居士，山东济南人，北宋末南宋初著名女词人，有《漱玉词》。其词善以寻常语度入音律，用浅俗之辞，发清新之想，婉约而不柔靡，清秀而具逸思，流转如珠，韵调优美，人称"易安体"。

② "骤雨"句：顷刻之间下了一阵急雨。一霎(shà 厦)儿价：一下子，一会儿；顷刻之间。价，语助词。参见李清照《行香子》："甚霎儿晴，霎儿雨，霎儿风。""一霎儿"，四卷本作"一霎时"。

③ "风景"句：景色之美，难以描绘。怎生：如何，怎样。李清照《声声慢》："守着窗儿，独自怎生得黑。"图画：描绘，描画。

④ 青旗：酒家的酒旗，多以青帘制成。代指酒家。白居易《杭州

124

丑奴儿近（千峰云起）

春望》诗："红袖织绫夸柿蒂,青旗沽酒趁梨花。"那畔:那边。
人家:四卷本作"人间"。

⑤ 只消:只需,只要。山水光中:山光水色之中。晁补之《惜分
飞》:"山水光中清无暑,是我消魂别处。"无事:指闲适自在。
这一夏:王诏刊本作"者一霎",四印斋本作"者一夏"。

⑥ 松窗竹户:门窗外一片苍松翠竹。万千:表程度,犹言万分、
非常。潇洒:这里是超凡脱俗的意思。

⑦ 一般:一番,一种。裴度《真慧寺》诗:"更有一般人不见,白莲
花向半天开。"闲暇:指悠闲从容。

⑧ 觑(qù 去):窥视,偷看。欲下未下:谓鸥鸟在空中盘旋,对人
颇有猜疑,想要下来,却又不下来。

⑨ "旧盟"三句:词人此前和鸥鹭订了盟约,和平共处,互不猜
忌;近来莫非鸥鹭变卦,换了说法了? 参见前《水调歌头·盟
鸥》:"凡我同盟鸥鹭,今日既盟之后,来往莫相猜。"

解读

这是辛弃疾罢居上饶期间行走于博山道中的作品。题曰
"效李易安体",就是模仿他的同乡、老一辈女词人李清照那种清
新鲜活、明白如话的词风。上片描写博山一带风光。虽说"风景
怎生图画",词人还是很生动地把眼前风景画了出来,先写云雾
缭绕的群峰,引出一会儿雨、一会儿晴的奇景,再点缀卖酒青帘、
山边人家,为过片午醉梦醒伏笔。词人由此想到,能有如此清丽
的山光水色,足以安稳地度过这个夏天了。下片描写午醉梦醒

后所见生物,都带点拟人笔法。苍松翠竹万分洒脱,野鸟又别有一番闲暇。但奇怪的是,白鸥盘旋空中,盯着词人,满怀猜疑,要下又不下,莫非要背弃彼此订立的互不猜忌的盟约了么?写来极其鲜活风趣,但风趣诙谐之中,意有所讽。对照上一首同期作品《丑奴儿·书博山道中壁》"欲说还休"之"愁",联系词人自北方南归以来,作为"归正人",备受猜忌,屡遭排挤,直至罢官,现在连"盟友"白鸥都要怀疑自己,"无事过这一夏"的想法有了疑问,词人内心深处的辛酸悲凉可想而知。

清平乐

博山道中即事①

柳边飞鞚,露湿征衣重②。宿鹭窥沙孤影动,应有鱼虾入梦③。   一川明月疏星,浣纱人影娉婷④。笑背行人归去,门前稚子啼声⑤。

注释

① 博山:见前《丑奴儿》(少年不识愁滋味)注①。即事:就眼前事物作诗词。常用作诗词题目。

② 飞鞚(kòng 控):谓策马飞奔。鞚,带嚼子的马笼头,代指马。

127

参见北宋曹组《小重山》:"联镳处,飞鞚绿杨堤。春物又芳菲。情如风外柳,只依依。"露湿征衣重:旅人的衣服被露水沾湿而分量加重。"露湿",王诏刊本、四印斋本作"雾湿"。

③ "宿鹭"二句:入睡的鹭鸶忽然惊起窥探溪滩,应该是梦中见到鱼虾了。"窥沙孤影动",四卷本作"惊窥沙影动"。

④ "一川"二句:月光辉映溪水,也映照出溪边浣纱女美丽的身影。明月疏星:即曹操《短歌行》"月明星稀"之意。四卷本作"淡月疏星",则可参见周邦彦《南乡子·咏秋夜》:"户外井桐飘,淡月疏星共寂寥。"浣(huàn 换)纱:暗用越国美女西施溪边浣纱故事,借以描写博山女子之美。浣,洗。"浣纱",大德本、四卷本、王诏刊本均作"浣沙",此从四印斋本。娉婷(pīng tíng 乒亭):形容女子姿态美好。

⑤ "笑背"二句:浣纱女子笑着背对行人而去,原来那边门前传来幼儿的啼哭声。行人:词人自指。

解读

这是词人骑马行经博山道中所作,描写的是月夜溪山美景。上片写策马飞奔博山道上,沿路所见自然景象,着重刻画溪边鹭鸶形象,写它睡梦中一阵耸动,想来是梦见鱼虾美食了。语调轻松诙谐,似乎又隐含对世俗逐利的调侃,为下片的淳朴自然之美作反衬铺垫。如果说,上片以写自然景观为主,下片则是着力描绘人文景致。美好的月色映照出溪水粼粼波光,也映照出溪边女子婀娜多姿的身影,这是写月夜女子浣纱之美,隐隐以历史上浣纱美女西施作比。末二句静中见动,忽见浣纱女子笑吟吟地背身离去,一时不知其意,稍作顿挫,设置悬念,至末句方揭示出来,原来是她家里的孩子在哭呢。全词写博山月夜美景,能结合优美的自然景观与淳美的人文景致,善于对比映衬,动静结合,形神兼顾,描绘生动细致,充满美好的生活情调。

清平乐

独宿博山王氏庵①

绕床饥鼠,蝙蝠翻灯舞②。屋上松风吹急雨,破纸窗间自语③。　　平生塞北江南,归来华发苍颜④。布被秋宵梦觉,眼前万里江山⑤。

注释

① 王氏庵:博山一座荒芜的王姓茅屋或庙宇。
② "绕床"二句:描写王氏庵内鼠类横行的荒凉凄惨的景象。参见李商隐《夜半》诗:"斗鼠上堂蝙蝠出,玉琴时动倚窗弦。"翻灯舞:绕着灯翻飞。
③ 松风吹急雨:参见唐代卢肇《题清远峡观音院二首》之二:"风入古松添急雨,月临虚槛背残灯。""破纸"句:窗户纸被风吹

得哗哗作响,似乎在自言自语。

④ "平生"二句:词人回顾平生,从早年两至燕山窥探敌情,在山东起兵抗金,到南渡投奔南宋朝廷,直到现在归隐带湖,转眼之间,早已头发花白,容颜苍老了。

⑤ "布被"二句:秋夜从被窝里的梦中醒来,呈现在眼前的仿佛还是梦中万里江山的景象。

解读

    这是辛弃疾闲居上饶期间,游历博山,夜宿王氏庵时所作,堪称稼轩小令中的力作。上片写景,集中描绘秋夜王氏庵内一派荒凉凄惨景象,老鼠横行,绕床觅食,蝙蝠翻飞,绕灯而舞,更有狂风急雨,震撼屋宇,吹破窗纸。写得跳跃动荡,肃杀凄厉,读来如临其境。下片抒发悲壮慷慨之情,其中包括两层情感,一是抒发平生自北来南,为国奔波,两鬓苍白,而功业无成的悲凉,二是抒发虽然罢退闲居,年老鬓衰,而依然魂系中原沦陷地区万里江山的壮怀。与前辈诗人陆游《夜游宫·记梦寄师伯浑》词中所述"睡觉寒灯里。漏声断,月斜窗纸。自许封侯在万里。有谁知,鬓虽残,心未死",正是同一襟怀,同一境界,而稼轩词更显浑成。清陈廷焯《云韶集》评上片"数语写景逼真,不减昌黎《山石》诗"。又其《词则·放歌集》眉批曰:"短调中笔势飞舞,辟易千人。结句更悲壮精警。读稼轩词胜读魏武诗也。"末句评语是针对清许昂霄《词综偶评》"后段有老骥伏枥之概"而说的。

山鬼谣

　　雨岩有石，状怪甚，取《离骚》、《九歌》，名曰"山鬼"，因赋《摸鱼儿》，改今名①。

　　问何年此山来此？　西风落日无语②。看君似是羲皇上，直作太初名汝③。溪上路，算只有红尘不到今犹古④。一杯谁举？　笑我醉呼君，崔嵬未起，山鸟覆杯去⑤。　　须记取，昨夜龙湫风雨。门前石浪掀舞⑥。四更山鬼吹灯啸，惊倒世间儿女⑦。依约处，还问我，清游杖屦公良苦⑧。神交心许⑨。待万里携君，鞭笞鸾凤，诵我《远游》赋⑩。

注释

① 雨岩：在信州东的广丰县博山山曲的一处山岩，岩石中有泉飞出，如风雨飘洒，故名。山鬼：屈原《九歌·山鬼》中描写的美丽的山林中的神女。这里借以称呼雨岩怪石。词牌《山鬼谣》即《摸鱼儿》，大德本原作《摸鱼儿》，此从四卷本。序文"状怪甚"大德本作"状甚怪"，"改今名"大德本作"改名山鬼谣"，此皆从四卷本。

② "问何年"二句：试问雨岩怪石何年飞来此地，西风夕阳皆默不作答。参见刘过《游古仙岩》诗："笑倚飞云访仙迹，夕阳无

语伴人愁。"

③ "看君"二句:看怪石似乎是太古时代产物,那就直接把你叫做"太初"吧。羲(xī西)皇上:羲皇以上人,即伏羲氏以前人,太古时代人。参见陶潜《与子俨等疏》:"尝言:五六月中,北窗下卧,遇凉风暂至,自谓是羲皇上人。"太初:太古时代,远古时代。

④ "溪上"二句:山中溪水长流,远离红尘,所以现在怪石面貌还和上古时代一样。红尘不到:参见南宋郑汝谐《题石门洞》诗:"皓色飞来天际雪,红尘不到水边门。"

⑤ "一杯"四句:词人醉中向怪石举杯,并呼唤其名,怪石岿然不动,山鸟打翻酒杯飞去。谁举:向谁举(杯)。崔嵬:形容高耸或高大。

⑥ "须记取"三句:记得昨晚龙潭飞瀑前风雨大作,门外巨石乘机飞舞翻腾。龙湫(qiū秋):上有悬瀑下有深潭谓之龙湫。石浪:大德本原注:"石浪,庵外巨石也,长三十余丈。"掀舞:飞舞,翻腾。南宋李石《王晦叔许惠歙砚作诗迫之》诗:"三年客江湖,风浪恣掀舞。"

⑦ "四更"二句:深更半夜,山鬼呼啸着吹灭灯火,吓坏了人间儿女。四更:凌晨一时至三时。山鬼吹灯:语本杜甫《移居公安山馆》诗:"山鬼吹灯灭,厨人语夜阑。"

⑧ "依约"三句:恍惚之间,山鬼还问候我:你拄杖游历山水一定很辛苦了。依约:隐约,恍惚。杖屦(jù巨):拄杖漫步。良苦:很辛苦。

132

⑨ 神交心许：词人与山鬼神魂交会，心灵相许。

⑩ "待万里"三句：词人与山鬼相约，驾驭鸾鸟凤凰，携手遨游万里，谱写《远游》新篇章。鞭笞(chì 斥)：鞭策，此指驾驭、乘坐。鸾(luán 峦)凤：鸾鸟与凤凰。鸾，凤凰一类的鸟。参见《九叹·远游》："驾鸾凤以上游兮，从玄鹤与鹡鸰。"《远游》：《楚辞·九叹》中的篇名，或谓屈原所作，或谓汉人所作。这里借指词人自己的作品。

解读

　　雨岩是辛弃疾退居上饶期间十分喜爱的一处山岩胜景，词人为此创作了多首杰出的词作。本篇以屈原《九歌·山鬼》中神女山鬼比拟雨岩怪石，径直将词牌《摸鱼儿》改为《山鬼谣》，借鉴楚辞传统手法，寄情雨岩，情感充沛，想象奇特大胆，意境诡谲幽诞，具有神幻迷离的浪漫特征。上片探问雨岩怪石身世来历，醉中举杯，欲与之订交。先言怪石来历久远，古风犹存，远离红尘俗世，点出词人钟爱雨岩缘由，引起下文举杯进酒，醉中亲切"呼君"。下片写昨夜风雨之中，词人与山鬼（即雨岩怪石）神魂交流，心心相印，山鬼殷切问候词人辛苦，词人邀约山鬼乘凤远游万里，情意密合，超然物外。其中着意渲染山鬼掀风作浪，吹灯呼啸，惊倒世俗儿女，见出词人别有幽怀，情有独钟，不同流俗，侧面抒发词人一腔郁勃之气，喷涌之情。而鞭策鸾凤、遨游太空之想，更有屈原《离骚》"吾令凤鸟飞腾夕，继之以日夜"之奇幻风调，尽显词人纵横恣肆、天马行空、雄浑奔放的情怀，给人留下深刻的印象。

生查子

独游雨岩①

溪边照影行，天在清溪底。天上有行云，人在行云里②。　　高歌谁和余，空谷清音起③。非鬼亦非仙，一曲桃花水④。

注释

① 雨岩：见前《山鬼谣》(问何年此山来此)注①。四卷本题作"游雨岩"。

② "溪边"四句：词人在溪边行走，天空倒映在清溪底部；因为天上飘着白云，倒映在水中的人就像行走在白云里。

③ "高歌"二句：词人引吭高歌，好像有谁在应声唱和，原来是空旷的山谷里传来了清越的流水声。参见左思《招隐》诗："非必丝与竹，山水有清音。"和(hè 贺)：应和，唱和。

④ "非鬼"二句：这山中的水流既非鬼亦非仙，而是一弯美丽的桃花水。非鬼亦非仙：借用苏轼《夜泛西湖五绝》之五："湖光非鬼亦非仙，风恬浪静光满川。"一曲：一弯。桃花水：岸边开满桃花的河流。

解读

这是词人雨岩系列作品中写得极为鲜丽生动的一篇，着重描绘岩下溪水,点缀天光云影,映衬出词人独游的寂寞孤单。上片写词人游走溪边,观赏水面奇景。"溪边照影行"点出"独游",观赏视角独特;"天在清溪底"承上句倒映画面,兼写溪水清泠澄澈;"天上有行云,人在行云里",情境鲜活,超然物外,越转越见空灵。下片写山溪清音之空谷回响,与词人引吭高歌交相应和。"高歌"二句,再点"独游",空谷清音映衬一己之孤寂高标。末以"一曲桃花水"作结,点明空谷清音之来源,余韵袅袅,情景幽丽。"一曲"可兼指"一弯"与"一首曲子",耐人玩味。此篇构图别具匠心,描绘生动鲜灵,映衬入妙,境界超逸,可抵一篇柳宗元山水游记。

蝶恋花

月下醉书雨岩石浪①

九畹芳菲兰佩好②。空谷无人,自怨蛾眉巧③。宝瑟泠泠千古调,朱丝弦断知音少④。　　冉冉年华吾自老⑤。水满汀洲,何处寻芳草⑥? 唤起湘累歌未了,石龙舞罢松风晓⑦。

注释

① 雨岩石浪:见前《山鬼谣》(问何年此山来此)注①、注⑥。

② "九畹"句：雨岩有如佩挂幽兰的美女，气质芬芳高雅。化用屈原《离骚》："余既滋兰之九畹兮，又树蕙之百亩。""扈江离与辟芷兮，纫秋兰以为佩。"畹(wǎn 宛)：古代地积单位，十二亩为一畹，一说三十亩为一畹。芳菲：花草芬芳茂盛。兰佩：以兰为佩饰。

③ "空谷"二句：这位幽居空谷的绝代佳人(雨岩石浪)，无人赏识，只有自怨貌美。空谷：参见杜甫《佳人》诗："绝代有佳人，幽居在空谷。"蛾眉巧：女子眉毛细长弯曲，借指女子容貌美丽。屈原《离骚》："众女嫉余之蛾眉兮，谣诼谓余以善淫。"

④ "宝瑟"二句：雨岩飞瀑如美人鼓瑟，奏出悠扬的千年古乐，可叹知音稀少，即使弹到弦断，又有谁来听。化用杜甫《寄岳州贾司马六丈、巴州严八使君两阁老五十韵》："贝锦无停织，朱丝有断弦。"以及岳飞《小重山》："欲将心事付瑶琴。知音少，弦断有谁听。"泠泠(líng 灵)：悠扬，清越。朱丝：朱弦。用熟丝制成的琴弦。刘禹锡《调瑟词》："朱丝二十五，阙一不成曲。"

⑤ "冉冉"句：词人自叹年华渐渐老去。参见屈原《离骚》："老冉冉其将至兮，恐修名之不立。"冉冉：渐渐。

⑥ "汀洲"二句：谓水涨淹没芳洲，无处寻觅芳草。参见朱敦儒《一落索》："江南江北水连云，问何处寻芳草。"汀(tīng 厅)洲：水中小洲。

⑦ "湘累"二句：唤起屈原一同高歌，石龙伴舞，歌声未了，天已破晓。湘累：原指屈原投湘水而死。后代指屈原。《汉书·

扬雄传》："钦吊楚之湘累。"注引李奇曰："诸不以罪死曰累，屈原赴湘死，故曰湘累也。"石龙：指雨岩石浪。

解读

这是辛弃疾月夜酒酣之后醉题雨岩石浪之作。上片写雨岩石浪。"九畹"三句取《离骚》诗意，将雨岩石浪描绘成一位佩挂幽兰、深居空谷、无人赏识的绝色美人，虽容貌出众，徒遭中伤诋毁，亦只能自怨美貌而已。"宝瑟"二句，比喻雨岩飞瀑如美人弹琴鼓瑟，曲高和寡，虽历经千年，直弹到朱丝弦断，仍是知音稀少。显而易见，雨岩石浪的遭遇寄托着词人自己的身世之感：虽品性芬芳，才华出众，而迭遭排挤，无人理会，孤独无依。因此下片很自然写到自身。岁月如流，年华易老，功业无成，何处寻觅知音？唯有唤起古人屈原和眼前雨岩石浪，通宵达旦，高歌劲舞，以宣泄心中忧愤。全篇多用屈原"香草美人"象征手法，笔触灵动，意象幽婉，寄托深远，饱含罢居带湖以来一腔孤愤。

鹧鸪天

游鹅湖，醉书酒家壁①

春入平原荠菜花，新耕雨后落群鸦②。多情白发春无奈，晚日青帘酒易赊③。　　　闲意态，细生涯④，牛栏西畔有桑麻⑤。青裙缟袂谁家女，去趁蚕生看外家⑥。

注释

① 大德本题作"春日即事题毛村酒垆"，此从四卷本。鹅湖：山名。在信州西南铅山县境内，周围四十余里。山上有湖，多生荷，原名荷湖。东晋龚氏畜鹅于此，因更名鹅湖。山北麓有鹅湖寺。

② "春入"二句：春天的原野上遍开荠菜花，雨后耕种过的田地里落满鸦雀。荠(jì 记)菜：一年或多年生草本植物，春天开花，花白色，嫩叶可供食用。南宋楼钥《过苍岭》诗："黄云满坞沙田稻，白雪漫山荠菜花。"另参辛弃疾《鹧鸪天·代人赋》："城中桃李愁风雨，春在溪头荠菜花。""春入"，大德本原作"春日"，此从四卷本。

③ "多情"二句：天性多愁善感而早生白发，春天更易触动愁绪，只好去酒店借酒浇愁。晚日：傍晚。青帘：酒店门口的酒旗，多用青布制成。这里代指酒店。酒易赊(shē 奢，古音读 shā 沙)：酒店里可以记账喝酒。赊，买东西而延期付款。参见杜甫《对雪》诗："金错囊从罄，银壶酒易赊。"

④ "闲意态"二句：乡间有种闲适而平凡的生活状态。细生涯：琐细平凡的日常生活。

⑤ 桑麻：桑树和麻，都是古代解决衣着的重要的经济作物，桑叶可饲蚕取茧，麻可提取纤维。杜甫《曲江三章》之三："杜曲幸有桑麻田，故将移住南山边。"

⑥ "青裙"二句：哪家媳妇趁着农闲回娘家探亲。青裙缟袂(gǎo mèi 稿昧)：青布裙和白衣。农妇、贫妇的服饰。参见苏轼《於潜女》诗："青裙缟袂於潜女，两足如霜不穿屦。"趁蚕生：趁蚕出生前的间隙。外家：女子出嫁后称娘家为外家。

解读

　　辛弃疾闲居上饶期间，时常游历周边乡村，写了一批出色的农村词。本篇便是一首描写乡村景色的佳作，是词人游鹅湖时乘着酒兴题在酒店墙上的。鹅湖一带向来以山水秀丽、物产丰美著称，晚唐诗人王驾《社日》诗就曾描绘鹅湖春社胜景："鹅湖山下稻粱肥，豚栅鸡栖半掩扉。桑柘影斜春社散，家家扶得醉人归。"辛弃疾这首词抓住了鹅湖春天极富生命力的场景加以渲染，表现了词人在乡间寻求慰藉的心境。起句以作者钟爱的原野上的荠菜花作为春天生命力的表征，点染以新耕田垄上雨后的群鸦，颇具江南春天的典型特征。"多情"二句，以春色反衬自己白发早衰，唯有借酒浇愁。下片着力描绘农村充满活力的生活场景：牛栏桑麻，质朴自然，闲适平静；村中少妇，青裙白衣，农闲省亲，充满欢愉。那种淳厚朴实、安宁和谐、无忧无虑的生活状态，无不寄托着词人的爱慕与神往。

鹧鸪天

鹅湖归，病起作①

枕簟溪堂冷欲秋，断云依水晚来收②。红莲相倚
浑如醉，白鸟无言定自愁③。　　书咄咄，且休
休④，一丘一壑也风流⑤。不知筋力衰多少，但觉新
来懒上楼⑥。

注释

① 鹅湖：见前《鹧鸪天》(春入平原荠菜花)注①。

② "枕簟"二句：傍晚时分，水面云雾渐渐散去，词人卧于溪堂枕席
上，感觉到秋天般的清凉。枕簟(diàn 店)：枕席。簟，竹席。参
见白居易《舟中晚起》诗："日高犹掩水窗眠，枕簟清凉八月天。"

③ "红莲"二句：莲花鲜红犹如醉酒，白鸟沉默暗自发愁。浑：
全；简直。

④ 书咄咄：据《晋书·殷浩传》记载，东晋殷浩遭人弹劾，废为庶
人，迁于信安(今浙江衢州)，而口无怨言，终日在空中书写，
作"咄咄怪事"四字。休休：据《新唐书·卓行传》：唐司空图
后期隐居不出，建亭名曰"休休"，作《休休亭记》以见其志：
"休，美也。既休而美具。故量才一宜休，揣分二宜休，毫而
聩三宜休。而又少也堕，长也率，老也迂，三者非济时用，则
又宜休。"又自号耐辱居士，作《耐辱居士歌》云："咄咄，休休

140

鹧鸪天（枕簟溪堂冷欲秋）

休,莫莫莫。伎俩虽多性情恶,赖是长教闲处著。"休,指罢休、归休,又兼有美的意思。

⑤ 一丘一壑(hè 贺):《汉书·叙传上》:"渔钓于一壑,则万物不奸其志;栖迟于一丘,则天下不易其乐。"后因以"一丘一壑"指退隐在野,纵情山水。这里借用晋谢鲲故事。《世说新语·品藻》:"明帝问谢鲲:'君自谓何如庾亮?'答曰:'端委庙堂,使百僚准则,臣不如亮;一丘一壑,自谓过之。'"《世说新语·巧艺》:"顾长康(恺之)画谢幼舆(鲲)在岩石里,人问其所以,顾曰:'谢云一丘一壑自谓过之,此子宜置丘壑中。'"

⑥ "不知"二句:参见刘禹锡《秋日书怀寄白宾客》诗:"州远雄无益,年高健亦衰。兴情逢酒在,筋力上楼知。"常建《太公哀晚遇》诗:"因称江海人,臣老筋力衰。"薛逢《酬牛秀才登楼见示》诗:"旅馆再经秋,心烦懒上楼。"筋力:体力。

解读

辛弃疾游鹅湖回来后,生了一场大病,病体初愈时,连写了三首《鹧鸪天·鹅湖归,病起作》,本篇是其中最负盛名的一首。上片写景。首二句描绘夏日傍晚,雾气渐消,依水而卧,竹席清凉,似有秋意,活写出病体初愈慵懒虚弱境况,为结尾二句张本。"红莲"二句,以拟人手法,写眼前所见水中红莲、白鸟形象,红莲相倚的醉态与白鸟孤独的静默,相映成趣,鲜活生动,又折射出观照者难以排遣的哀愁,含意幽远,耐人细思。明沈际飞《草堂诗馀正集》评此二语"生派愁怨与花鸟,却自然"。下片抒情。

"书咄咄"三句,借晋人殷浩、唐人司空图故事,抒发自己遭人弹劾、退居带湖以来的感受,看起来隐居丘壑之间,寄情山水,也很潇洒风流,似乎可以长此终老了。但末二句一转,写病后衰弱境况,以"懒登楼"作结,隐含一腔无可奈何、落寞惆怅之情,写得郁勃苍凉,余味无穷。清黄蓼园《蓼园词评》曰:"妙在结二句放开写,不即不离尚含住。"清陈廷焯《白雨斋词话》曰:"余所爱者,如:'红莲相倚深如怨,白鸟无言定是愁。'又:'不知筋力衰多少,但觉新来懒上楼。'……信笔写去,格调自苍劲,意味自深厚。不必剑拔弩张,洞穿已过七札,斯为绝技。"

鹧鸪天

鹅湖归,病起作①

　　着意寻春懒便回,何如信步两三杯②。山才好处行还倦,诗未成时雨早催③。　　携竹杖,更芒鞋④,朱朱粉粉野蒿开⑤。谁家寒食归宁女,笑语柔桑陌上来⑥。

注释

① 大德本无题,此从四卷本。鹅湖:见前《鹧鸪天》(春入平原荠

菜花)注①。

② "着意"二句：刻意寻春，往往疲倦而回，不如随意行走，喝上两三杯酒。参见辛弃疾《卜算子》："着意寻春不肯香，香在无寻处。"懒：疲倦，倦怠。信步：随意走动。

③ "山才"二句：行到山色绝佳处，偏偏倦怠难行；诗还没完成时，急雨就忙着来催稿。参见杜甫《陪诸贵公子丈八沟携妓纳凉，晚际遇雨二首》之一："片云头上黑，应是雨催诗。"

④ 竹杖、芒鞋：古代旅行、登山时用的器具。竹杖，竹制手杖。芒鞋，用芒茎外皮编织成的鞋，亦泛指草鞋。苏轼《定风波》："莫听穿林打叶声，何妨吟啸且徐行，竹杖芒鞋轻胜马。"

⑤ 朱朱粉粉：红红白白，形容花的颜色。野蒿(hāo 豪阴平)：泛指杂草、野花。

⑥ "谁家"二句：寒食节回娘家探亲的女子，说笑着从栽种桑树的田间小路上走来。寒食：节日名，在清明前一日或二日。归宁：已嫁女子回娘家看望父母。《诗·周南·葛覃》："害澣害否，归宁父母。"柔桑：刚发芽的桑树。陌：田间小路；道路。末句参见蔡襄《四月清明西湖》诗："芳草堤边裙带短，柔桑陌上髻鬟高。"

解读

　　这是辛弃疾游鹅湖回来后，病体初愈时所写三首同题《鹧鸪天》中的第三首。较之上一首懒卧溪堂，满腹愁绪，这首词里身体状况和精神状态都要好一些，词人走出家园，在山水之间寻觅春色和诗意,虽然还有些慵懒和疲惫,但悠然信步,饮酒赋诗,无论晴雨,心境都闲适自然。当然,更令词人开怀的,是农村淳朴自然、充满生命活力的美好场景——原野上红红白白的烂漫花草,以及走在桑田间充满欢声笑语的回家探亲的媳妇们。比起王维的"竹喧归浣女"(《山居秋暝》),辛弃疾的"笑语柔桑陌上来"别有一种鲜活自然、温婉柔和之美。清人黄蓼园《蓼园词评》论此词曰:"通首总是随遇而安之意,山纵好而行难尽,诗未成而雨已来,天下事往往如是。岂若随遇而乐,境愈近而情愈真乎。语意如此,而笔墨入化。故随笔拈来,都成妙谛。末二句尤属指与物化。"

鹧鸪天

重九席上再赋①

有甚闲愁可皱眉? 老怀无绪自伤悲②。百年旋逐花阴转,万事长看鬓发知③。 溪上枕,竹间棋,怕寻酒伴懒吟诗④。十分筋力夸强健,只比年时病起时⑤。

注释

① 大德本无题,此从四卷本。重九:即农历九月九日重阳节,历

来有登高、赏菊、饮酒等习俗。

② 老怀：老人情怀。参见陈师道《九日不出魏衍见过》诗："九日登临迫闭藏，老怀无恨自凄凉。"无绪：没有情绪。冯延巳《蝶恋花》："窗外寒鸡天欲曙，香印成灰，坐起浑无绪。"

③ "百年"二句：人生百年随着花开花落转瞬即逝，万事辛劳从花白的鬓发里即可看出痕迹。旋：逐渐。逐：随，跟随。

④ "溪上"三句：溪上枕石，竹林对弈，怕去找饮酒的伴侣，也懒得吟诗填词了。溪上枕：指隐居生活，用西晋孙楚（子荆）故事。《世说新语·排调》："孙子荆年少时欲隐，语王武子当枕石漱流，误曰'漱石枕流'。王曰：'流可枕，石可漱乎？'孙曰：'所以枕流，欲洗其耳；所以漱石，欲砺其齿。'"竹间棋：参见李商隐《即目》诗："小鼎煎茶面曲池，白须道士竹间棋。"陆游《剧暑》诗："或欲溪上钓，或思竹间棋。"

⑤ "十分"二句：自夸身体强健，有十分体力，但那只是相对于之前大病初愈时而言。筋力：犹言体力。年时：往年，去年。

解读

　　这是词人罢居上饶带湖前期的作品。观词意，当在游鹅湖归来病体恢复后的第一个重阳节。此前词人先有《鹧鸪天·重九席上》，于重阳酒席上着意称扬"黄菊清高"，末二句谓"明朝九日浑潇洒，莫使尊前欠一枝"，知作于重阳前一日，而意犹未尽，再作本篇，故题称"重九席上再赋"。这首词开篇直抒胸臆，点明满腹愁绪，皱眉苦况，皆因老怀凄凉，独自伤悲。"百年"两句具体申说老怀伤悲:人生几何,去日苦多,而功业无成,壮志难酬,两鬓苍白,可见迭经磨难,老境落寞。下片"溪上枕"三句照应上片"无绪",连饮酒赋诗都索然无味,遑论其他。即使硬夸强健,强打精神,亦只是比先前病起时略好而已,毕竟难掩衰颓境况。无限萧瑟悲凉,溢于言外。

鹧鸪天

戏题村舍

鸡鸭成群晚未收,桑麻长过屋山头①。有何不可吾方羡,要底都无饱便休②。　　新柳树,旧沙洲,去年溪打那边流③。自言此地生儿女,不嫁余家即聘周④。

注释

① 桑麻长(zhǎng 涨):参见陶渊明《归园田居》之二:"相见无杂言,但道桑麻长。桑麻日已长,我土日已广。"屋山头:屋脊,屋顶。范成大《颜桥道中》诗:"一段农家好风景,稻堆高出屋山头。""晚未收",四卷本作"晚不收"。

② "有何"二句:我正羡慕田园生活,归隐乡间有何不可;一切皆

无所求,只要温饱就行。方:正。要底都无:意谓一无所求。底,什么。饱便休:吃饱就行。休,罢休,休止。据黄庭坚《四休居士诗序》载,北宋太医孙昉号"四休居士",黄庭坚向他询问"四休"之意。孙昉答曰:"粗羹淡饭饱即休,补破遮寒暖即休,三平二满过即休,不贪不妒老即休。"黄庭坚叹赏曰:"此安乐法也。"

③ "新柳树"三句:老的沙洲上长出新的柳树,去年溪水已经改道流向另一边了。打:从。

④ "自言"二句:村里人自称世代生儿育女,一直是同村两姓结亲,不是嫁给余家,就是娶了周家。聘:订婚,出嫁。"余家",四卷本作"金家"。

解读

　　这是辛弃疾闲居上饶初期游历周边农村时所作,戏题于村中房屋墙上。上片写农家一派丰盛安逸光景,引出词人的现实感想。"鸡鸭"两句描绘村中黄昏时分鸡鸭成群,将收未收景象,以及桑麻长势喜人,高过屋顶的场景,为下两句感慨作铺垫。词人因此生发羡慕和向往之情:就这样长期在农村住下来,有何不可呢? 别无所求,安居乐业,能吃饱饭就知足了。下片写村中河流的变化,和婚嫁习俗的传承不变。自然界虽有"新""旧"变化,河流虽有改道,总不外乎顺其自然。而村中淳朴美好的民俗风情、婚丧嫁娶,代代相传,亘古不变。自然界的变与农村生活的不变,从本质上看,皆是顺应各自规律、随遇而安而已。由此含蓄巧妙地照应上片"有何不可"的感想。看来词人在经历世途跌宕起伏之后,确是希望能够在农村里安定下来了。

清平乐

村　居①

茅檐低小,溪上青青草②。醉里吴音相媚好,白发谁家翁媪③。　　大儿锄豆溪东,中儿正织鸡笼④。最喜小儿亡赖,溪头卧剥莲蓬⑤。

注释

① 大德本、四卷本均无题,此从《花庵词选》。

② "茅檐"二句:在溪边青草地上,有低矮的茅舍。茅檐借指茅屋。溪上青青草:参见《古诗十九首》:"青青河畔草,郁郁园中柳。"

③ "醉里"二句:听有人说笑逗乐,说的是温柔悦耳的吴语,原来是一对白发老翁、老妇在饮酒谈笑。吴音:吴地方音。刘长卿《戏赠干越尼子歌》:"云房寂寂夜钟后,吴音清切令人听。"相媚好:彼此取悦。"吴音",四卷本作"蛮音"。

④ "大儿"二句:两个儿子正忙着干农活,大儿子在溪水东边锄

地,二儿子在编织鸡笼。

⑤ "最喜"二句:最可爱的是小儿子,无聊地趴在溪边剥莲蓬。亡(wú 无)赖:无赖,无聊,也引申指顽皮。亡,同无。莲蓬:莲花开过后的花托,倒圆锥形,里面有莲子,可食用。黄庭坚《情人怨戏效徐庾慢体》之一:"莫藏春笋手,且为剥莲蓬。""卧剥",大德本原作"看剥",此从四卷本。

解读

　　这是描写农村人家生活的小品,作于词人退居上饶带湖前期。上片写农村人家的居住环境,以及两位农村老人幸福美好的生活。首二句,描绘茅屋位于溪水边上,周围绿草丰茂,写出村居环境淳朴、自然之美。"醉里"二句,未见其人,先闻其声,但听得杯酒交错,吴语软媚,相谈甚欢,初以为是年轻夫妻在谈情说爱,一见之下,不由一惊,原来却是一对白发苍苍的老夫妻。写来别饶风趣,颇有顿挫之妙。下片写这户人家的三个儿子。大儿子、二儿子都在忙着干农活,唯有小儿子闲来无事,趴在溪水边剥莲子吃。下片句式似脱胎于汉乐府《相逢行》"大妇织绮罗,中妇织流黄,小妇无所为,挟琴上高堂",唯将三女变为三男,而生趣不减。词写农村和谐安宁景象,集中通过一户人家来展示。一户人家中,又以翁媪和小儿写得最为生动鲜活,充满生活情趣,令人过目不忘。

清平乐

检校山园，书所见①

连云松竹，万事从今足②。拄杖东家分社肉，白酒床头初熟③。　　西风梨枣山园，儿童偷把长竿④。莫遣旁人惊去，老夫静处闲看⑤。

注释

① 检校(jiào 叫)：检查，察看。山园：指词人信州带湖家园。因园中有东冈西阜，故称山园。

② "连云"二句：园中松竹高耸入云，从今后隐居山园，万事俱备，可以称心满足。

③ "拄杖"二句：恰逢社日，东邻拄杖来分社肉，自家白酒也快酿成。古时乡村习俗，通常在立春、立秋后第五个戊日祭祀土地神，称为社日。每逢社日，乡邻集会，备牲肉祭神，祭毕，各家分享祭神牲肉，谓之分社肉。这里指秋社分肉。参见陆游《秋社》诗："社肉分初至，官壶买旋倾。"床头：此指糟床，榨酒工具。

④ "西风"二句：秋风中，山园梨、枣成熟，有儿童手握长竿，偷打果子。

⑤ "莫遣"二句：别叫人去惊动偷果子儿童，且让老夫在僻静处悠闲地观看。老夫：词人自指。

解读

这首词是辛弃疾闲居上饶前期作品,描写巡察带湖家园所见情景。同题作品共两首,这是第一首。上片写家园中松竹茂盛,环境幽静,万事皆备,更喜民风古朴淳厚,邻里分赠社肉,配以家酿白酒,自当其乐融融。下片着重描写梨枣园中一幕情景:顽童手握长竿,偷打梨枣,老夫(词人)有意藏身静处,悠闲观看,且吩咐旁人不要打搅。一少一老,一明一暗,一动一静,相映成趣,场景鲜活,透露出词人轻松愉悦、放任天真的心境,以及对周边儿童的怜爱与呵护。全词多用白描手法,不堆砌典故,语言浅近亲切,充满乡间生活情调,反映了词人罢居带湖以来闲适自在、乐天知命的一面。

洞仙歌

访泉于奇师村,得周氏泉,为赋①。

飞流万壑,共千岩争秀②。孤负平生弄泉手③。叹轻衫短帽,几许红尘,还自喜,濯发沧浪依旧④。

人生行乐耳,身后虚名,何似生前一杯酒⑤。便此地结吾庐,待学渊明,更手种门前五柳⑥。且归去父老约重来,问如此青山,定重来否⑦?

注释

① 奇师：村名，亦称奇狮，词人后改作"期思"，在今江西省铅山县稼轩乡。"奇师"，大德本作"期思"，盖后来追改，此从四卷本。周氏泉：由两个小泉组成，其一如臼，其一若瓢，承瓜山瀑布而成。词人后改称"瓢泉"。

② "飞流"二句：描写奇师一带山水之美。化用东晋顾恺之(长康)语。《世说新语·言语》："顾长康从会稽还，人问山川之美，顾云：'千岩竞秀，万壑争流，草木蒙笼其上，若云兴霞蔚。'"壑(hè贺)：溪谷，山沟。

③ "孤负"句：谓之前竟未发现此处泉水，真是有负弄泉手的美名。孤负：对不住，亏负。弄泉手：游赏泉水的行家里手。语出苏轼《留别雩泉》诗："还将弄泉手，遮日向西秦。"

④ "叹轻衫"四句：可叹自己衣衫上还是沾染了些俗世的尘埃，所幸有此泉水，仍可洗涤身上尘埃。轻衫短帽：指自己轻便简朴的服饰。濯(zhuó浊)发沧浪(láng郎)：用清水洗发。濯，洗涤。沧浪，青苍色的水。参见《孟子·离娄上》："有孺子歌曰：'沧浪之水清兮，可以濯我缨；沧浪之水浊兮，可以濯我足。'"

⑤ "人生"句：语出西汉杨恽《报孙会宗书》："田彼南山，芜秽不治。种一顷豆，落而为萁。人生行乐耳，须富贵何时！""身后"二句：化用西晋张翰(季鹰)语。《世说新语·任诞》："张季鹰纵任不拘，时人号为'江东步兵'。或谓之曰：'卿乃可纵适一时，独不为身后名邪？'答曰：'使我有身后名，不如即时一杯酒。'"

⑥ 此地结吾庐：在奇师建造我的房舍。结庐，建房屋。参见陶渊明《饮酒》诗："结庐在人境，而无车马喧。""待学"二句：要学陶渊明，在门前亲手种上五棵柳树。陶渊明《五柳先生传》："先生不知何许人也，亦不详其姓字，宅边有五柳树，因以为号焉。"

⑦ "且归去"三句：临走前，当地父老约我再来，说：看如此青山绿水，究竟能否再来啊？且：将要。定：到底，究竟。

解读

　　辛弃疾寓居带湖以来，稍觉美中不足的是，带湖水源荣枯不定，难有保障，所以词人在游历周边山水的同时，也在努力寻访有泉水的名胜，以备另建宅第。功夫不负有心人，大约在淳熙十二三年间(1185—1186)，词人终于在铅山奇师村找到了周氏泉(奇师、周氏泉，词人后来改称期思、瓢泉)，欣喜之余写了这首词。作品起势飞腾，描绘瓜山飞瀑、周氏清泉之胜，景色壮丽，令人振奋。"孤负"云云，看似自谦，实是自得自豪。"叹轻衫"四句，先叹自己曾经沾染俗世红尘，再喜如今退隐山水，可用清泉洗发。如此顿挫，皆深得欲扬先抑、似抑实扬之妙，生动地传达了作者内心的喜悦之情。下片展现词人美好的愿景。过片用杨恽、张翰语，表达超越世俗名利、回归自然的坚定志向。接着具体规划，欲效法陶潜，结庐植柳，定居此间。末三句故作波澜，以父老询问词人是否重来收束，问而不答，而答案不言自明，耐人玩味，正所谓"于萧散中见笔力"(清陈廷焯《词则·放歌集》眉批)。后来的历史事实给了我们确切的答案,词人多次重返瓢泉（周氏泉），并在此营建宅第，大约十年之后，合家迁居瓢泉，词人于此终老。

八声甘州

夜读《李广传》，不能寐，因念晁楚老、杨民瞻约同居山间，戏用李广事，赋以寄之[1]。

故将军饮罢夜归来，长亭解雕鞍。恨灞陵醉尉，匆匆未识，桃李无言[2]。射虎山横一骑，裂石响惊弦[3]。落魄封侯事，岁晚田园[4]。　　谁向桑麻杜曲，要短衣匹马，移住南山。看风流慷慨，谈笑过残年[5]。汉开边功名万里，甚当时健者也曾闲[6]。纱窗外斜风细雨，一阵轻寒[7]。

注释

① 《李广传》：指司马迁《史记·李将军列传》。李广（？—前119），陇西成纪（今甘肃静宁）人，西汉名将。汉文帝时从军击匈奴，因功为中郎。景帝时，先后任北部边域七郡太守。

武帝时,历任未央宫卫尉、骁骑将军、右北平郡太守。匈奴畏服,称之为飞将军,数年不敢来犯。元狩四年,漠北之战中,李广任前将军,因迷失道路,未能参战,愤愧自杀。晁楚老:辛弃疾友人,生平不详,可能是寓居信州的敷文阁学士晁谦之的后人。杨民瞻:当时寓居信州,与范开同时师从辛弃疾,与辛弃疾多有唱和。

② "故将军"五句:写李广被霸陵尉呵斥阻止故事。《史记·李将军列传》:"(李广)尝夜从一骑出,从人田间饮。还至霸陵亭,霸陵尉醉,呵止广。广骑曰:'故李将军。'尉曰:'今将军尚不得夜行,何乃故也!'止广宿亭下。"长亭:古时于道路旁所设供行旅停息的亭舍,每十里一长亭,五里一短亭。此处指霸陵亭。解雕鞍:谓下马歇息。雕鞍,刻饰花纹的马鞍,泛指华美的马鞍。灞陵:即霸陵,汉文帝陵寝,因靠近灞河而得名,在今西安市东郊。尉:古代武官名。桃李无言:语见《史记·李将军列传》太史公评语引古谚语:"余睹李将军悛悛如鄙人,口不能道辞。及死之日,天下知与不知,皆为尽哀。彼其忠实心诚,信于士大夫也。谚曰:'桃李不言,下自成蹊。'此言虽小,可以谕大也。"意谓桃李虽不能言,但以花实感人,因此人们争相仰望,其下自成路径。

③ "射虎"二句:写李广骑马射石、射虎雄姿。《史记·李将军列传》:"广出猎,见草中石,以为虎而射之,中石没镞,视之石也。因复更射之,终不能复入石矣。广所居郡闻有虎,尝自射之。及居右北平射虎,虎腾伤广,广亦竟射杀之。"骑(jì

计):一人一马的合称。

④ "落魄"二句:李广虽然战功卓著,却终身未得封侯,后期曾闲居田园。《史记·李将军列传》:"顷之,(李广)家居数岁。广家与故颍阴侯孙屏野居蓝田南山中射猎。""(李)蔡为人在下中,名声出广下甚远,然广不得爵邑,官不过九卿,而蔡为列侯,位至三公。诸广之军吏及士卒或取封侯。广尝与望气王朔燕,语曰:'自汉击匈奴而广未尝不在其中,而诸部校尉以下,才能不及中人,然以击胡军功取侯者数十人,而广不为后人,然无尺寸之功以得封邑者,何也? 岂吾相不当侯邪? 且固命也?'"落魄:困顿失意。"落魄",四卷本作"落拓"。岁晚:指晚年。田园:四卷本作"田间"。

⑤ "谁向"五句:是谁要像杜甫那样,效法李广,移居南山边,在田园里终老。化用杜甫《曲江三章》之三:"自断此生休问天,杜曲幸有桑麻田,故将移住南山边。短衣匹马随李广,看射猛虎终残年。"桑麻:种植桑麻的农田。杜曲:地名,在今西安市东南。唐时杜姓世代居此,故名。短衣:平民、战士穿的短装便服。南山:终南山,在今陕西蓝田县,李广削职后曾居于此。

⑥ "汉开边"二句:西汉正是开疆拓土、建功万里的时代,为何雄健如李广者也会削职闲居。甚:为甚,为什么。

⑦ "纱窗外"二句:参见温庭筠《偶题》诗:"细雨无妨烛,轻寒不隔帘。"一阵:四卷本作"一障"。

解读

西汉"飞将军"李广是辛弃疾热爱的一位历史人物,本篇及《卜算子》(千古李将军)等作品都是专写李广的。作为历史名将,李广以抗击匈奴、战功显赫而著称,可他不但没有封侯,而且还曾被解除职务,废为庶人。辛弃疾早年起兵抗金,平生力主收复中原,也是屡遭弹劾排挤,以至于罢官落职。正因为彼此身世颇有相似之处,所以当词人罢官闲居带湖期间,夜读《史记·李将军列传》,自是思绪万千,无法入眠,因作此词以抒怀。所谓借古人之酒杯,浇自家之垒块,诉心中之不平,寄感慨于千载。"戏用"云云,实是障眼法。上片照应"夜读《李广传》",写李广事迹,着重选取将军罢职后闲居一段。先借李广遭受霸陵尉呵斥故事,写出虎落平阳的悲哀,和世态炎凉的可恨。继而一转,以李广之勇猛射虎故事,见出英雄之壮心不已,猛志常在。接着再一转,对李广不能封侯和闲居田园的落魄遭遇,深表同情和不平。哀李广,更是自哀。下片针对友人"约同居山间",抒发愿望与感慨。先说要和友人一同仿效李广,移居南山,慷慨风流,共度晚年。转而又对开边用兵时代李广罢职闲居一事提出质问,问而不答,而含意甚明。最后以窗外风雨凄迷之景语作结,余韵悠悠,含蓄不尽,无限感慨与愤懑,皆在不言中。

浪淘沙

山寺夜半闻钟

　　身世酒杯中，万事皆空①。古来三五个英雄。雨打风吹何处是，汉殿秦宫②？　　　梦入少年丛，歌舞匆匆③。老僧夜半误鸣钟，惊起西窗眠不得，卷地西风④。

注释

① 身世酒杯中：把平生遭遇、事业都付与酒杯中。参见王令《庭草》诗："时节看风柳，生涯寄酒杯。"万事皆空：参见白居易《风雨晚泊》诗："忽忽百年行欲半，茫茫万事坐成空。"朱敦儒《西江月》："屈指八旬将到，回头万事皆空。"

② "古来"三句：古往今来，也就屈指可数的三五个英雄。经历了岁月的雨打风吹，哪里还有秦宫汉殿？参见辛弃疾《永遇乐·京口北固亭怀古》："千古江山，英雄无觅，孙仲谋处。舞榭歌台，风流总被，雨打风吹去。"

③ "梦入"二句：梦中与一群少年欢快地歌舞。少年丛：少年人群中。白居易《赠梦得》诗："放醉卧为春日伴，趁欢行入少年丛。"匆匆：欢快的样子。贺铸《六州歌头》："狡穴俄空，乐匆匆。"

④ "老僧"三句：半夜里被山寺老僧误撞的钟声惊醒而无法入眠，外面是席卷而来的凄厉的秋风。参见宋李弥逊《次韵林褒然知县留题筠庄因寄之》诗："只愁卷地西风里，幽梦圆时与子妨。"

解读

词人闲居带湖时期,秋日出游,寄宿山寺,夜半闻钟,有感而作此词。上片抒情。先抒发个人身世之感,眼见得垂垂老去,而功业无望,万事皆空,唯有将平生烦恼付诸酒杯。进而抒发历史兴衰之感,承接"万事皆空",谓史上英雄流芳千古者屈指可数,再看雄极一时的秦汉宫殿,早被历史风雨洗刷一空,哪有遗迹可寻?慷慨悲怆、雄浑浩荡处,俨然已有晚年《永遇乐·京口北固亭怀古》、《南乡子·登京口北固亭有怀》诸篇气势。下片照应词题"山寺夜半闻钟"。先写梦中与一群少年歌舞欢乐场景,再写被山寺钟声惊醒打断,是乐景衬哀情笔法。继写窗下黯然失眠,窗外卷地西风,则是渲染烘托笔法。钟声和着风声,莽莽苍苍中,无尽感慨,发人深省。清人陈廷焯《云韶集》评此词曰:"沉郁顿挫中自觉眉飞色舞。笔力雄大,辟易千人。结数语,如闻霜钟,如听秋风,读者神色都变。"

定风波

暮春漫兴①

少日春怀似酒浓,插花走马醉千钟②。老去逢春如病酒,唯有,茶瓯香篆小帘栊③。　　卷尽残花风未定,休恨,花开元自要春风④。试问春归谁得见?

飞燕，来时相遇夕阳中⑤。

注释

① 大德本无题,此据四卷本。漫兴:即兴率意作诗词,不刻意求工。

② 少日:少年时代。春怀:春日情怀。醉千钟:畅饮千杯,极言酒量之大。千钟,千盅,千杯。《孔丛子·儒服》:"尧舜千钟,孔子百觚。"宋郑刚中《芙蓉》诗:"地有鲜鲜金菊对,赏时莫惜醉千钟。"

③ "老去"三句:老来逢春则兴情衰退,只有闲居室内,品茶焚香。病酒:饮酒过度而生病。茶瓯(ōu 欧):茶杯。香篆(zhuàn 撰):即篆香,篆字形盘香。帘栊(lóng 龙):挂有帘子的窗户。

④ "卷尽"三句:莫恨春风吹尽残花,毕竟花开也是要靠春风吹拂。元自:原本,原来。元,同原。

⑤ "试问"三句:要问谁见过春天归去的踪迹,大概只有燕子从夕阳中飞来时见过。

解读

这首词是辛弃疾闲居带湖时期,暮春时节遣兴之作。上片抒发晚春之情,不作寻常伤春之语。先回顾少年时代春怀,插花纵马醉酒,一片浓情,令人陶醉。再对比时下老来春怀,唯有品茗焚香,避居室内,一片恬淡之情。对照少时与老来春怀,显出岁月留痕,时势之异,沧桑之感,而以雍容闲适之语出之,滋味深永,启人遐思。下片写晚春景象,配以自身体悟。"卷尽"三句,谓暮春时节春风吹尽残花,亦犹初春时节春风吹拂百花盛开,盖造物者自循其自然规律,有生有灭,有来有归,故曰"休恨",自我宽解之词,亦是豁达之见。至于春归何处,谁曾见其踪迹,大约唯有飞燕,遇之于夕阳中。前此三句为纯理性思维,此末三句则纯属感性形象思维,奇情逸想,别饶生趣,出人意料,又耐人玩味。

鹧鸪天

代人赋

晚日寒鸦一片愁,柳塘新绿却温柔①。若教眼底无离恨,不信人间有白头②。　　肠已断,泪难收。相思重上小红楼③。情知已被山遮断,频倚阑干不自由④。

注释

① "晚日"二句:黄昏时分,寒鸦一声声哀鸣带来一片愁惨,唯有池塘边柳芽绽放新绿留下些许温柔。

② "若教"二句:若是眼前没有离愁别恨,不信人们还会有满头白发。

③ "相思"句:因为难抑相思之情,又一次登上小红楼眺望。

④ "情知"句:明知道情人的踪迹早已被云山遮挡,却不由自主

地一遍遍倚着栏杆远眺。不自由：不由自主。山遮断：四印
斋本作"云遮断"。

解读

　　词题曰"代人赋"，实际是一首代言体的闺思词，也就是男性
代替女性来写的相思作品。作年难以考定，大德本将本篇置于
《鹧鸪天》（陌上柔桑破嫩芽）之前，大约都是淳熙十四年（1187）
以前所作。上片借眼前之景带出离恨。"晚日"两句，由傍晚寒
鸦哀鸣，衬出女子内心一片愁惨；塘边新绿柳色虽显温柔，却又
勾起折柳赠别回忆，引出离别经年之恨。"若教"两句，抒发离
恨，正话反说，益显离恨之深，红颜易老。下片极写女子相思痴
情。柔肠寸断，珠泪涟涟，情难自禁，不由自主，又一次登上小红
楼，明知云山阻隔，情人音信渺茫，希望一再落空，仍再三凭栏远
眺，痴痴企盼游子归来，缠绵至极，至于透心彻骨，难以自拔。读
来令人黯然销魂，唏嘘不已。

鹧鸪天

代人赋①

陌上柔桑破嫩芽，东邻蚕种已生些②。平冈细草

163

鹧鸪天（陌上柔桑破嫩芽）

鸣黄犊，斜日寒林点暮鸦③。　　山远近，路横斜，青旗沽酒有人家④。城中桃李愁风雨，春在溪头荠菜花⑤。

注释

① 大德本无题，此从四卷本。

② "陌上"二句：田间小路边的桑树刚绽放嫩芽，东边邻家的幼蚕已经从蚕卵中孵化出来。陌上：田间小道上。些：这里读sā，语助词。柔桑破嫩芽：四卷本作"柔条初破芽"。

③ "平冈"二句：小牛在长满嫩草的平坦的山坡上鸣叫着，暮归的乌鸦飞落在斜阳映照下仍带寒意的树林里。平冈：山脊平坦处。黄犊(dú 读)：小牛。参见王安石《题舫子》诗："眠分黄犊草，坐占白鸥沙。"点：这里作动词用，意谓飞落、栖息在树上。

④ "山远近"三句：远近都有山峦，道路横斜交叉；望见青旗飘处，必有卖酒人家。青旗：即酒旗，见前《丑奴儿近》(千峰云起)注④。沽(gū 姑)酒：卖酒。

⑤ "城中"二句：城中的桃李花虽然娇艳，却害怕风吹雨打；真正的春色还数溪边田头自在绽放的荠菜花。参见刘禹锡《杨柳枝词九首》之四："城中桃李须臾尽，争似垂杨无限时。"荠菜花：见前《鹧鸪天》(春入平原荠菜花)注①。"荠菜花"，四卷本作"野荠花"。

解读

　　这首词与上一首虽词调词题相同，但内容截然不同。本篇是一首风格清丽的农村词，作于词人寓居带湖时期。通篇纯用白描手法勾勒画面，或远或近，或动或静，或对比映衬，虽无一句直接抒情，而闲适恬淡之意尽寓于景中。上片多选取富有新春气息的事物加以描绘：柔桑绽放嫩芽，东邻幼蚕孵出，小牛啃食嫩草，一"破"，一"生"，一"鸣"，尽显春天乡间新生命的活力。即使是黄昏落日，暮鸦落于寒林，景色稍显萧瑟，但一"点"字也盘活了画面。下片拓展视野，写出远近山峦，纵横道路，点缀以卖酒人家，与词人《丑奴儿近》"青旗卖酒，山那畔别有人家"，异曲同工。末二句，以城中桃李怯风怕雨，与溪边田头荠菜花自在开放两相对比，隐隐透露出尘世多忧患难以久居，田野闲适可得长久之意，言近旨远，清新警策，耐人品味。清人陈廷焯《云韶集》赞曰："'斜日'七字，一幅图画，以诗为词，词愈出色。"又其《词则·放歌集》评曰："'城中'二句，有多少感慨，信笔写去，格调自苍劲，意味自深厚。有不可强而致者。放翁（陆游）、改之（刘过）、竹山（蒋捷）学之，已成效颦，何论余子。"

蝶恋花

戊申元日立春席间作①

谁向椒盘簪彩胜？　整整韶华，争上春风鬓②。往日不堪重记省，为花长把新春恨③。　　春未来时先借问，晚恨开迟，早又飘零近④。今岁花期消息定，只愁风雨无凭准⑤。

注释

① 大德本题作"元日立春"，此据四卷本。戊申：淳熙十五年戊申，1188年。元日立春：农历正月初一，又正逢立春。立春，见前《汉宫春》（春已归来）注①。

② "谁向"三句：元日又恰逢立春，人们争相进椒盘饮酒，将彩胜插戴在发髻上，似乎要留住所有美好春光。椒盘：古时正月初一习俗，用盘子盛椒，饮酒则取椒置酒中。《尔雅翼·释木三》："后世率以正月一日，以盘进椒，饮酒则撮真酒中，号椒盘焉。"簪（zān 赞阴平）：这里作动词用，指插戴在头上。彩胜：即幡胜。古代风俗，每逢立春日，剪五彩纸或绸绢作小旗幡或燕、蝶等形状，戴在头上或系在花下，以示迎春。苏轼《叶公秉王仲至见和次韵答之》："强镊霜须簪彩胜，苍颜得酒尚能韶。"陈师道《立春致语口号》："鬓边彩胜年年好，樽下歌声日日新。"另可参见辛弃疾《好事近·席上和王道夫赋元夕立春》："彩胜斗华灯，平把东风吹却。"整整：完整，全部。因正月初一立春，整个春天完好无缺，故称整整。韶华：指春天美好时光。春风鬓：春风吹拂中的鬓发。

③ "往日"二句：往事不堪回顾，因为怕春花凋零而长恨新春。

记省(xǐng 醒)：回忆，记起。参见张先《天仙子》："送春春去
几时回？临晚镜，伤流景，往事后期空记省。"长把：王诏刊
本、四印斋本作"常把"。

④ "春未来"三句：春天还没来时，先问花期早晚。花开晚了，恨
花迟开；花开早了，又恨花太快飘零。

⑤ "今岁"二句：虽然探听到了今年确切的花期信息，只怕风雨搅
扰，到时候花期又不可靠了。凭准：依据，准信。欧阳修《品
令》："懊恼人人薄幸，负云期雨信。终日望伊来，无凭准。"

解读

淳熙十五年(1188)正月初一，恰逢立春日，在家人欢度新春
的筵席上，辛弃疾即席创作了这首凄婉的伤春之作。上片写众
人之欢乐，反衬词人之悲恨。起首三句，照应正月初一与立春风
俗，写众人争相进椒盘酒，插戴彩胜，迎接新春，一派欢快热闹景
象。反观词人，已不复有少年春怀，因为看过太多春花凋零景
象，到老来反而痛恨新春来临。下片具体申说恨春之意。先说
以往花期不定，都提早打听春讯：春天来晚，则恨花开之迟；春天
来早，又恨春花凋零之快。再说今年花期已定，讯息切实，却又
害怕风雨搅扰，以致花期又生变数。那种惜花爱花之情，写得细
腻入微，托意幽深。清陈廷焯《白雨斋词话》评末二句曰："盖言
荣辱不定，迁谪无常。言外有多少哀怨，多少疑惧。"这段评说或
有一定道理。就在上一年，朝中对是否重新启用辛弃疾的问题
起过一番争执。左丞相王淮准备安排辛弃疾担任一路的帅职，

由于右丞相周必大的坚决反对,于是只好退一步,最后只给了辛弃疾主管武夷山冲祐观的虚衔。词人在壮年罢官闲居带湖七年之后,得到这么一个结果,其感伤叹息自然是可想而知的。所以,词中感慨春花开放太迟、飘零过早,以及"往日不堪重记省,为花长把新春恨","今岁花期消息定,只愁风雨无凭准"云云,或许都是有感而发的。

满江红

饯郑衡州厚卿席上再赋①

莫折荼蘼,且留取一分春色②。还记得青梅如豆,共伊同摘③。少日对花浑醉梦,而今醒眼看风月④。恨牡丹笑我倚东风,头如雪⑤。 榆荚阵,菖蒲叶;时节换,繁华歇⑥。算怎禁风雨,怎禁鹈鴂⑦。老冉冉兮花共柳,是栖栖者蜂和蝶⑧。也不因春去有闲愁,因离别。

注释

① 饯(jiàn 践):设酒食送行。郑衡州厚卿:郑如崈(chóng 崇),字厚卿,辛弃疾友人,曾任朝散郎,淳熙十五年(1188)四月知

169

衡州(今湖南衡阳),绍熙元年(1190)正月罢任。郑厚卿赴衡州任前,辛弃疾为他饯行,并连作两首词,这是其中第二首,故称"再赋"。四卷本题作"稼轩居士花下与郑使君惜别醉赋,侍者飞卿奉命书"。使君,古时对州郡长官的尊称。飞卿,辛弃疾侍妾名。

② "莫折"二局:不要去折春天最晚开的荼蘼花,暂且留住这最后一分春色。荼蘼(tú mí 图迷):亦作酴醾、荼醾、荼蘼。落叶小灌木,多攀缘而生,春末夏初开花,花白色。参见苏轼《杜沂游武昌以酴醾花菩萨泉见饷二首》之一:"酴醾不争春,寂寞开最晚。"北宋王琪《暮春游小园》诗:"开到荼醾花事了,丝丝天棘出莓墙。""莫折",四卷本作"折尽"。"且留取",四卷本作"尚留得"。

③ "还记得"二句:回忆曾与郑如崟一道共摘青梅。青梅:梅子。参见唐施肩吾《少妇游春词》:"无端自向春园里,笑摘青梅叫阿侯。"冯延巳《阮郎归》:"南园春半踏青时,风和闻马嘶。青梅如豆柳如丝,日长蝴蝶飞。""记得",四卷本作"记取"。"如豆",四卷本作"如弹"。

④ "少日"二句:年少时赏花如醉如梦,现在却能清醒地看待风花雪月。少日:年少时。浑:简直,全然。"浑醉梦",四卷本作"昏醉梦"。

⑤ "恨牡丹"二句:可恨自己满头白发在春风中被牡丹花嘲笑。头如雪:形容满头白发。参见白居易《劝我酒》诗:"洛阳女儿面似花,河南大尹头如雪。"唐代高蟾《春》诗:"人生莫遣头如

170

雪,纵得春风亦不消。""头如雪",四卷本作"形如雪"。

⑥ "榆荚"四句:春末榆钱阵阵凋落,初夏菖蒲叶长转老;随着春
夏时节转换,昔日芳华都已消歇。榆荚(jiá 夹):榆树的果
实。初春时先于叶而生,连缀成串,形似铜钱,俗称榆钱。春
末榆荚凋落。参见白居易《南院》诗:"杨花飞作穗,榆荚落成
堆。"李商隐《一片》诗:"榆荚散来星斗转,桂花寻去月轮移。"
菖(chāng 昌)蒲:多年生水生草本植物,有香气。叶狭长,似
剑形。初夏开花,淡黄色。参见南宋陈造《田家叹》诗:"五月
之初四月尾,菖蒲叶长楝花紫。"韩元吉《水龙吟·寿辛侍
郎》:"正菖蒲叶老,芙蕖香嫩,高门瑞,人知否?""榆荚"四句,
四卷本作"人渐远,君休说;榆荚阵,菖蒲叶"。

⑦ "算怎禁"二句:想来这残春怎禁得起风吹雨打,又怎禁得起
鹈鴂一声声凄苦的啼叫。算:料想,想来。鹈鴂(tí jué 题
决):鸟名。一说即杜鹃,一说鹈鴂与杜鹃为两种鸟。见辛弃
疾《贺新郎·别茂嘉十二弟》及注。相传鹈鴂于春末夏初时
啼叫,声音哀切,花草为之凋零。参见屈原《离骚》:"恐鹈鴂
之先鸣兮,使夫百草为之不芳。""算怎禁"二句,四卷本作"算
不因风雨,只因鹈鴂"。

⑧ "老冉冉"二句:花与柳渐渐老去,蜜蜂和蝴蝶仍在不停地忙
碌着。冉冉(rǎn 染):渐进的样子;渐渐。屈原《离骚》:"老冉
冉其将至兮,恐修名之不立。"栖栖(xī xī 西):忙碌不安的样
子。见前《踏莎行》(进退存亡)注⑦。

解读

　　淳熙十五年(1188)四月,辛弃疾友人郑如崈(厚卿)出知衡州,临行前,辛弃疾为他饯行,席间先作《水调歌头·送郑厚卿赴衡州》,意犹未尽,醉中再作本词,故题称"再赋"。前一篇《水调歌头》,照应衡州形胜,抒发惜别、勉励之情,笔力雄劲,是正常送别词写法。这一篇却另辟蹊径,自出机杼,不同凡响。除结句外,通篇不直接写送行,而是借暮春景象,抒发惜春、伤春之情,寄寓身世之感、时势之忧,最后将所有情景归结到伤别题旨,内蕴丰厚,托意深远。首句由荼蘼花下饯行,即景起兴,因古人以荼蘼为春天最晚开的花,故言"莫折",以留存最后一分春色,词人爱花惜春之痴心跃然纸上。"还记得"两句,回忆与友人同摘青梅,亦属春天佳景之记忆留存。"少日"以下,对比词人年轻时与老来看花的不同心态,犹言"少日春怀似酒浓","老去逢春如病酒"(《定风波》),是饱经忧患、历尽沧桑者的感怀,也正因为历尽沧桑,所以头白如雪,难免为牡丹所讥笑。下片极写伤春之情。榆荚凋落,菖蒲叶老,时节更迭,芳华消歇,即便有荼蘼残留,怎禁得起风雨摧残,鹈鴂哀鸣。花柳既老,虽有蜂蝶努力,亦无力留住春色。歇拍绾结惜花之情、伤春之意、时节之忧,将种种"闲愁"归为"离别"之感,照应词题,语气从容闲淡,而意味深远浓厚,实又不止于离别之愁。

贺新郎

陈同父自东阳来过余，留十日，与之同游鹅湖，且会朱晦庵于紫溪，不至，飘然东归①。既别之明日，余意中殊恋恋，复欲追路，至鹭鸶林，则雪深泥滑，不得前矣②。独饮方村，怅然久之，颇恨挽留之不遂也③。夜半，投宿吴氏泉湖四望楼，闻邻笛悲甚，为赋《乳燕飞》以见意④。又五日，同父书来索词，心所同然者如此，可发千里一笑⑤。

把酒长亭说⑥。看渊明风流酷似，卧龙诸葛⑦。何处飞来林间鹊，蹙踏松梢残雪，要破帽多添华发⑧。剩水残山无态度，被疏梅料理成风月⑨。两三雁，也萧瑟⑩。　　佳人重约还轻别⑪。怅清江天寒不渡，水深冰合⑫。路断车轮生四角，此地行人销骨⑬。问谁使君来愁绝⑭？　铸就而今相思错，料当初费尽人间铁⑮。长夜笛，莫吹裂⑯。

注释

① 陈同父：陈亮（1143—1194），字同甫（父），号龙川，婺州永康（今浙江永康）人。自幼聪颖，才气超迈。屡次上书孝宗，纵论国事，反对议和。曾三度被诬入狱。光宗绍熙四年（1193）

策进士,擢为第一,授建康军节度判官厅公事,未赴任而卒。著有《龙川文集》、《龙川词》。为辛弃疾挚友。东阳:唐天宝元年曾改婺州为东阳郡。今属浙江金华。鹅湖:见前《鹧鸪天》(春入平原荠菜花)注①。会:约会。朱晦庵:朱熹(1130—1200),字元晦、仲晦,号晦庵,祖籍婺源(今江西婺源),出生于尤溪(今福建尤溪)。绍兴十八年(1148)进士,官至秘阁修撰、焕章阁待制兼侍讲。晚年在福建一带讲学。南宋理学大师、教育家、诗人。著作有《四书集注》、《朱子语类》、《朱文公文集》。与辛弃疾多有交往。紫溪:镇名,在江西铅山南,邻近福建。"不至"二句:朱熹没有如约而至,陈亮便轻快地东归了。飘然:轻捷,悠闲。

② 既别之明日:别后第二天。追路:追随,追赶。鹭鹚(lù cí 路慈)林:地名,古驿道所经之地。南宋史弥宁《鹭鹚林》诗:"驿路逢梅香满襟,携家又过鹭鹚林。含风野水琉璃软,沐雨春山翡翠深。"

③ 方村:在信州(今上饶)东。怅然:因失意而不愉快。不遂:不成功。

④ 泉湖:地名,在信州东,方村附近。"吴氏泉湖",四卷本作"泉湖吴氏"。闻邻笛甚悲:暗用西晋向秀闻笛事。向秀《思旧赋序》记载,他经过故友嵇康、吕安旧居时,"日薄虞渊,寒冰凄然,邻人有吹笛者,发声寥亮。追思曩昔游宴之好,感音而叹,故作赋云"。乳燕飞:词牌名,即《贺新郎》。因苏轼填此调有"乳燕飞华屋,悄无人,桐阴转午,晚凉新浴"句,故亦名

《乳燕飞》、《贺新凉》。"乳燕飞",四卷本作"贺新郎"。见意:
表达意思。

⑤ 来书:来信。"心所"二句:两人虽远隔千里,但心里想的竟然
如此相同,真可发会心一笑。上饶至永康相距四百多里,这
里说千里是极言相隔之远。

⑥ "把酒"句:手持酒杯,在长亭与陈亮话别。长亭:古时在城外
道路旁每隔十里设立的亭子,供行旅休息,或饯别亲友。

⑦ "看渊明"二句:意谓陈亮风采犹如陶渊明,又极像诸葛亮。
陶渊明,字元亮,晋宋之际著名诗人,中年以后归隐田园。朱
熹曾说:"陶渊明诗,人皆说是平淡。据某看,他自豪放,但豪
放得来不觉耳。"(《朱子语类》)诸葛亮,字孔明,三国时代杰
出的政治家、军事家。隐居未出时,人称卧龙。《三国志·蜀
书·诸葛亮传》记徐庶对刘备说:"诸葛孔明者,卧龙也,将军
岂愿见之乎?"因为陶渊明与诸葛亮的名字里都有"亮"字,与
陈亮的名字相关,陈亮又兼有两人的风范和才华,所以这里
以陶渊明和诸葛亮作比。

⑧ "何处"三句:不知何处飞来喜鹊,停在林中松树上,震动树梢
上的残雪,落在词人的破帽子上,仿佛要给人多添些白发。
蹴(cù 促)踏:踩踏。"残雪",四卷本作"微雪"。

⑨ "剩水"二句:被雪覆盖的残败的山水,失去了往日的神采,唯
有稀疏的梅花装点着风光。剩水残山:参见北宋惠洪《冷斋
诗话》卷三:尝暮寒归,见白鸟,作诗曰:"剩水残山惨澹间,白
鸥无事钓舟闲。"态度:这里指姿态风度。疏梅:参见宋代曹

勋《和谢参政卜宅》诗:"雪残苍岭野云暗,花着疏梅春意浓。"料理:这里是点缀、装饰的意思。风月:泛指风光、景色。

⑩ "两三雁"二句:空中偶尔飞过两三只大雁,也显得格外冷清凄凉。萧瑟:冷落,凄凉。

⑪ "佳人"句:陈亮信守约定而来,却又轻易离别东归。佳人:美好的人,指君子贤人、好友。这里指陈亮。参见南朝鲍照《赠故人马子乔》六首之二:"春冰虽暂解,冬水复还坚。佳人舍我去,赏爱长绝缘。"

⑫ "怅清江"二句:天寒地冻,江面结冰,无法渡江追赶好友,令人惆怅。

⑬ "路断"二句:道路阻断,车辆难行,行至此地,词人哀伤销魂。车轮生四角:形容车轮难以转动。见前《木兰花慢》(汉中开汉业)注⑨。销骨:形容极度感伤。犹言彻骨销魂。孟郊《答韩愈、李观别,因献张徐州》诗:"富别愁在颜,贫别愁销骨。"

⑭ "问谁"句:且问是谁让你来此地(而又匆匆离去),令我哀伤欲绝。愁绝:极端哀愁。

⑮ "铸就"二句:铸成今日如此沉重的相思之错,料想当初耗尽了人间之铁。这里借用罗绍威语。据《资治通鉴》卷二六五载,晚唐时魏博节度使罗绍威为扫除内患,请朱全忠出兵来魏,朱军留魏半年,罗绍威耗资甚巨,积蓄一空,魏兵由此衰弱。罗绍威后悔不已,对人说:"合六州四十三县铁,不能为此错也!"意谓将魏博六州四十三县的铁合起来,都铸不成这么大的错。错,原指错刀,古钱币,铸造而成;后多语带双关,

指错误。辛弃疾这里是说未能挽留挚友,又追赶不及,犯了大错,承受了深重的相思之苦。

⑯ "长夜"二句:照应词序"闻邻笛悲甚",希望隔壁的笛子不要吹得太过悲怆,以免增添自己彻骨的哀伤。用西晋向秀闻笛事(见前注④),又用唐代独孤生吹笛事。据《太平广记》卷二〇四引《逸史》载,有一老者独孤生,于筵席上取李謩笛子,谓吹至入破(进入曲子末段),必裂。遂吹,声发入云,四座震慄,及入破,笛遂破裂,不复终曲。

解读

陈亮是南宋史上一代奇才,一生未出仕,命途坎坷,而志存经济,纵论古今,力主抗金,耸动朝野,自称"人中之龙,文中之虎",大有"推倒一世之智勇,开拓万古之心胸"(《甲辰答朱元晦书》)之气概,所作词亦慷慨雄迈,俊伟磊落,故与辛弃疾极为投缘,交谊至深。淳熙十五年(1188)冬,陈亮自金华至信州,与辛弃疾会晤,逗留十日。辛弃疾与之同游鹅湖,共酌瓢泉,极论世事。同时约朱熹于紫溪相会,朱熹因故未至,陈亮于是东归。辛弃疾极度思念好友,别后次日欲追回陈亮,追至鹭鸶林,因雪深泥滑,无法前行,惆怅不已。当夜,词人投宿吴氏泉湖四望楼,闻笛声悲凉,情动于中,遂作此词以寄意。上片回顾送别友人情景。起头三句,写长亭饮酒话别,以陶渊明(元亮)、诸葛亮作比,推奖好友。这不仅因为两位前贤名字中皆有"亮"字,更因两位古人之风流超逸,恬淡而豪放自负,避世而不忘世事,与陈亮(乃至作者自己）颇有神似之处。"何处"三句，写鹊踏松枝，雪落破帽，如添白发，寄慨岁月如流，功业无成。"剩水残山"四句，举目天地，景色幽冷，隐喻山河破碎、偏安一隅之时势，正如清人李佳《左庵词话》所评："皆为北狩南渡而言，以是见词不徒作，岂仅批风咏月。"下片写别后相思之苦。友人既守信而来，却又轻易离去。词人意欲追回，无奈天寒地冻，道路断绝，车轮停转，绵绵离愁别恨，令人销魂蚀骨，追悔莫及。"铸就"两句，以铸错形容相思之遗恨，措辞尖新，而情感深浓。末两句，以漫漫寒夜，幽幽笛鸣，悲声不绝作结，益增慷慨凄怆之感。辛弃疾作此词后五日，陈亮亦来信索词，彼此灵犀相通，悠然心会如此。陈亮既得稼轩此词，乃回赠《贺新郎·寄辛幼安和见怀韵》："老去凭谁说？看几番神奇臭腐，夏裘冬葛。父老长安今余几，后死无仇可雪。犹未燥当时生发。二十五弦多少恨，算世间那有平分月。胡妇弄，汉宫瑟。树犹如此堪重别。只使君从来与我，话头多合。行矣置之无足问，谁换妍皮痴骨。但莫使伯牙弦绝。九转丹砂牢拾取，管精金只是寻常铁。龙共虎，应声裂。"

贺新郎

同父见和，再用韵答之①

老大那堪说。似而今元龙臭味，孟公瓜葛②。我

贺新郎（老大那堪说）

病君来高歌饮，惊散楼头飞雪③。笑富贵千钧如发④。硬语盘空谁来听？ 记当时只有西窗月⑤。重进酒，换鸣瑟⑥。   事无两样人心别⑦。问渠侬神州毕竟，几番离合⑧？ 汗血盐车无人顾，千里空收骏骨⑨。正目断关河路绝⑩。我最怜君中宵舞，道男儿到死心如铁⑪。看试手，补天裂⑫。

注释

① 四卷本题作"同父见和，再用前韵"。辛弃疾作《贺新郎》(把酒长亭说)寄陈亮(同父)，陈亮回赠以《贺新郎·寄辛幼安和见怀韵》；辛弃疾再用前韵，回复陈亮。

② "老大"三句：年华老去，没有什么可以称道；现在唯有陈亮与自己志同道合，关系密切，值得称道。那堪：同"哪堪"。犹言怎堪、不堪。"那堪"，四卷本作"犹堪"。元龙：陈登，字元龙，东汉末名士，忧国爱民，文武兼备，胆识过人，颇得刘备称赏。参见《水龙吟》(楚天千里清秋)注⑦。这里是以历史上陈姓爱国名士来比陈亮。臭(xiù 秀)味：原指气味，引申指气味相投的同类。《左传·襄公八年》记季武子曰："今譬于草木，寡君在君，君之臭味也。"杜预注："言同类也。"孟公：陈遵，字孟公，西汉杜陵人，居长安，为列侯、达官所敬重。孟公好客嗜酒，宾客满堂辄关门，取客人车辖投井中，使不得去。事见《汉书·游侠列传》。这里也是以历史上的陈姓名士来比拟

注重情谊的陈亮。瓜葛:瓜、葛都是蔓生植物,比喻密不可分的关系。

③ "我病"二句:词人生病期间,陈亮前来探望,两人痛饮高歌,直把楼头飞雪惊散。参见杨万里《再和罗武冈钦岩酴醾长句》:"江东诗仙花下饮,小摘繁枝篸醉玉。惊飞雪片万许点,乱落酒船百余斛。"

④ "笑富贵"句:可笑世俗把富贵看得有如千钧之重,实则轻如毛发。千钧:古时以三十斤为一钧,千钧即三万斤,形容分量极重。一说,此句指富贵危险如千钧一发。参见韩愈《与孟尚书书》:"其危如一发引千钧。"

⑤ "硬语"二句:词人与陈亮高亢激昂的谈话,当时无人理会,只有西窗月亮倾听。硬语盘空:语本韩愈《荐士》诗:"横空盘硬语,妥帖力排奡。"原是韩愈形容孟郊诗中语言生硬奇崛。这里形容辛、陈两人的谈话高亢激烈。

⑥ "重进酒"二句:重新斟酒劝饮,同时更换乐曲。参见韩愈《感春五首》之一:"已呼孺人戛鸣瑟,更遣稚子传清杯。"鸣瑟:即瑟。换鸣瑟,意谓更换曲子。"换鸣瑟",四卷本作"唤鸣瑟"。

⑦ "事无"句:对于山河破碎的同一事实,不同的人态度各不相同。人心别:参见唐代郑谷《十日菊》诗:"自缘今日人心别,未必秋香一夜衰。"

⑧ "问渠侬"二句:试问他们:神州大地到底还要经历几番分裂与统一? 渠侬:吴地方言,指他人、他们。毕竟:究竟;到底。离合:指国家的分裂与统一。这里偏指离(分裂)。

⑨ "汗血"二句:反用古代千里马故事,讽喻现在的执政者埋没人才,空自标榜招揽贤才。汗血盐车:汗血,出自大宛的千里马。《汉书·武帝纪》颜师古注引应劭曰:"大宛旧有天马种,蹋石汗血,汗从前肩髆出,如血。号一日千里。"据《战国策·楚策》记载:有千里马负载盐车而上太行山,马蹄局促,膝折皮烂,白汗交流,迁延不能上。伯乐遇见,下车攀而哭之,解衣而盖之,于是千里马俯而喷,仰而鸣,声达于天。无人顾:谓今无伯乐,无人理会千里马的遭遇。"千里"句:意思是空收千里马的骏骨,而无实际结果。收骏骨,见《战国策·燕策》郭隗所述故事:古时有君主以千金求千里马,三年不能得。有侍者愿为君主购千里马,三月得千里马,而马已死,遂以五百金买马首,回报君主。君主大怒曰:"所求者生马,安事死马而捐五百金?"侍者对曰:"死马且买之五百金,况生马乎? 天下必以王为能市马,马今至矣。"于是不足一年而得三匹千里马。

⑩ "正目断"句:极目远望,通往边关的路已经断绝。关河:关山河川;关塞。参见钱起《别张起居》诗:"旧国关河绝,新秋草露深。"

⑪ "我最"二句:词人最欣赏陈亮闻鸡起舞、奋不顾身、刚毅不屈的爱国情操。中宵舞:夜半起舞,用晋人祖逖闻鸡起舞事。据《晋书·祖逖传》记载:祖逖与刘琨同为司州主簿,情谊深厚,共被同寝。中夜闻荒鸡鸣,祖逖叫醒刘琨,曰:"此非恶声也。"因起舞。刘琨与祖逖每论世事,常中宵起坐,相谓曰:

"若四海鼎沸,豪杰并起,吾与足下当相避于中原耳。"心如铁:谓品性刚毅不阿,忠贞不渝。参见曹操《敕王必领长史令》:"忠能勤事,心如铁石,国之良吏也。"孟郊《择友》诗:"若是效真人,坚心如铁石。不谄亦不欺,不奢复不溺。"

⑫ "看试手"二句:期盼陈亮一试身手,犹如女娲炼石补天,完成收复中原、统一神州的大业。补天裂:上古神话传说,女娲炼五色石以补苍天。《淮南子·览冥训》:"往古之时,四极废,九州裂,天不兼覆,地不周载……于是女娲炼五色石以补苍天,断鳌足以立四极……"这里是以"天裂"比喻南北分裂,以"补天裂"比喻统一山河。

解读

本篇与上一篇为姊妹篇,作于淳熙十六年(1189)春。去年冬,辛弃疾与陈亮(同父)有历史性的"鹅湖之会",分别后辛弃疾作《贺新郎》(把酒长亭说)寄陈亮,陈亮则有和作《贺新郎》(老去凭谁说)相答。词人有感于好友的壮志豪情、云天高谊,再用前韵作此词,回赠陈亮。全篇即事叙景,融汇故实,结合直抒胸臆,情辞慷慨,声韵悲壮。上片叙志同道合的情谊,回应陈亮词中"只使君从来与我,话头多合"。首三句以陈姓历史名人陈登、陈遵作比,赞赏陈亮的高尚志向,并表明作者与友人同气相求的深厚友谊。"我病"以下七句,回忆"鹅湖之会"彻夜长谈场景,陈亮如约而至,病中作者兴奋不已,两人高歌酣饮,鄙视富贵,纵论世事,硬语盘空,壮志凌云,可惜无人理会。惊散飞雪,极写狂放豪迈的襟怀；西窗孤月，映衬世无知音的悲凉。均是即事叙景范例。下片议论国事，抒发抗金复国豪情，照应陈亮词中纵论天下大事的激情。先就神州分裂现实，指斥主和派无动于衷，却摧残排挤主战人才；继而正面赞赏陈亮闻鸡起舞、刚毅忠贞、至死不渝的爱国情怀；最终以试手补天、恢复中原的壮志豪情收束。音调铿锵，气势恢宏，声震寰宇。陈亮读辛弃疾此词，思如潮涌，不能自已，连作两首《贺新郎》酬答：一，《贺新郎·酬辛幼安再用韵见寄》："离乱从头说。爱吾民金缯不爱，蔓藤累葛。壮气尽消人脆好，冠盖阴山观雪。亏杀我一星星发。涕出女吴成倒转，问鲁为齐弱何年月。丘也幸，由之瑟。斩新换出旗麾别。把当时一桩大义，拆开收合。据地一呼吾往矣，万里摇肢动骨。这话欛又成痴绝。天地洪炉谁扇鞴，算于中安得长坚铁。淝水破，关东裂。"二，《贺新郎·怀辛幼安，用前韵》："话杀浑闲说。不成教齐民也解，为伊为葛。尊酒相逢成二老，却忆去年风雪。新着了几茎华发。百世寻人犹接踵，叹只今两地三人月。写旧恨，向谁瑟？男儿何用伤离别。况古来几番际会，风从云合。千里情亲长晤对，妙体本心次骨。卧百尺高楼斗绝。天下适安耕且老，看买犁卖剑平家铁。壮士泪，肺肝裂。"纵观辛弃疾与陈亮自"鹅湖之会"以来，几番长歌相答，雄辞壮采，气吞山河，成为中国文学史上的千古佳话。

贺新郎

用前韵送杜叔高①

细把君诗说②。恍余音钧天浩荡，洞庭胶葛③。千丈阴崖尘不到，惟有层冰积雪。乍一见寒生毛发④。自昔佳人多薄命，对古来一片伤心月。金屋冷，夜调瑟⑤。　　去天尺五君家别⑥。看乘空鱼龙惨淡，风云开合⑦。起望衣冠神州路，白日消残战骨⑧。叹夷甫诸人清绝⑨。夜半狂歌悲风起，听铮铮阵马檐间铁⑩。南共北，正分裂⑪。

注释

① 大德本题作"用前韵赠金华杜仲高"，此从四卷本。用前韵：用上两首《贺新郎》词韵。杜叔高：杜斿，字叔高，金华兰溪（今浙江兰溪）人，曾问道于朱熹，与辛弃疾、陈亮交游。端平元年（1234）以布衣受召，入秘阁校雠。杜仲高是其二兄。兄弟五人皆博学，工诗文，世称"金华五高"。

② "细把"句：细细评说杜叔高的诗。杜叔高于兄弟五人中尤工诗，称名于当世。陈亮《复杜仲高书》称："叔高之诗，如干戈森立，有吞虎食牛之气，而左右发春妍以辉映其间。"

③ "恍余音"二句：杜叔高诗余音袅袅，恍如浩荡的天庭仙乐，又

如悠远的洞庭古曲。恍：仿佛，好像。"恍"，四卷本作"怅"。钧天：《史记·赵世家》记赵简子生病，五日不知人事，醒后对大夫述梦境曰："我之帝所甚乐，与百神游于钧天，广乐九奏万舞，不类三代之乐，其声动人心。"后因以"钧天广乐"指天上的音乐、仙乐。钧天，天中央，神话传说中天帝居所。洞庭：《庄子·天运》记黄帝曾在洞庭之野演奏《咸池》之乐，"其声能短能长，能柔能刚，变化齐一，不主故常。"胶葛：深远空阔的样子。参见司马相如《上林赋》："张乐乎胶葛之㝢。"

④ "千丈"三句：形容杜叔高的诗峻洁高寒，犹如阴冷的千丈悬崖，红尘不到，只有冰雪覆盖，初一见让人毛发耸立。千丈：四卷本作"千尺"。阴崖：背阴的悬崖。参见鲍照《拟古诗》八首之八："阴崖积夏雪，阳谷散秋荣。"岑参《天山雪歌送萧治归京》诗："晻霭寒氛万里凝，阑干阴崖千丈冰。"层冰积雪：参见《楚辞·九歌·湘君》："桂棹兮兰枻，斲冰兮积雪。"陆游《梅花绝句》："高标逸韵君知否，正在层冰积雪时。"

⑤ "自昔"四句：自古以来，美人薄命，时常对一片明月独自伤心，在冰冷的金屋里，深夜弹奏哀怨的曲子。这里以佳人薄命比喻杜叔高怀才不遇，命运坎坷。"自昔"句：参见苏轼《佳人命薄》诗："自古佳人多命薄，闭门春尽杨花落。"一片伤心月：参见毛熙震《后庭花》："伤心一片如珪月，闭锁宫阙。"金屋：《汉武故事》记汉武帝年少时曾对长公主说："若得阿娇作妇，当作金屋贮之也。"汉武帝即位，阿娇为皇后，后又被汉武帝废除，罢居长门宫。调瑟：弹奏琴瑟。

⑥ 去天尺五：离天很近，形容声势显赫。古代长安城南韦、杜两大家族声望显赫，名人辈出，《辛氏三秦记》记民谚曰："城南韦杜，去天尺五。"杜甫《赠韦七赞善》诗："乡里衣冠不乏贤，杜陵韦曲未央前。尔家最近魁三象，时论同归尺五天。"君家别：指杜家与其他人家不同。

⑦ "看乘空"二句：凌空眺望，但见水底鱼龙凄惨，天上风云聚散。暗指时局惨淡，正值危急存亡之际。鱼龙：鱼和龙。泛指水中生物。参见杜甫《秋兴》八首之四："鱼龙寂寞秋江冷，故国平居有所思。"

⑧ "起望"二句：远望神州大地，以往衣冠满路，而今只剩战死者的尸骨。消残：四卷本作"销残"。

⑨ 夷甫诸人清绝：谓西晋宰相王衍（字夷甫）等人清谈误国。影射南宋执政者清谈风气。《晋书·王衍传》记王衍崇尚玄虚清谈，不论世事，导致国破身亡，临死叹曰："呜呼！吾曹虽不如古人，向若不祖尚浮虚，戮力以匡天下，犹可不至今日。"王夷甫误国事见前《水龙吟》（渡江天马南来）注④。

⑩ 铮铮：象声词，形容金属撞击声。阵马檐间铁：悬挂于屋檐间的铁片，风吹相击，铮铮作响，俗称"铁马"，亦即"阵马"。参见王安石《和崔公度家风琴》八首之八："疏铁檐间挂作琴，清风才到遽成音。"

⑪ "南共北"二句：谓中国正处在南北（南宋与金）分裂的状态。共：与，和。

解读

　　淳熙十六年(1189)春,就在辛弃疾与陈亮长歌相答之后不久,金华青年才俊杜斿(叔高)亦来信州拜访辛弃疾,两人一见如故,相谈甚欢。临行前,辛弃疾即用赠陈亮《贺新郎》词韵,作此词相送。杜斿在当时以诗称名于世,陈亮《复杜仲高书》称"叔高之诗,如干戈森立,有吞虎食牛之气"。辛弃疾这首词,即从对杜斿诗歌的品评赞赏说起。上片悉心形容其诗声势浩荡、境界高远,由衷赞美其人品高洁,深沉慨叹其落拓不遇。词人擅用比兴,设喻新异,想象独到,词中称赏的诗境之美,高冷绝俗,亦可看作词人所追求的某种美学境界。下片转而纵论时势。先称扬杜家自古是"去天尺五"的名门,以此相激励,值此风云变幻之际,定能纵览时局,忧心国事,有感于神州大地战骨销残,朝中小人清谈误国,自当奋发有为,狂歌而起,听夜间檐下铁片铮铮作响,而思跃马疆场为国征战,为只为中原沦丧,南北分裂。情辞慷慨,肝胆激烈,壮声英概,足令懦士为之兴起。

破阵子

为陈同甫赋壮词以寄之①

醉里挑灯看剑,梦回吹角连营②。八百里分麾下炙，五十弦翻塞外声③。沙场秋点兵④。　　马作的卢飞快，弓如霹雳弦惊⑤。了却君王天下事，赢得生前身后名⑥。可怜白发生！

注释

① 四卷本题作"为陈同父赋壮语以寄"。陈同甫：陈亮，字同甫（父），见前《贺新郎》（把酒长亭说）注①。

② "醉里"二句：夜里酒醉，在灯下凝视宝剑良久；梦中醒来，耳畔回响着军营号角。挑灯看剑：参见北宋高言《干友人》诗："男儿慷慨平生事，时复挑灯把剑看。"挑灯，拨亮灯火，也指灯下。梦回：从梦中醒来。吹角：吹响号角。连营：相连的军营。

③ "八百里"二句：在军中，与部下分享烤牛肉，并演奏雄浑的塞外音乐。八百里：指牛。据《世说新语·汰侈》记载，晋王恺有牛名八百里驳，王济与王恺比赛射箭，约定以此牛为赌注，王济先射，一箭中的，便喝令左右速取牛心来，须臾烤牛肉（炙）至，王济尝一块（脔）便离去。参见苏轼《约公择饮是日大风》诗："要当啖公八百里，豪气一洗儒生酸。"麾（huī 灰）下：部下。炙（zhì 至）：烤肉。五十弦：指瑟。《史记·封禅书》："太帝使素女鼓五十弦瑟，悲，帝禁不止，故破其瑟为二十五弦。"李商隐《锦瑟》诗："锦瑟无端五十弦，一弦一柱思华年。"翻：演奏。

④ 沙场：战场。点兵：检阅准备出征的士兵。

⑤ "马作"二句:骑着像"的卢"那样的快马飞奔,开弓射箭发出震雷般的响声。作:这里意思相当于"如"。的卢:骏马名。《三国志·蜀志·先主传》注引《世语》记刘备为逃避追杀,曾骑的卢马渡檀溪水,溺水不得出,刘备急曰:"的卢,今日厄矣,可努力!"的卢马乃一跃三丈,越过檀溪。霹雳:响雷,震雷。《南史·曹景宗传》记曹景宗曾对人说:"吾昔在乡里,骑快马如龙,与年少辈数十骑,拓弓弦作霹雳声,箭如饿鸱叫,……此乐使人忘死,不知老之将至。"

⑥ "了却"二句:替君主完成统一天下的大事,赢得生前死后不朽的名声。了却:办完,完成。

解读

这是辛弃疾寄给挚友陈亮的又一首雄放之作,亦是稼轩词中流传众口的名篇。全篇描写军旅生活和战斗场景,突出塑造了一位斗志昂扬的爱国将领的形象。上片写军营中场景。先写自夜至晓景象,夜间醉里看剑,拂晓醒来听连营军号,生动地写出将军日夜不忘杀敌报国的雄心。"八百里"三句,逐次写军中将士分享牛肉、演奏军乐和检阅部队的情形,场面不断拓展扩大,气势一浪高过一浪。正如清人陈廷焯所评:"字字跳掷而出,'沙场'五字,起一片秋声,凌轹千古。"(《云韶集》)下片描写战斗场面。将军策马飞驰,弓箭响如霹雳,写出勇往直前、志在必胜的战斗风貌,由此自然而然引出为王前驱、收复中原、功成名就的宏大志愿。全词至此达到最高潮。但最后一句"可怜白发生"

陡然一转，宣告了以上宏愿到老来全部落空。夏承焘《唐宋词欣赏》对此有精辟的评说："全首词到末了才来一个大转折，并且一转折即结束，文笔很是矫健有力。前九句写军容写雄心都是想象之词。末句却是现实情况，以末了一句否定了前面的九句，以末了五个字否定了前面几十个字。前九句写得酣姿淋漓，正为加重末五字失望之情。这样的结构不但宋词中少有，在古代诗文中也很少见。这种艺术手法也正表现了辛词的豪放风格和他的独创精神。"陈廷焯由本篇做出总结："感激豪宕，苏辛并峙千古。然忠爱恻怛，苏胜于辛；而淋漓悲壮，顿挫盘郁，则稼轩独步千古矣。稼轩词魄力雄大，如惊雷怒涛，骇人耳目，天地巨观也。"（《词则·放歌集》眉批）

鹊桥仙

己酉山行书所见①

松冈避暑，茅檐避雨，闲去闲来几度②。醉扶怪石看飞泉，又却是前回醒处③。　　东家娶妇，西家归女，灯火门前笑语④。酿成千顷稻花香，夜夜费一天风露⑤。

注释

① 己酉:淳熙十六年己酉(1189)。四卷本题作"山行书所见"。

② "松冈"三句:时而在山冈松树下乘凉,时而在茅屋屋檐下躲雨,空闲时在山间来回走了好几趟。

③ "醉扶"二句:喝醉时扶着怪异的山石,欣赏飞瀑,忽然记起这里正是上回喝醉酒后醒来的地方。怪石、飞泉:当指雨岩景观。见前《山鬼谣》(问何年此山来此)注①。"怪石",四卷本作"孤石"。

④ "东家"三句:东边邻家小伙娶了媳妇,西边邻家闺女嫁了人,只见门前灯火辉煌,一片欢声笑语。归女:嫁女儿。归,出嫁。《诗经·周南·桃夭》:"之子于归,宜其室家。"《公羊传·隐公二年》:"妇人谓嫁曰归。"

⑤ "酿成"二句:日日夜夜的清风白露,酿成了千顷良田的稻谷花香。一天:满天。

解读

这是宋孝宗淳熙十六年(1189)夏,辛弃疾游走山村时的即兴之作。上片写词人往来山间游赏山水的闲情逸致。或乘凉在松树下,或避雨在茅屋下,能这样悠闲地多次来往山中,固然写出了罢官赋闲时的状态,也反映出词人对山乡的热爱,对山水幽景情有独钟。"醉扶怪石看飞泉"云云,很容易让人联想到词人多次醉中观赏雨岩石浪,或者寻访飞瀑清泉那一幕幕生动场景。

下片写山村婚娶场面和田野丰收景象。"灯火""笑语",写出婚礼的热闹喧腾,一对对新人的幸福欢快,情景如见。末两句写风调雨顺,满天风露滋养了千顷良田,稻谷飘香,丰收在望,用一"酿"字,着一"费"字,用字考究细致,景象鲜活,也折射出词人内心的喜悦与宽慰。

踏莎行

庚戌中秋后二夕,带湖篆冈小酌①

夜月楼台,秋香院宇,笑吟吟地人来去②。是谁秋到便凄凉? 当年宋玉悲如许③。 随分杯盘,等闲歌舞,问他有甚堪悲处④? 思量却也有悲时:重阳节近多风雨⑤。

注释

① 庚戌:绍熙元年庚戌(1190)。中秋后二夕:中秋节后两天晚上。大德本缺"夕"字,此据四印斋本补。篆冈:地名,在词人居住的上饶带湖宅第东冈之北。小酌:随便的饮宴。

② "夜月"三句:夜月映照楼台,桂花香满院落,欢笑的人群来来往往。秋香:指秋天桂花、菊花飘散的香气。笑吟吟:欢笑或

微笑的样子。

③ 宋玉悲如许：用战国时代楚国诗人宋玉悲秋事。见宋玉《九辩》："悲哉秋之为气也，萧瑟兮草木摇落而变衰。"如许，如此。

④ "随分"三句：有平常的饮食，随意的歌舞，且问还有什么可悲伤的？随分：随意；平常。杯盘：饮器和食具，借指饮食。等闲：平常；随意。

⑤ "思量"二句：回应上一句"有甚悲处"，意谓细想起来也还有悲伤时候，特别是在重阳节前满城风雨的时候。思量：思索，考虑。"重阳"句：借用北宋潘大临故事。北宋惠洪《冷斋夜话》卷四记载：潘大临工诗，多佳句，然甚贫。友人谢无逸写信问其有无新作，潘大临回信曰："秋来景物，件件是佳句，恨为俗氛所蔽翳。昨日闲卧，闻搅林风雨声，欣然起，题其壁曰：满城风雨近重阳。忽催租人至，遂败意。止此一句奉寄。"重阳节：传统节日，农历九月九日。

解读

　　宋光宗绍熙元年（1190）中秋节后第二个晚上，辛弃疾在带湖宅第东冈北面的篆冈院落里设宴，与亲友小聚，即兴创作了这首词。上片隐约带出悲秋情绪。"夜月"三句，写仲秋月夜美景和欢声笑语乐景，反衬词人内心深处的悲情，却不直接说破。以下只借古人宋玉悲秋说事，颇得含蓄蕴藉之妙。下片婉转点出悲愁之所在。按理说，花香月圆，随意小酌，轻歌曼舞，有何可悲？但细细想来，却也有令人悲愁之处，那便是临近重阳时节的满城风雨。隐隐带出词人对风雨飘摇时局的悲愁,写来纡徐婉曲,意味悠长,发人深思。所以,明代李濂《批点稼轩长短句》说这首词"后半篇更佳"。清代陈廷焯评这首词"郁勃以蕴藉出之"(《词则·放歌集》眉批),"笔致疏宕,独有千古;合拍妙处不可思议"(《云韶集》),末句"于悲壮中见浑厚"(《白雨斋词话》)。

念奴娇

瓢泉酒酣,和东坡韵①

　　倘来轩冕,问还是,今古人间何物②? 旧日重城愁万里,风月而今坚壁③。药笼功名,酒垆身世,可惜蒙头雪④。浩歌一曲,坐中人物三杰⑤。　　休叹黄菊凋零,孤标应也,有梅花争发⑥。醉里重揩西望眼,惟有孤鸿明灭⑦。万事从教,浮云来去,枉了冲冠发⑧。故人何在? 长庚应伴残月⑨。

注释

① 瓢泉:见前《洞仙歌》(飞流万壑)注①。和东坡韵:依照苏轼(东坡)《念奴娇·赤壁怀古》韵填词。四卷本题作"用东坡赤壁韵"。

195

② "倘来"三句：且问古往今来这官位爵禄究竟算是人间何物？倘来轩冕：语出《庄子·缮性》："轩冕在身，非性命也，物之倘来，寄者也。"倘来，偶然得来。轩冕，古时大夫以上官员的车乘和冕服，借指官位爵禄，它并非人本身所具有的属性，而是外来寄身之物。参见张九龄《南还湘水言怀》诗："归去田园老，倘来轩冕轻。"今古：四印斋本作"古今"。

③ "旧日"二句：往日重重忧愁如万里城墙，如今美好风光似乎也对我竖起壁垒，使人难以解忧释怀。

④ "药笼"三句：久有建功立业之志，无奈历经坎坷曲折，可惜满头白发而一事无成。参见金蔡松年《念奴娇》："药笼功名，酒垆身世，不得文章力。"药笼功名：用唐代狄仁杰语。据《新唐书·元行冲传》记载，元行冲颇得狄仁杰器重。元行冲曾以药材作比，谓狄仁杰曰："门下充旨味者多矣，愿以小人备一药石，可乎？"狄仁杰笑曰："君正吾药笼中物，不可一日无也。"药笼中物，借指对国家有用之才。酒垆（lú 卢）身世：西汉司马相如不得志时，曾与妻卓文君在临邛当垆卖酒。《汉书·司马相如传》："相如与（卓文君）俱之临邛，尽卖车骑，置酒舍，令文君当垆。相如自著犊鼻裈，与庸保杂作，涤器于市中。卓王孙耻之，为闭门不出。"垆，放酒坛的土墩。蒙头雪：形容满头白发。参见苏轼《行宿泗间见徐州张天骥，次旧韵》诗："更欲河边几来往，只今霜雪已蒙头。"

⑤ "浩歌"二句：词人放歌一曲，与座中三位友人共勉。浩歌：放声高歌。唐张楚金《逸人歌赠李山人》："浩歌一曲兮林壑
196

秋。"三杰：三位杰出人物，旧指汉代的张良、韩信、萧何。这里借指在座的三位友人。"三杰"，四卷本作"之杰"。

⑥ "休叹"三句：不必叹息黄菊凋谢飘零，之后还会有孤高的梅花争相绽放。孤标：指孤傲高洁的品性。唐崔道融《梅花》诗："数萼初含雪，孤标画本难。""休叹"，四卷本作"堪叹"。

⑦ "醉里"二句：醉中一再擦拭眼睛，向西北眺望，只见孤雁隐约远去。揩(kāi 开)：擦拭。西望：当指西北望，眺望中原沦陷地区。明灭：忽隐忽现。参见朱敦儒《好事近》："千里水天一色，看孤鸿明灭。"

⑧ "万事"三句：无奈世间万事如浮云飘来飘去，空叫人怒发冲冠。万事：四卷本作"世事"。从教：听任，任由。枉：徒然，空自，白白。冲冠发：谓头发上指把帽子冲起，形容极其愤怒。据《史记·廉颇蔺相如列传》记载，赵国蔺相如奉璧西入秦，见秦王无意偿赵城，"相如因持璧却立，倚柱，怒发上冲冠。"岳飞《满江红》："怒发冲冠，凭栏处潇潇雨歇。"

⑨ "长庚"句：西方夜空中应该有长庚星陪伴残月。长庚：古代指傍晚出现在西方天空的太白金星。《诗经·小雅·大东》："东有启明，西有长庚。"《史记·天官书》"察日行以处位太白"司马贞索隐引《韩诗》："太白晨出东方为启明，昏见西方为长庚。"参见韩愈《东方半明》诗："东方半明大星没，独有太白配残月。"苏轼《送张轩民寺丞赴省试》诗："人竞春兰笑秋菊，天教明月伴长庚。""长庚"，四卷本作"长歌"。

解读

绍熙元年或二年(1190—1191)秋冬之际,辛弃疾与三位友人在瓢泉开怀畅饮,酒酣耳热之时,依苏轼《念奴娇·赤壁怀古》韵,即席创作了这首词。作者另有《念奴娇·三友同饮,借赤壁韵》、《念奴娇·再用前韵和洪莘之通判丹桂词》等,皆为同时之作。在这首作品里,词人淋漓悲壮地抒发了罢官退居带湖以来的浓愁和愤懑。开篇劈头质问"倘来轩冕"为何物,看得出词人对世俗意义上的功名利禄看得很轻。既然如此,为何词人罢官以来一直愁绪重重,连山水风月也难以开解? 原来词人看重的是报效国家、收复中原的功名,无奈身世坎坷,直至满头白发,壮志不酬,功业无望。悲愁至极,唯有放歌一曲,与在座三位友人共勉。"休叹"三句,劝慰友人,亦是自我劝慰,俨然以红梅孤高耐寒品性自比,见出壮志不减,百折不挠。故醉中仍眺望中原,但见孤雁隐约,恢复之事如浮云飘荡,无可把握,空叫人怒发冲冠。歇拍于万般渺茫中,以孤星伴残月景象,抒发思念同道故人之情,情调格外悲凉哀婉。

忆王孙

秋江送别,集古句[①]

登山临水送将归[②]。悲莫悲兮生别离[③]。不用登

忆王孙（登山临水送将归）

临怨落晖④。昔人非⑤。惟有年年秋雁飞⑥。

注释

① 大德本无题,此据王诏刊本、四印斋本。四卷本题作"集句"。

② "登山"句:意谓翻山越岭来到江边为友人送行。借用宋玉《九辩》:"悲哉秋之为气也,萧瑟兮草木摇落而变衰。憭栗兮若在远行,登山临水兮送将归。"

③ "悲莫"句:没有比难以再见的离别更让人悲伤的了。语出屈原《九歌·少司命》:"悲莫悲兮生别离,乐莫乐兮新相知。"

④ "不用"句:不要登高而怨恨太阳落山。语本杜牧《九日齐山登高》诗:"但将酩酊酬佳节,不用登临恨落晖。"

⑤ 昔人非:语出苏轼《陌上花》三首之一:"江山犹是昔人非。"意谓江山面貌依旧,而以前的人却面目全非了。即物是人非之意。

⑥ "惟有"句:只有大雁每年秋天照例往南飞。语见唐代李峤《汾阴行》:"不见只今汾水上,唯有年年秋雁飞。"

解读

　　这是一首集句词,集录古人诗句,连缀成篇,表达秋日临江送别友人之情,当是词人闲居带湖时期的作品。前两句皆出自楚辞。首句取自宋玉《九辩》,照应"秋江送别"词题,非常恰当。因为宋玉《九辩》开篇"悲哉秋之为气也"数句,正是表达悲秋伤别之情。次句借用屈原《九歌·少司命》中名句,深化伤别主题,且与《九辩》开篇悲凉情调相通,衔接极为自然。第三句取杜牧诗句,语调一转,劝慰友人,亦是自劝之词。第四、五句,袭用苏轼、李峤语句,承接第三句之意,谓感伤怨恨皆无益于事,只因人生有限,而江山常存,秋雁长飞。看似通达的开解中,蕴涵了许多人生的无奈和悲凉。全篇虽集古人陈句而成,而意脉相连,情景相融,音韵格调相合,顿挫流转自如,足以看出词人驾驭点化古人词句之功力。

清平乐

忆吴江赏木樨①

少年痛饮,忆向吴江醒②。明月团团高树影,十里水沉烟冷③。　　大都一点宫黄,人间直恁芳芬④。怕是秋天风露,染教世界都香⑤。

注释

① 吴江:地名,今属江苏吴江市。辛弃疾南归后不久,曾寓居吴江。吴江亦是江名,又名松江,西接太湖,东汇淀山湖后入海。木樨(xī 西):即桂花。四卷本题作"谢叔良惠木樨"。叔

良,余叔良,辛弃疾友人。

② "少年"二句:回忆青少年时代,曾在吴江痛饮。醒:酒醒。

③ "明月"二句:写酒醒后所见情景:明月映照着高大而团圆的桂树,十里吴江弥漫着桂花幽冷的香气。团团:形容桂树的形状。参见李白《古朗月行》:"小时不识月,呼作白玉盘。又疑瑶台镜,飞在青云端。仙人垂两足,桂树作团团。""团团",四卷本作"团圆"。水沉:用水沉木制成的香。杜牧《为人题赠》二首之一:"桂席尘瑶珮,琼炉烬水沉。"苏轼《九日舟中望见有美堂上鲁少卿饮,以诗戏之》二首之二:"西阁珠帘卷落晖,水沉烟断珮声微。"这里借指桂花香。"水沉烟冷",四卷本作"蔷薇水冷"。

④ "大都"二句:只不过那么小的一点点桂花,竟然给人间带来那么多的芳香。大都:仅仅,不过。宫黄:古代宫女额上涂饰的黄粉。这里借指桂花的金黄色。直恁(nèn嫩):竟然如此。

⑤ "怕是"二句:桂花凭借着秋天清风白露的滋润,似乎要把整个世界都染得芬芳。怕是:恐怕是。秋天:四卷本作"九天"。教:使得,令,让。

解读

友人赠送的桂花(木樨),勾起了词人对青年时代在吴江饮酒赏桂的回忆,也催生了这首芬芳馥郁的咏桂花词。当是词人闲居带湖时期所作。上片照应词题"忆吴江赏木樨",起句直接回顾年轻时痛饮吴江,酒酣沉醉,醉而复醒的情景,以下写醉眼惺忪,观赏月夜桂树,呼吸桂花芬芳。"明月"句,描绘明月映照下的桂树,似乎还包含传说里的月中桂树,影像丰富而优美,也符合醉中奇妙的观赏状态。"十里"句,写十里吴江满路桂花,满城芬芳,引出下片专咏桂花芳香。"大都"两句,感慨微小的一点桂花,竟能使人间如此芬芳,赞赏有加,即小见大。末两句意犹未尽,激情满怀,放言凭借秋天风露,桂花将整个世界染得芳香。词人借由吴江赏桂回忆,将美好的胸襟和理想生动地呈现在读者面前。

清平乐

题上卢桥①

清泉奔快,不管青山碍②。十里盘盘平世界,更着溪山襟带③。　　古今陵谷茫茫,市朝往往耕桑④。此地居然形胜,似曾小小兴亡⑤。

注释

① 上卢桥:在信州(今上饶)境内。

② "清泉"二句:清澈的泉水不顾青山阻挡,轻快地向前奔流。参见王安石《江》诗:"逆折山能碍,奔流海与期。"清泉:四卷本作"清溪"。碍:阻碍,阻挡。

③ "十里"二句:上卢桥一带地势平缓,而周边山水萦绕。十里:

四卷本作"千里"。盘盘:曲折回绕的样子。溪山襟带:清溪与山峦环绕,犹如衣服之襟带。

④ "古今"二句:古往今来世界变化巨大,往往高山变为深谷,闹市变为田野。化用晚唐韩偓《乱后春日途经野塘》诗:"眼看朝市成陵谷,始信昆明是劫灰。"陵谷:语出《诗经·小雅·十月之交》:"高岸为谷,深谷为陵。"后因以"陵谷"比喻自然界或世事的沧桑巨变。茫茫:久远。市朝:闹市,市集。耕桑:耕种、植桑之地,泛指农耕的田野。

⑤ "此地"二句:这一带地形险要,似乎在历史上有过小小的兴亡盛衰。形胜:指地势险要,得山水之便利。《史记·高祖本纪》:"秦,形胜之国,带河山之险,县隔千里。"

解读

这是辛弃疾闲居带湖时期的作品。词人游历上饶境内的上卢桥,赞赏山水形胜之余,兴发沧桑兴衰之感。上片围绕上卢桥溪流来写景。起首两句,从溪流上游源头着笔,山中清流奔腾而下,不管山峦重重阻碍,一往无前,与"青山遮不住,毕竟东流去"(《菩萨蛮》)同一气概,映照词人内心坚毅执着的志向。"十里"两句,写溪水流至上卢桥一带,终于转入平缓地形,且前后有溪山映带,婉转画出溪水冲决阻碍后的轻松自在。下片结合上卢桥一带形胜来抒情。词人有感于当地独特地貌,驰骋思绪,从古今陵谷沧桑之变,推测此地或曾有过小小的兴衰变化,引出历史人生的感慨和体悟,意味深长,启人遐思。

生查子

有觅词者,为赋①

去年燕子来,绣户深深处②。花径得泥归,都把琴书污③。 今年燕子来,谁听呢喃语。不见卷帘人,一阵黄昏雨④。

注释

① 有觅词者:有人向词人索要词作。

② "去年"二句:去年燕子从外飞来,在深深的华屋内筑巢做窝。绣户:有华美雕刻、图画的门户,多指女子居室。四卷本"绣户"作"帘幕"。

③ "香径"二句:燕子从花间小路上衔泥来做窝,把屋内的琴、书都弄脏了。化用杜甫《绝句漫兴九首》之三:"熟知茅斋绝低小,江上燕子故来频。衔泥点污琴书内,更接飞虫打着人。"花径:四卷本作"香径"。

④ "今年"四句:今年燕子飞来,故地重游,还有谁再来听燕子叫呢? 去年那位卷帘放燕子进出的主人不在了,黄昏时节燕子只能在外淋雨。呢喃(ní nán 尼南):形容燕子叫声。

解读

这首作品的创作灵感有相当一部分来自杜甫《绝句漫兴九

首》之三（见注③），以及欧阳修（一说朱淑真）《生查子》："去年元夜时，花市灯如昼。月上柳梢头，人约黄昏后。今年元夜时，月与灯依旧。不见去年人，泪满春衫袖。"但辛弃疾的立意与杜诗不尽相同：杜诗写燕子衔泥"点污琴书"以及"打着人"，是站在诗人的立场上，对燕子有满腹的牢骚意见；而辛词"谁听呢喃语"以及"一阵黄昏雨"，也还考虑到燕子的处境，对今年燕子无人理睬的孤寂，屋外淋雨的不幸，不无关注与同情。在结构上，本篇虽然借鉴了欧阳修《生查子》，但仍有所拓展。除了上下片重叠形式，还采用了双线结构，分别叙述、关注燕子和卷帘人，又有机地将两者交织融合在一起，写得比较幽婉含蓄。去年燕子来时，承蒙卷帘人放行，得以进入深闺；今年燕子来时，已不见卷帘人，燕子再也不能进入闺房，只能在户外黄昏雨中哀愁。卷帘人的命运，朦胧莫测，令人十分牵挂。

生查子

独游西岩①

青山招不来，偃蹇谁怜汝②。岁晚太寒生，唤我溪边住③。　　山头明月来，本在天高处。夜夜入清溪，听读《离骚》去④。

注释

① 大德本无题,此从四卷本。西岩:山岩名,在上饶南六十里铁山乡西岩村。岩峰拔地而起,中有石灰岩溶洞,洞内钟乳石倒悬,上有清泉滴落。临岩有西岩寺。

② "青山"二句:青山高傲耸立,召之不来,很难博得世人钟爱。化用苏轼《越州张中舍寿乐堂》诗:"青山偃蹇如高人,常时不肯入官府。"偃蹇(yǎn jiǎn 掩简):高耸的样子,引申指高傲。怜汝:爱你。

③ "岁晚"二句:年底天气很冷,青山邀我溪边住下为伴。岁晚:年尾,年底。太寒生:太冷,很冷。生,语助词。欧阳修《六一诗话》:"至今犹以'生'为语助,如'作么生'、'何似生'之类是也。"

④ "山头"四句:山岩上的明月原本来自高空,现在夜夜映入清溪,为的是去聆听词人诵读《离骚》。天高:四卷本作"高高"。《离骚》:战国时代楚国诗人屈原的不朽名篇,是我国古代最长、最宏伟的抒情诗。《史记·屈原贾生列传》:"离骚者,犹离忧也……屈平之作《离骚》,盖自怨生也。"离骚,意谓遭遇忧患。离,同"罹",遭受。骚,同"慅",忧愁,忧患。

解读

辛弃疾退居带湖时期,独自游赏上饶南部的胜景西岩,兴之所至,连作两首《生查子·独游西岩》,这是其中第一首。上片赋予西岩以人的性情,描写词人与青山的交流对话。先从词人对山所说，见出青山傲岸不同流俗的品性、孤独无人怜惜的处境，依稀折射出词人的品性与处境。正因为彼此"情与貌，略相似"（《贺新郎》），所以接着写青山殷切邀请词人同住溪边，相伴共度寒冬，也就不足为怪了。下片同样以拟人手法，写山头明月陪伴词人。一轮皓月本在天上，只因有感于词人独住溪边，于是有意从空中倒映入清溪，夜夜陪伴词人，听词人吟诵《离骚》。这首词写岁末"独游"幽居的孤寂忧闷，却不直接抒发，而是借由青山亲切邀约、明月清溪伴读，反衬出来，想象丰富，描写生动，与李白《月下独酌》"举杯邀明月，对影成三人"，"我歌月徘徊，我舞影零乱"，各臻其妙。

西江月

夜行黄沙道中①

明月别枝惊鹊，清风半夜鸣蝉②。稻花香里说丰年，听取蛙声一片③。　　七八个星天外，两三点雨山前④。旧时茅店社林边，路转溪头忽见⑤。

注释

① 黄沙：黄沙岭，在上饶西四十里，岭下有泉水。

② "明月"二句：明亮的月光惊动了树枝上栖息的乌鹊，半夜里清凉的风不时送来蝉的叫声。"明月"句：参见曹操《短歌行》："月明星稀，乌鹊南飞。绕树三匝，何枝可依？"苏轼《次韵蒋颖叔》诗："月明惊鹊未安枝。"周邦彦《蝶恋花》："月皎惊乌栖不定。"别枝，斜枝，另一枝。参见方干《旅次洋州寓居郝氏林亭》诗："鹤盘远势投孤屿，蝉曳残声过别枝。"

③ "稻花"二句：在四周稻花飘香里，聆听青蛙一片鸣叫，那叫声似乎在诉说着丰收年景。

④ "七八"二句：天边还挂着七八颗星星，一转眼山前就落下来两三点雨。化用晚唐卢延让《松寺》诗："两三条电欲为雨，七八个星犹在天。"

⑤ "旧时"二句：走到溪水转弯处，从前熟悉的小客店忽然呈现在眼前了。茅店：茅屋客店，指简易的乡村小旅店。温庭筠《商山早行》诗："鸡声茅店月，人迹板桥霜。"社林：社庙树林。社，祭祀土地神的庙。古时祀神处有树林，称社林。

解读

这是词人闲居带湖期间，夏夜行经黄沙岭时所作，是辛弃疾农村词中的名篇。作者另有《浣溪沙·黄沙岭》、《鹧鸪天·黄沙道中即事》等，可见其对黄沙岭一带的熟悉和喜爱。这首词全篇写景，都用白描手法。上片写夜行所见所闻。明月清风下的惊鹊鸣蝉，既是夏夜典型景象，也反衬出农村夜间的寂静，又从侧面见出词人悄然独行、留神四周动静的情形。稻花飘香，丰收在望,却有意不从词人眼中写出,而是采用拟人手法,借由一片蛙声来报道丰年消息,寄托词人内心喜悦,妙笔生花,别饶谐趣。下片写夜行遇雨。过片两句,从晚唐卢延让《松寺》诗"两三条电欲为雨,七八个星犹在天"化出,描写夏夜降雨情状极为真切,盖天上云层聚集,仅见七八颗星星,而两三点雨洒落,预示或有大雨来临。故末二句描绘词人急于寻找避雨之所:记得往常来过的树林边那个茅店就在附近,何以不见了呢? 等到转过一个弯,茅店忽然呈现在眼前。情景活灵活现,词人的欣慰和释然见于言外。清人陈廷焯评这首词"所闻所见,信手拈来,都成异彩,总由笔力胜故也"(《词则·别调集》眉批)。

水调歌头

壬子三山被召,陈端仁给事饮饯席上作①

长恨复长恨,裁作《短歌行》②。何人为我楚舞,听我楚狂声③? 余既滋兰九畹,又树蕙之百畮,秋菊更餐英④。门外沧浪水,可以濯吾缨⑤。 一杯酒,问何似,身后名⑥。人间万事,毫发常重泰山轻⑦。悲莫悲生离别,乐莫乐新相识,儿女古今情⑧。富贵非吾事,归与白鸥盟⑨。

注释

① 壬子:宋光宗绍熙三年壬子(1192)。按词人应召赴京城,在当年年底,已入1193年。三山:福州的别称。因福州城中,西有闽山,东有九仙山,北有越王山,故称三山。当时词人任福建提点刑狱,兼福建安抚使。被召:应朝廷之召,赴京城临安(今杭州)。陈端仁:陈岘,字端仁,闽县(今属福州)人,状元陈诚之之子,绍兴二十七年(1157)进士,曾任平江知府、两浙转运判官、给事中、四川制置使等。淳熙九年(1182)罢蜀帅,此后一直闲居福建家中。是辛弃疾到福州后新结识的友人。给事:即给事中,官名。为门下省之要职,掌驳正政令之违失。四卷本题作"壬子被召,端仁相饯,席上作"。

② "长恨"二句:把绵绵不尽的长恨,写入这首音调短促的《短歌行》里。裁作:裁制,此指创作。《短歌行》:乐府《相和歌辞·平调曲》的乐曲名,因其声调短促,故名。多为宴席上唱的乐曲。这里借指这首《水调歌头》。

③ "何人"二句:慨叹无人为我跳楚舞,听我唱楚歌。为我楚舞:《史记·留侯世家》记载:戚夫人哭泣,高祖刘邦曰:"为我楚舞,吾为若楚歌。"歌数阕,戚夫人嘘唏流泪,刘邦起身离去,罢酒。楚狂声:楚狂人接舆所唱歌。《论语·微子》:"楚狂接舆歌而过孔子曰:'凤兮凤兮,何德之衰!往者不可谏,来者犹可追。已而已而,今之从政者殆而!'"邢昺疏:"接舆,楚人,姓陆名通,字接舆也。昭王时,政令无常,乃披发佯狂不仕,时人谓之楚狂也。"这里以楚狂自比。

④ "余既"三句：借用屈原《离骚》诗句，以种植香草、品尝落花，象征自己高洁芬芳的情操和修养。《离骚》："余既滋兰之九畹兮，又树蕙之百亩。"余：我。滋：栽种。兰：兰草或兰花。畹（wǎn 晚）：古代地积单位。十二亩为一畹（一说三十亩为一畹）。树：种植。蕙：蕙兰，香草名。畮（mǔ 亩）：音义同"亩"。秋菊更餐英：还品尝秋菊的落花。语出《离骚》："朝饮木兰之坠露兮，夕餐秋菊之落英。"餐，吃。

⑤ "门外"二句：借用《沧浪歌》（《孺子歌》），隐含"达则兼济天下，穷则独善其身"的意思。见前《洞仙歌》（飞流万壑）注④。

⑥ "一杯酒"三句：化用西晋张翰（季鹰）语，表达对世俗名利观的超越。《世说新语·任诞》："张季鹰纵任不拘，时人号为'江东步兵'。或谓之曰：'卿乃可纵适一时，独不为身后名邪?'答曰：'使我有身后名，不如即时一杯酒。'"何似：何如。

⑦ "人间"二句：变用《庄子·齐物论》："天下莫大于秋毫之末，而泰山为小。"《庄子》原意是说天下万物大小轻重都是相对而言，归根结底万物是齐一的。这里词人用以揭示现实社会经常轻重倒置，善恶不分，贤愚不辨。

⑧ "悲莫"三句：借用屈原《九歌·少司命》："悲莫悲兮生别离，乐莫乐兮新相知。"意谓古往今来的情谊，没有比结交新的知己更让人快乐的了，也没有比生离死别更让人悲伤的了。儿女情：这里借指深厚的友情。

⑨ "富贵"二句：富贵并非我所追求的目标，但愿归去隐居江湖。借用陶渊明《归去来辞》："富贵非吾愿，帝乡不可期。"白鸥

盟：与鸥鸟结盟，指退隐江湖。见前《水调歌头》（带湖吾甚爱）注①。参见黄庭坚《登快阁》诗："万里归船弄长笛，此心吾与白鸥盟。"

解读

在经历长达十年的带湖闲居之后，辛弃疾被朝廷重新启用，于光宗绍熙三年壬子（1192）春离家赴闽，出任福建提点刑狱，不久兼代福建安抚使，年底（合1193年2月）应诏赴京城。离开福州（三山）前，友人陈岘设宴送行，辛弃疾即席创作此词。在看似"不应有恨"的时候，词人唱出了"长恨复长恨"的悲歌。反观词人此次重新出仕，心情复杂，谅非得已，看其赴任所作《浣溪沙》"朝来白鸟背人飞"，"而今堪诵《北山移》"云云，已多自嘲；履任后所写《添字浣溪沙·三山戏作》"记得瓢泉快活时，长年饮酒更吟诗。蓦地捉将来断送，老头皮"，"却有杜鹃能劝道：不如归"，对比田园的自在闲逸与官场的凶险不测，词人内心不无退意。所以本篇"长恨"之叹，"归与白鸥盟"之愿，并不突兀，词人将十年闲退、违心出仕、壮志难伸及离愁别绪种种，尽情喷发。"何人"两句，写出知音稀少、孤独无助的悲凉；"余既"以下五句，借屈原"香草"手法及《沧浪歌》隐喻手法，映出自己高洁品性及崇高志向，间接点出不为世容、难觅知音的根源。下片着重表达超越世俗名利观念、归隐田园的志趣，同时照应词题，写出对新结识的朋友的依依惜别之情。结尾"富贵非吾事"两句，是全篇主旨，慷慨磊落，声情激越，"愤激语而不离乎正"（清陈廷焯《白雨斋词话》)。此词的最大特点是,除两三句外,全都袭用古人诗文词句,几近集句词,而融化如己出,满腔忧愤,一气奔腾,纵横恣肆,略无窒碍,所谓"意匠经营,全无痕迹"(明李濂《批点稼轩长短句》)。亦如陈廷焯《词则·放歌集》眉批所评:"悲愤填膺,不可遏抑,运用成句,纯以神行。"

最高楼

吾拟乞归,犬子以田产未置止我,赋此骂之[①]。

吾衰矣,须富贵何时[②]。富贵是危机[③]。暂忘设醴抽身去,未曾得米弃官归。穆先生,陶县令,是吾师[④]。　　待葺个园儿名佚老,更作个亭儿名亦好,闲饮酒,醉吟诗[⑤]。千年田换八百主,一人口插几张匙[⑥]。便休休,更说甚,是和非[⑦]。

注释

① 大德本题作"名了",此从四卷本、王诏刊本、四印斋本。乞归:请求辞官归隐。犬子:对人谦称自己的儿子。以:因为……的缘故。田产未置:尚未购置田地房产。止我:阻止我辞官归隐。赋:写诗词。

② "吾衰"二句：我已经衰老了，等待富贵不知要到什么时候。吾衰矣：语本《论语·述而》：子曰："甚矣吾衰也，久矣吾不复梦见周公。"须富贵何时：语出汉杨恽《报孙会宗书》："人生行乐耳，须富贵何时！"须，等待。

③ "富贵"句：据《晋书·诸葛长民传》记载：东晋诸葛长民曾权倾一时，强抢民女，霸占土地，营建奢华府第，又图谋作乱，犹豫未发，感叹曰："贫贱常思富贵，富贵必履危机。今日欲为丹徒布衣，岂可得也！"后被刘裕所杀。苏轼《宿州次韵刘泾》诗："晚觉文章真小技，早知富贵有危机。"

④ "暂忘"五句：应当效法穆先生、陶渊明，及早抽身而退，弃官归隐。"暂忘"句：用西汉穆生见机而退事。《汉书·楚元王传》："元王既至楚，以穆生、白生、申公为中大夫。……初，元王敬礼申公等，穆生不耆（嗜）酒，元王每置酒，常为穆生设醴。及王（刘）戊即位，常设，后忘设焉。穆生退曰：'可以逝（离去）矣！醴酒不设，王之意怠。不去，楚人将钳我于市。'称疾卧。……遂谢病去。"设醴（lǐ礼），摆上甜酒，表示礼遇贤士。"未曾"句：用陶渊明（潜）弃官归隐事。据《宋书·陶潜传》记载：陶潜为彭泽县令时，"郡遣督邮至，县吏白：应束带见之。潜叹曰：'我不能为五斗米折腰向乡里小人。'即日解印绶去职，赋《归去来》。"得米，就五斗米而言，指微薄的俸禄。

⑤ "待葺个"四句：要修个名叫"佚老"的花园，还要建个名叫"亦好"的亭子，在那里饮酒赋诗，安度晚年。佚老：意为使老年

安逸。语本《庄子·大宗师》："大块载我以形,劳我以生,佚我以老,息我以死。"北宋宰相陈尧佐(谥文惠)退休后曾筑亭子,取名"佚老"。刘攽《中山诗话》："陈文惠尧佐以使相致仕,年八十,有诗云:'青云歧路游将遍,白发光阴得最多。'构亭号'佚老',后归政者往往多效之。"亦好:参见唐代戎昱《中秋感怀》诗:"远客归去来,在家贫亦好。"

⑥ "千年"二句:一份田产千年下来换了八百个主人,一个人一张嘴里能插进去几个调羹。意谓世事难料,人生有限,聚敛财产到头来也只能是一场空。"千年"句:语见《景德传灯录》卷十一"韶州灵树如敏禅师":"有僧问:'如何是和尚家风?'师云:'千年田,八百主。'僧云:'如何是千年田、八百主?'师云:'郎当屋舍勿人修。'""一人"句:参见范成大《丙午新正书怀》十首之四:"口不两匙休足谷,身能几屐莫言钱。"自注:"吴谚云:一口不能着两匙。"

⑦ "便休休"三句:还是归隐为好,再不要说什么是是非非了。休休:用唐司空图隐居建"休休亭"事。见前《鹧鸪天》(枕簟溪堂冷欲秋)注④。"便休休",四卷本作"休休休"。末三句,王诏刊本作"咄豚奴,愁产业,岂佳儿"。

解读

约绍熙五年(1194)作于福建安抚使任上,时年五十五岁。辛弃疾因壮志难酬,拟辞官归隐,却遭到儿子的阻挠,儿子的反对理由是:田地房产都没购置齐全,且待富贵了再退不迟。词人为此写了这首词训斥儿子。上片针对儿子的反对意见,阐明贪求富贵之危害,正面提出应该效法的先贤。先说明自己年纪已大,富贵不可期待;再申说若一味贪求富贵,难免招致灾祸;进而引出见微知著、见机而退的穆先生,和不为五斗米折腰而辞官的陶渊明,指明辞官归隐才是正道。过片承接上文,展望归隐后的闲适自在,饮酒赋诗,安享晚年,虽贫亦好。"千年"两句,综合禅宗语录和吴地民谚,形象生动地诠释了人生有涯、敛财无益的人生哲理,如高屋建瓴,醍醐灌顶,发人深省,有力地驳斥了置田产以图富贵的世俗观念。全词出入历史掌故和古人诗文语词,或正或反,亦庄亦谐,凝聚着词人对现实政治、社会人生的深刻思考,尽显词人睿智明辨、豁达超逸的处世态度。

水龙吟

过南剑双溪楼①

举头西北浮云,倚天万里须长剑②。人言此地,夜深长见,斗牛光焰③。我觉山高,潭空水冷,月明星淡④。待燃犀下看,凭栏却怕,风雷怒,鱼龙惨⑤。　　峡束苍江对起,过危楼欲飞还敛⑥。元龙老矣,不妨高卧,冰壶凉簟⑦。千古兴亡,百年悲笑,一

水龙吟（举头西北浮云）

时登览⑧。问何人又卸，片帆沙岸，系斜阳缆⑨。

注释

① 南剑:南剑州,治所在今福建省南平市。"南剑",王诏刊本、四印斋本作"南涧",误。双溪楼:一名双溪阁,在今南平市延平区剑溪(建溪)与西溪汇合处,因二溪合流而得名,建于北宋政和年间。

② "举头"句:登楼遥望西北,但见浮云密布。参见《古诗十九首》:"西北有高楼,上与浮云齐。"曹丕《杂诗》:"西北有浮云,亭亭如车盖。"李白《登金陵凤凰台》诗:"总为浮云能蔽日,长安不见使人愁。""倚天"句:意谓登高倚天,要用长剑去除万里浮云。化用宋玉《大言赋》:"方地为车,圆天为盖,长剑耿耿倚天外。"《庄子·说剑》:"此剑直之无前,举之无上,案之无下,运之无旁,上决浮云,下绝地纪。此剑一用,匡诸侯,天下服矣。"

③ "人言"三句:根据双溪民间传说故事,气冲斗牛的两把宝剑,化为双龙,在此汇合。据《晋书·张华传》记载,西晋初,天上星宿中斗宿、牛宿之间常有明亮的紫气。张华请教精通纬象的雷焕,雷焕说:此是宝剑之精上冲于天,剑在豫章丰城。张华即任命雷焕为丰城县令,雷焕到丰城,掘地寻得双剑,一名"龙泉",一名"太阿",两人各得一剑。张华死后,剑不知下落。雷焕死后,其子雷华为州从事,持剑行至延平津(即剑溪),剑忽从腰间跃出,落入水中,使人入水取剑,不见宝剑,只见两条龙各

长数丈,盘曲有文彩,顷刻间光彩照水,波浪沸腾。

④ "我觉"三句:词人登楼观览,只见山高水冷,月明星稀,不见水潭中有光彩闪亮。潭:《舆地纪胜·南剑州》记"二水交流,汇为龙潭,是为宝剑化龙之津"。月明星淡:参见曹操《短歌行》:"月明星稀,乌鹊南飞。"

⑤ "待燃"四句:想仿照古人点燃犀牛角观照深水处,却害怕触动风雷震怒,见到水中鱼龙凄惨景象。燃犀(xī 西):点燃犀牛角观照深水处。刘敬叔《异苑》卷七:"晋温峤至牛渚矶,闻水底有音乐之声,水深不可测。传言下多怪物,乃燃犀角而照之。须臾,水族覆火,奇形异状。"

⑥ "峡束"二句:剑溪与西溪在双溪楼前与闽江汇合后,江水奔腾欲飞,但受峡谷的约束,水势又有所收敛。参见杜甫《秋日夔府咏怀奉寄郑监李宾客一百韵》:"峡束苍江起,岩排古树圆。"苍江:青色的江水,此指闽江。剑溪与西溪合流后汇入闽江,是为闽江起点。闽江两岸多对峙的青山。危楼:高楼。

⑦ "元龙"三句:晚年不妨像汉末陈登(元龙),高卧凉席,饮冰壶酒。元龙高卧:见前《水龙吟》(楚天千里清秋)注⑦。凉簟(diàn 垫):竹制凉席。

⑧ "千古"三句:词人短时间登楼观览,却感受到人间千古兴衰与百年悲欢。

⑨ "问何人"三句:不知何人又在夕阳下的沙岸边卸帆停船。系(jì 记)缆,系结船缆绳。参见谢灵运《登临海峤与从弟惠连》诗:"日落当栖薄,系缆临江楼。"

解读

　　这是稼轩词中名篇。绍熙三年至五年间（1192—1194），辛弃疾为官福建时，途经南剑州，登双溪楼，观览有感而作。词人另有《瑞鹤仙·南剑双溪楼》。双溪楼位于剑溪、西溪合流处，相传有双剑气冲斗牛，化为双龙，在此会合。此词上片即就宝剑传说发端。首两句起势恢宏，顶天立地，盖登楼远眺西北沦陷地区，但见阴云密布，欲除此万里阴霾，必须用此地长剑。"人言"以下，照应传说中的宝剑，虽耳闻夜半时见斗牛光焰，但词人此时看来，山高星淡，潭空水冷，一派清冷景象，绝无剑气宝光。于是想点燃火把探照深水，寻觅宝剑，却又害怕触犯空中风雷、水底鱼龙。想象灵动，构思神奇，笔势劲健；渐转渐冷，隐寓现实失落，托意微妙。下片借景抒情，景中含情。"峡束"两句，写山峡对峙而起，奔腾水势深受制约，以致"欲飞还敛"，隐含壮志难伸的无奈。故以下萌生高卧思退之意，皆由登楼观览，触发兴亡之感、时势之悲。末三句以斜阳卸帆景语作结，意境苍凉，忧思绵长。此词借登楼观览起兴，以慷慨豪迈开篇，融汇传说，点化景致，顿挫转折，渐次收敛雄心壮怀，以萧瑟冷落收束，变哀婉，成悲凉，隐含无尽感慨忧愤。清陈廷焯《云韶集》评此词"笔阵横扫千军。雄奇之景，非此雄奇之笔，不能写得如此精神"。

沁园春

再到期思卜筑①

一水西来，千丈晴虹，十里翠屏②。喜草堂经岁，重来杜老③；斜川好景，不负渊明④。老鹤高飞，一枝投宿，长笑蜗牛戴屋行⑤。平章了，待十分佳处，着个茅亭⑥。　　青山意气峥嵘，似为我归来妩媚生⑦。解频教花鸟，前歌后舞；更催云水，暮送朝迎⑧。酒圣诗豪，可能无势，我乃而今驾驭卿⑨。清溪上，被山灵却笑，白发归耕⑩。

注释

① 大德本无"再到"二字，此据四卷本补。期思：原称奇师，在今江西省铅山县稼轩乡。词人此前曾到期思寻访泉源，选址建宅；这次词人重来期思选择宅地，故称"再到"。见前《洞仙歌》（飞流万壑）注①。卜筑：观测风水以选地建筑住宅。

② "一水"三句：描写期思一带山环水绕，瀑布如彩虹飞挂的美景。晴虹：形容飞瀑。翠屏：形容苍翠的山峦。

③ "喜草堂"二句：以杜甫重回草堂作比，写自己重回期思的喜悦。杜甫于唐肃宗乾元二年（759）弃官入蜀，依附严武，次年于成都浣花溪畔建草堂。后因西川兵马使徐知道叛乱，杜甫

流落于梓州、汉州、阆州等地。广德二年(764)春,严武再度镇蜀,杜甫才得以重返成都浣花草堂。杜甫归成都后所作《草堂》诗有云:"旧犬喜我归,低徊入衣裾。邻舍喜我归,酤酒携胡芦。大官喜我来,遣骑问所须。城郭喜我来,宾客隘村墟。"经岁:即经年,经过一年或若干年。

④ "斜川"二句:以陶渊明游斜川作比,写自己游赏期思美景的欣喜。斜川:在今江西省都昌县,山水景致优美。陶渊明于宋武帝永初二年辛酉(421)游览斜川,所作《游斜川》诗序曰:"辛酉正月五日,天气澄和,风物闲美,与二三邻曲,同游斜川。临长流,望曾城,鲂鲤跃鳞于将夕,水鸥乘和以翻飞。彼南阜者,名实旧矣,不复乃为嗟叹。若夫曾城,傍无依接,独秀中皋,遥想灵山,有爱嘉名,欣对不足,率尔赋诗。"不负:不辜负。

⑤ "老鹤"三句:高飞老鹤,只需一枝栖息;蜗牛戴壳如背屋而行,未免可笑。一枝投宿:参见《庄子·逍遥游》:"鹪鹩巢于深林,不过一枝;偃鼠饮河,不过满腹。"蜗牛戴屋:参见陆游《新黏竹隔作暖阁》诗:"蜗牛负庐亦自容,是岂不足支穷冬?"

⑥ "平章"三句:等品评山水风物完了,找个风景绝好地方,建个普通茅屋。平章:品评,此指品评风水。着:安置。

⑦ "青山"二句:原本卓越不凡的青山,似乎因为我的归来,又平添了几分柔美。参见《贺新郎》(甚矣吾衰矣)"我见青山多妩媚,料青山见我应如是"及注。峥嵘(zhēng róng 争荣):形容气势卓越不凡。妩媚(wǔ mèi 五妹):形容姿态柔美可爱。

⑧ "解频教"四句：青山能够时时调教花鸟，为客人前后歌舞；更能催促云雨，朝朝暮暮，迎来送往。解：能，会；懂得。频：屡屡，频繁。前歌后舞：化用苏轼《再用前韵》诗："麻姑过君急扫洒，鸟能歌舞花能言。"

⑨ "酒圣"三句：作为诗酒高手，可能无权无势，我现在却能够驾驭山水胜景。据陶渊明《晋故征西大将军长史孟府君传》记载，东晋孟嘉为桓温长史，曾神情自得，超然命驾，径游龙山，酣饮至夕乃归。桓温从容谓孟嘉曰："人不可无势，我乃能驾驭卿。"此处变用桓温语意。酒圣诗豪：豪饮的人和诗人中出类拔萃者。黄庭坚《和舍弟中秋月》诗："少年气与节物竞，诗豪酒圣难争锋。"乃：却。卿：古代上级对下级的称呼。这里代指山水胜景。

⑩ "清溪"三句：词人虽已回归山水，却仍遭山神一番讥笑：直到头发白了，才知道退隐山林，归耕田园。山灵：山神。孔稚圭《北山移文》曾借山灵之口讥笑周颙先隐居北山，后又出山做官。这里借山灵之口，自嘲归隐太迟。

解读

绍熙五年（1194）秋，辛弃疾因遭谏官黄艾弹劾，而被罢去福建安抚使官职，重回带湖闲居。词人此前曾到铅山（今江西铅山）期思寻访瓢泉，选择宅地，建有栖居之所，之后常往来于带湖、瓢泉之间，有过一段快活的日子；这次罢官归来，词人重到瓢泉选地建宅，感慨系之，写了这首词。起首三句，以凌云健笔，描绘一川秀水、如虹飞瀑、似屏青峰,全幅展现瓢泉一带雄秀华丽的山水美景,为卜地结庐铺垫。接着以杜甫重归草堂比拟自己再到期思,以陶潜游历斜川借指自己爱赏瓢泉,抒发重游故地、退居山林的喜悦之情。"老鹤"六句,照应词题"卜筑",谓老鹤倦飞,只须一枝栖息,如蜗牛背屋而行虽属可笑,但以瓢泉如此美景,不于此建屋,实在是有负造化之赐。叙卜筑之意,心态闲适超逸,而略带自嘲。下片全用拟人手法,描绘青山与词人的亲密交往,抒写词人纵情山水的奇情雅趣,笔触鲜活灵动。"青山"两句,以青山为知交,即"我见青山多妩媚,料青山见我应如是"(《贺新郎》)之意。青山驱使花鸟云雨,前后歌舞,朝暮迎送,殷勤款待,妩媚相对,使词人感慨万千,念及罢官以来,寄情诗酒,无权无势,如今却能驾驭山水,欣慰之情溢于言表。末三句,正面点明重归山水田园之意,带出山灵讥笑,以自我调侃作结,谐谑之余,又不无抑郁悲凉之感。

水龙吟

用些语再题瓢泉,歌以饮客,声韵甚谐,客皆为之釂①。

听兮清佩琼瑶些,明兮镜秋毫些②。君无去此,

流昏涨腻，生蓬蒿些③。虎豹甘人，渴而饮汝，宁猿
猱些④。大而流江海，覆舟如芥，君无助，狂涛
些⑤。　　路险兮山高些，块予独处无聊些⑥。冬槽春
盎，归来为我，制松醪些⑦。其外芳芬，团龙片凤，煮
云膏些⑧。古人兮既往，嗟予之乐，乐箪瓢些⑨。

注释

① 些（suò 索去声）：《楚辞》中句末语气词。《楚辞·招魂》："魂兮
归来，去君之恒干，何为四方些？舍君之乐处，而离彼不祥
些。"瓢泉：在今江西铅山县稼轩乡，见前《洞仙歌》（飞流万
壑）注①。歌以饮客：唱这首词劝客饮酒。釂（jiào 叫）：饮尽
杯中酒；干杯。四卷本无"皆"字。

② "听兮"二句：听瓢泉的水声，犹如玉佩相互碰撞时清脆的声
响；看水面光亮如镜，可以明察秋毫。参见柳宗元《至小丘西
小石潭记》："闻水声，如鸣佩环。"佩：挂在衣带上的玉饰。琼
瑶：美玉。镜秋毫：即明察秋毫。镜，动词，照见，明察。秋
毫，秋天鸟兽新长出来的细毛，比喻细微之物。语本《孟子·
梁惠王上》："明足以察秋毫之末。"

③ "君无"三句：请你瓢泉不要离开这里，一旦流向尘世，水流就
会混浊不堪，杂草丛生。君：称呼瓢泉。去：离开。流昏涨
腻：指水流混浊污染。涨腻，语出杜牧《阿房宫赋》："渭水涨
腻，弃脂水也。"原指秦宫众多宫女丢弃的脂粉导致渭水污

浊。这里借指水流污染。蓬蒿(hāo 豪阴平)：蓬草和蒿草，泛指丛生的杂草。

④ "虎豹"三句：与其让吃人的虎豹喝瓢泉的水，宁可让猿猱来喝。甘人：指虎豹以食人为甘美。参见《楚辞·招魂》："虎豹九关，啄害下人些。……土伯九约，……参目虎首，其身若牛些，此皆甘人。"汝：你，指瓢泉。宁：宁可，宁肯。猿猱(náo 挠)：泛指猿猴。《管子·形势》："坠岸三仞，人之所大难也，而猿猱饮焉。"

⑤ "大而"四句：谓瓢泉切勿流向大河，汇入江海，助狂涛掀翻船只。覆舟如芥：掀翻一艘船就像弄翻一棵小草一样。参见《庄子·逍遥游》："且夫水之积也不厚，则其负大舟也无力。覆杯水于坳堂之上，则芥为之舟，置杯焉则胶，水浅而舟大也。"

⑥ 块予独处：言自己独处山中。块，块然，孤独的样子。语本《史记·滑稽列传》："今世之处士，时虽不用，崛然独立，块然独处。"予：我。"块予"，四卷本、王诏刊本、四印斋本皆作"愧余"。

⑦ "冬槽"三句：冬天用酒槽酿酒，春天用大盎装酒，请瓢泉水为我归来，用以酿制松醪酒。槽：酿酒器具。盎(àng 昂去声)：古代一种口小腹大的盛器。北宋韩维《伏蒙三哥以某再领许昌赋诗为寄谨依严韵》诗："预装白酒留春盎，旋剪红葩出洛城。"松醪(láo 劳)：用松脂或松花、松子、松叶酿制的酒。刘禹锡《送王师鲁协律赴湖南使幕》诗："橘树沙洲暗，松醪酒肆春。"苏轼守定州时，曾自酿中山松醪酒，其《中山松醪赋》曰："收薄用于桑榆，制中山之松醪。救尔灰烬之中，免尔萤爝之

劳。取通明于盘错,出肪泽于烹熬。与黍麦而皆熟,沸春声之嘈嘈。味甘余而小苦,叹幽姿之独高。"

⑧ "其外"三句:酿酒之外,用瓢泉水沏龙凤团茶,则气味芳香。团龙片凤:即龙团、凤团,皆宋代贡茶,圆形饼状,上有龙纹、凤纹,故名。北宋张舜民《画墁录》:"丁晋公为福建转运使,始制为凤团,后又为龙团。"云膏:指团茶。参见《茶谱》:"衡州之衡山,封州之西乡,茶研膏为之,皆片团如月。""芳芬",王诏刊本、四印斋本皆作"芬芳"。

⑨ "古人"三句:古人早已逝去,我乐意效法颜回,安贫乐道。箪(dān 单)瓢:一箪(古代盛饭的圆竹器)食物,一瓢饮料,形容读书人安贫乐道的清高生活。用孔子弟子颜回故事。《论语·雍也》记孔子赞扬颜回说:"一箪食,一瓢饮,在陋巷,人不堪其忧,回也不改其乐。"

解读

辛弃疾于淳熙末年在期思瓢泉时曾作《水龙吟·题瓢泉》,时隔数年,词人自福建罢官归来,重到期思,与故旧相聚,仍用《水龙吟》词调,再题瓢泉。与前作很不同的是,这回词人在词的形式上作了大胆的改革创新,就是借用《楚辞·招魂》句末语助词"些",融入词中句尾,而实际所押韵脚为"些"字前一字,从而构成两个字(双音节)的韵,亦即所谓"长尾韵",音韵极为和谐悠扬,歌唱起来艺术效果更为明显。词人拿这样的歌曲向客人们进酒,客人们无不一饮而尽。这首词开头两句,分别从听觉和视觉来描绘瓢泉，泉声如佩玉相碰，泉水如镜面明亮，写出山中清泉的高洁绝俗，由此引出对出山泉水的担忧与劝诫。"君无"以下，仿《楚辞·招魂》劝归之意，劝泉水切莫出山而去，因一旦出山，即会变得污浊，又告诫泉水莫为吃人虎豹解渴，一旦流入江海，切莫推波助澜，颠覆船只。纵横之笔，神奇之想，影射世途种种凶险，寄寓作者身世之感。下片因以上所述世路凶险，词人唯有退处山中，孤独无聊之时，期盼泉水魂兮归来，与我为伴，或为我酿松醪美酒，或为我沏龙凤团茶，如此安贫乐道，亦足以享箪瓢之乐。末句"瓢"字，恰又切合瓢泉之"瓢"，巧妙照应题旨，别有余味。

沁园春

灵山齐庵赋，时筑偃湖未成①

叠嶂西驰，万马回旋，众山欲东②。正惊湍直下，跳珠倒溅；小桥横截，缺月初弓③。老合投闲，天教多事，检校长身十万松④。吾庐小，在龙蛇影外，风雨声中⑤。　　争先见面重重，看爽气朝来三数峰⑥。似谢家子弟，衣冠磊落，相如庭户，车骑雍容⑦。我觉其间，雄深雅健，如对文章太史公⑧。新堤路，问偃湖何日，烟水濛濛⑨？

注释

① 灵山：在江西上饶西北六十里，山脉绵亘百余里。齐庵：词人
在灵山脚下居住的小屋。偃（yǎn 掩）湖：词人计划围筑的人
工湖，在灵山脚下。

② "叠嶂"三句：写重重叠叠山峰的形势，犹如万马奔腾，先是向
西驰去，既而回转，又想往东奔去。参见苏轼《游径山》诗：
"众峰来自天目山，势若骏马奔平川。中途勒破千里足，金鞭
玉镫相回旋。"

③ "正惊湍"四句：山上瀑布飞流直下，倒溅起阵阵水花，犹如珠
玉乱跳；横架溪流上的小桥，则如弓形新月。惊湍（tuān 团阴
平）：令人惊骇的飞泉瀑布。湍，急流。缺月初弓：呈弯弓形的
新月，这里形容拱形小桥。

④ "老合"三句：人老了就应该休闲，老天爷多事，却叫我来看管
山中十万松树。按辛弃疾《归朝欢》词序称"灵山齐庵菖蒲
港，皆长松茂林"。合：应该。投闲：置身于清闲境地。韩愈
《进学解》："动而得谤，名亦随之。投闲置散，乃分之宜。"检
校（jiào 叫）：检查察看。长身：形容松树高大。

⑤ "吾庐"三句：描写自己居住的小屋（齐庵）在松林旁，看得见
松树形状，听得到松涛阵阵。龙蛇影：形容松树形状。参见
白居易《草堂记》："夹涧有古松，如龙蛇走。"苏轼《戏作种松》
诗："我昔少年日，种松满东冈。……不见十余年，想作龙蛇

230

长。夜风波浪碎,朝露珠玑香。"风雨声:形容风吹松林声。
参见北宋石延年《古松》诗:"影摇千尺龙蛇动,声撼半天风
雨寒。"

⑥ "争先"二句:清晨,重重山峰争相与词人见面,其中几座山峰
特别清新明朗。爽气:清新爽朗的气象。化用东晋王徽之
(子猷)语。《世说新语·简傲》:"王子猷作桓车骑参军,桓谓
王曰:'卿在府久,比当相料理。'初不答,直高视,以手版拄颊
云:'西山朝来,致(至)有爽气。'"

⑦ "似谢家"四句:以东晋谢家子弟俊伟不凡的仪表,西汉司马
相如门前华贵闲雅的车骑,来形容眼前山峰的风采。谢家子
弟:东晋谢安家子弟,以风度俊伟著称。《晋书·谢玄传》记
载,谢玄曾形容谢家子弟"譬如芝兰玉树"。磊落:俊伟的样
子。相如:司马相如,西汉文学家。庭户:门庭;庭院。车骑
雍容:车马华贵优雅。参见《史记·司马相如列传》:"相如之
临邛,从车骑雍容闲雅甚都(美)。"

⑧ "我觉"三句:以司马迁雄深雅健的文风,形容山间气象。雄
深雅健:雄浑深沉,典雅劲健。据《新唐书·柳宗元传》记载,
韩愈评柳宗元文曰:"雄深雅健,似司马子长(迁),崔、蔡不足
多也。"太史公:司马迁,字子长,西汉史学家,曾任太史令。
所著《史记》亦称《太史公书》。

⑨ 新堤:新堤坝已经修建,但不知何日才能围成烟水迷茫的偃
湖。濛濛:烟水迷蒙的样子。

解读

这是词人约庆元二年(1196)闲居上饶时赋灵山胜景之作。灵山在上饶西北,层峦叠嶂,飞瀑流泉,丰姿卓绝。辛弃疾极爱灵山,在此构筑了齐庵,并拟在周边围一湖泊——偃湖。辛弃疾的前辈好友韩元吉先前也曾游历灵山诸峰,其《望灵山》诗有云:"磅礴千里间,众景皆奔驰。颇讶地轴涌,未觉天柱亏","崩腾铁马群,中有大将旗。"可以参看。辛弃疾这首词以描绘灵山气势和风度仪态取胜,是其山水词中杰作。起首三句,以广角远景呈现山势,重重山峦如万马驰骤,向西奔腾,忽又回旋向东,把静态的群峰写得鲜龙活跳,气势磅礴。接着写近景,飞瀑溅起跳珠,小桥犹如弯月,雄浑壮景一变而为清幽境界。进而写齐庵周边松林,照应词题。"老合"三句,以戏谑口吻,间接抒发词人罢官以来的忧愤,巧妙引出十万松林掩映中的齐庵,眼前松枝似龙蛇舞动,耳畔松涛如风雨作响,令人恍如身临其境。下片着重写早晨群山的仪态风韵。"争先"两句,写晨雾渐渐退去,群峰争相露脸,与词人相见,景象鲜活爽朗。"似谢家"以下七句,以谢家子弟衣冠、司马相如车骑,乃至以司马迁文章来比山的风韵气度,想象神奇,设喻独到,极富创造性。明代杨慎评这七句曰:"自非脱落故常者,未易闯其堂奥。"(《词品》)说的就是突破常规的艺术创造。从这七句描写中,我们亦可以看出词人及其词作独特的神韵、风貌。明代卓人月、徐士俊谓"'雄深雅健'四字,幼安可以自赠"(《古今词统》),所言极是。

鹊桥仙

送粉卿行①

轿儿排了，担儿装了，杜宇一声催起②。从今一步一回头，怎睚得一千余里③。　　旧时行处，旧时歌处，空有燕泥香坠④。莫嫌白发不思量，也须有思量去里⑤。

注释

① 粉卿：女子名。辛弃疾的姬妾。

② "轿儿"三句：轿子安排好了，行李准备停当，杜鹃鸟一声声啼叫，好像在催促行人快走。担儿：指行李担。杜宇：相传古代蜀国国王杜宇（望帝），死后魂魄化为杜鹃，啼声凄苦，如说"不如归去"，故杜鹃亦称催归。梅尧臣《杜鹃》诗："蜀帝何年魄，千春化杜鹃；不如归去语，亦自古来传。"

③ "从今"二句：像这样恋恋不舍，一步一回头，这一千多里地，怎么回望得下去呀。从今：从现在起。一步一回头：参见杨万里《二月十九日度大庾岭题云封寺》四首之一："知道望乡看不见，也须一步一回头。"睚(yá崖)：举目，望。

④ "旧时"三句：以前粉卿生活、唱歌的地方，现在人去楼空，只有燕子窝香泥坠落。化用隋朝薛道衡《昔昔盐》诗："暗牖悬蛛网，空梁落燕泥。"

⑤ "莫嫌"二句:别嫌老年人不会思念,老年人也有思念之处啊。
思量:思念,相思。须:自。去:同"处"。里:同"哩",语气助词。

解读

　　庆元二年(1196)夏天,五十七岁的辛弃疾因病被迫戒酒,又因迁期思新居不成,不得已遣散了几位歌姬,作《水调歌头》(我亦卜居者),并连续写了《鹊桥仙·赠人》、《鹊桥仙·送粉卿行》等篇,送歌姬离去。这首是送别去千里之外的粉卿,当时词人虽年老体弱,而真情一往而深。上半片写粉卿临行之际,依依不舍,词人以杜鹃凄苦的啼叫、无情的催促作映衬,粉卿一步一回头的典型场景作渲染,侧写出自己牵肠挂肚、不忍割舍的心境。下半片写粉卿走后,人去楼空的凄凉,余音绕梁,情思悠悠,最后直抒胸臆,把浓郁的情感抒发得淋漓尽致。词中俗语助字的运用,率真淋漓的表达,都开启了后来元曲的风范。现代湖畔诗人汪静之先生年轻时也很爱读稼轩词,他的代表作《过伊家门外》:"我冒犯了人们的指摘,一步一回头地瞟我意中人;我怎样欣慰而胆寒呵。"即曾受到辛弃疾作品的感染。

沁园春

将止酒,戒酒杯使勿近①

　　杯汝来前, 老子今朝, 点检形骸②。甚长年抱渴，咽如焦釜；于今喜睡，气似奔雷③。汝说"刘伶，古今达者，醉后何妨死便埋④"。浑如此，叹汝于知己，真少恩哉⑤。　　更凭歌舞为媒，算合作人间鸩毒猜⑥。况怨无小大，生于所爱；物无美恶，过则为灾⑦。与汝成言："勿留亟退，吾力犹能肆汝杯⑧。"杯再拜，道"麾之即去，招亦须来⑨"。

注释

① 止酒：停止饮酒，戒酒。戒：告诫，警告。

② "杯汝"三句：词人叫酒杯过来，告诉酒杯，为保养身体，从今朝起戒酒。点检：检查。形骸(hái 孩)：人的躯体。参见韩愈《赠刘师服》诗："丈夫命存百无害，谁能点检形骸外。""来前"，王诏刊本、四印斋本作"前来"。

③ "甚长年"四句：以前长期嗜酒，经常口渴，咽喉犹如烧焦的锅子；如今准备戒酒，喜欢睡眠，时常鼾声如雷。甚：为什么。抱渴：患上口渴多饮的消渴病。消渴病以多饮、多尿、多食及消瘦、疲乏等为主要特征。参见《世说新语·任诞》："刘伶病酒，渴甚，从妇求酒。"焦釜(fǔ 斧)：烧焦的锅子，这里形容极度干渴。喜睡：大德本原作"喜眩"，此从四卷本。

④ "汝说"三句：酒杯说，词人何必戒酒，不妨像晋人刘伶那样通达，醉死便埋葬。参见《晋书·刘伶传》："(刘伶)常乘鹿车，携一壶酒，使人荷锸而随之，曰：'死便埋我。'"达：豁达，通达。

⑤ "浑如此"三句：酒杯你竟然这样说（醉死便埋），那你对于我这样一位知己，真是太薄情了。浑：竟然。如此：大德本原作"如许"，此从四卷本。少恩：指薄情寡义。语本韩愈《毛颖传》："秦真少恩哉。"

⑥ "更凭"二句：酒更凭借歌舞为媒介，激发人的酒兴；饮酒对人类的毒害差不多就像饮鸩止渴。算合作……猜：推测起来，应该把酒当作……来猜度。鸩（zhèn 镇）：传说中一种黑身赤目的毒鸟，用它的羽毛浸过的酒，喝了能毒死人。参见屈原《离骚》："吾令鸩为媒兮，鸩告余以不好。"《后汉书·霍谞传》："譬犹疗饥于附子（有毒的药材），止渴于鸩毒，未入肠胃，已绝咽喉，岂可为哉。""人间"，四卷本作"平居"。

⑦ "况怨"四句：何况怨恨无论大小，大多是爱到极点而生恨；事物无论美恶，过了头就会变成灾难。这几句都是针对饮酒而言。过则为灾：语见《左传》昭公元年："六气曰阴、阳、风、雨、晦、明也，分为四时，序为五节，过则为灾。""小大"，四卷本作"大小"。

⑧ "与汝"三句：词人与酒杯约定：不许停留，快速退下，不然我还有力量打碎你。成言：达成协议，约定。屈原《离骚》："初既与余成言兮，后悔遁而有他。"亟（jí 急）：急，快速。"吾力"句：语本《论语·宪问》子服景伯对子路说的话："吾力犹能肆诸市朝。"意谓他自己还有能力杀掉说子路坏话的公伯寮，把他的尸体陈列在市朝。肆，古代指处死人后陈尸示众。这里指把酒杯打碎。

⑨ "杯再拜"三句:酒杯拜了又拜,说:"挥之即去,招之也一定会来。"再拜:拜了又拜,古代表示恭敬的一种礼节。"麾之"二句:参见《史记·汲黯传》:"使黯任职居官,无以踰人,然至其辅少主,守城深坚,招之不来,麾之不去,虽自谓贲育亦不能夺之矣。"此反用其意。麾(huī 灰),同"挥",斥退。"亦须",四卷本作"则须"。

解读

　　这首词作于庆元二年(1196)。辛弃疾自第二次罢官闲居以来,痛感于"古今无穷事",常常"愁似天来大",不得已而"移家向酒泉"(《丑奴儿》),有时"一饮动连宵,一醉长三日"(《卜算子·饮酒不写书》)。极度纵酒,严重损害了身体健康,以至于不得不戒酒调养。在这首作品里,词人充分施展其独特的想象力,赋予酒杯人的性情,通过与酒杯的对话,既表达了作者戒酒的决心,又透露了想戒酒又怕戒不了的矛盾心理。词人"把古文手段寓之于词"(南宋陈模《怀古录》),有如扬雄《解嘲》、班固《答宾戏》,看似戏谑诙谐,实则隐藏了许多无法排遣的愁闷。起句"杯汝来前",喝声如雷,严正相告。以下词人生动描述病酒症状,为戒酒养生张本。于是,酒杯反唇相讥,意谓通达如刘伶,狂放纵酒,何曾惜命。作者闻此,不由得斥责酒杯对知己(词人)薄情寡义。过片进一层痛斥酒杯借助歌舞,诱人酒兴,毒害人类。"况怨无大小"四句,总结与酒杯的恩恩怨怨,阐明物极必反,颇具哲理,"如箴如铭"(明卓人月、徐士俊《古今词统》)。由此引出与酒杯订约之言,措辞极为严厉。但细看结尾酒杯答语,意甚淡定闲雅,盖酒杯已熟知知己(词人)习性嗜好,"招亦须来"已为词人预留一步余地。所以,紧接着就出现了词人在下一篇《沁园春》(杯汝知乎)中描述的情况:当城里诸位友人载酒入山,前来探望时,词人很快克服了矛盾心理,打破了自己的止酒戒律,"借今宵一醉,为故人来。"

玉楼春

戏赋云山

何人半夜推山去? 四面浮云猜是汝①。常时相对两三峰,走遍溪头无觅处②。 西风瞥起云横度,忽见东南天一柱③。老僧拍手笑相夸,且喜青山依旧住④。

注释

① "何人"二句:是谁半夜把山峰推走了? 猜想起来应该是你——四周的浮云。参见《庄子·大宗师》:"夫藏舟于壑,藏山于泽,谓之固矣。然而夜半有力者负之而走,昧者不知也。"黄庭坚《追和东坡壶中九华》诗:"有人夜半持山去,顿觉

浮岚暖翠空。"

② "常时"二句:平时面对的两三座山峰,现在走遍山溪寻觅却毫无踪影。

③ "西风"二句:西风骤然吹起,浮云飘过,东南面忽然呈现一座山峰。瞥(piē 撇阴平):副词,突然,骤然。天一柱:据《铅山县志》记载,铅山县南旌孝乡有天柱峰。

④ "老僧"二句:浮云散尽,山峰重现,老和尚拍手相告,欣喜青山仍在。

解读

　　这首词作于庆元二年(1196)秋冬之际。因上饶带湖雪楼毁于火灾,当时词人全家已迁居铅山期思的瓢泉居所。这首词写云山变幻情景,以诙谐戏语出之。上片写浮云遮蔽山峰,却不从正面叙述,而以奇特发问起端:"何人半夜推山去?"放任天真,驰骋想象,趣味横生。盖词人晨起,眼前不见熟悉山峰,遂沿山溪寻觅,遍寻不着,因疑山峰半夜被人推走,环顾四周,或是云雾所为耶?思绪跳荡,意境空灵。下片写浮云散去,重见青山的喜悦。过片描摹西风骤起,浮云横度,东南面一柱山峰乍现眼前。笔触轻快,情景生动。末两句写喜悦之情,却以曲笔出之,不直说自己欣喜,偏说老僧拍手称快,奔走相夸,由老僧映衬自己内心喜悦。跌宕多姿,耐人玩味。正所谓"一气呵成,无穷转折"(明卓人月、徐士俊《古今词统》)。与辛弃疾同时而略早的杨万里(号诚斋),中年以后所作诗多鲜活生动,诙谐幽默,别具妙趣,世称"诚斋体",其《入常山界》诗戏写云山有"一峰忽被云偷去"句,与稼轩此作可谓相映成趣。

玉楼春

三三两两谁家女,听取鸣禽枝上语①。提壶沽酒已多时,婆饼焦时须早去②。　　醉中忘却来时路,借问行人家住处③。只寻古庙那边行,更过溪南乌柏树④。

注释

① "三三"句:参见柳永《夜半乐》:"岸边两两三三,浣溪游女。""谁家女",大德本原作"谁家妇",此从四卷本。鸣禽:能歌善语、鸣声悦耳的鸟类。

② "提壶"二句:承接上句,模拟鸣禽在树枝上的巧语:"提壶买酒已多时,婆饼焦了快回家。"提壶:鸟名,其鸣声如"提壶"或"提葫芦",故名。参见梅尧臣《禽言》四首之四:"提壶卢,沽美酒。"欧阳修《啼鸟》诗:"独有花上提葫芦,劝我沽酒花前倾。"婆饼焦:鸟名,因鸣声如"婆饼焦"而得名。梅尧臣《禽言》四首之三"山鸟":"婆饼焦,儿不食。"南宋王质《林泉结

玉楼春（三三两两谁家女）

契》卷一:"婆饼焦,身褐,声焦急,微清,无调。作三语:初如云'婆饼焦',次云'不与吃',末云'归家无消息'。后两声若微于初声。"

③ "醉中"二句:喝醉了酒,忘记了来时的路,于是向行人询问自家住处的方向。

④ "只寻"二句:行人指点醉人:只要朝着古庙那边前行,再转过溪水南边的乌桕树,就到家了。乌桕(jiù 曰)树:亦作乌臼树,一种落叶树木。参见南朝民歌《西洲曲》:"日暮伯劳飞,风吹乌臼树。树下即门前,门中露翠钿。"

解读

这首词当作于词人初居铅山瓢泉时,与上一首为同期作品,虽内容各不相同,而谐谑幽默风格一脉相承。词中着力描写一位醉人的状态,应该是词人自己的写照。上片写三三两两游女,聆听树上鸣禽,鸣禽如作人语,劝提壶买酒者及早回家。以上场景皆从醉人朦胧的视觉听觉中写出,鸣禽之语实际针对醉者沽酒不归而发,语带戏谑,妙趣横溢。下片照应上文,写醉人起身欲回,一时竟不知家之所在,反倒借问行人,由行人指点回家之路。写醉人醉态,极力调侃打趣,场景鲜活如见。同时,侧面见出民风淳朴厚道,乡里和睦安宁,彼此熟悉,亲密无间的状态。全篇语言通俗,"竟是白话"(明卓人月、徐士俊《古今词统》),巧用禽言诗体、拟人手法,又极力渲染主客颠倒情景,写来鲜龙活跳,极富谐趣。

木兰花慢

中秋饮酒将旦,客谓前人诗词有赋待月,无送月者,因用《天问》体赋①。

可怜今夕月,向何处,去悠悠②? 是别有人间,那边才见,光影东头③? 是天外空汗漫,但长风浩浩送中秋④? 飞镜无根谁系? 姮娥不嫁谁留⑤? 谓经海底问无由,恍惚使人愁⑥。怕万里长鲸,纵横触破,玉殿琼楼⑦。虾蟆故堪浴水,问云何玉兔解沉浮⑧? 若道都齐无恙,云何渐渐如钩⑨?

注释

① 旦:天亮,太阳初升时。赋:写作(诗词)。《天问》:《楚辞》中的一篇,战国时代楚国诗人屈原所作长诗。全诗皆由问句构成,对天地、自然、社会、历史、传说等提出了 173 个问题,堪称千古奇作。

② "可怜"三句:今夜可爱的月亮,向西落下,将要到哪个遥远的地方去? 可怜:可爱。悠悠:遥远。

③ "是别有"三句:是不是另外还有一个人间,这边月亮刚西下,那边的人才看到月亮从东边升起? 光影:此指月亮。四印斋本作"光景"。

④ "是天外"二句:天外广阔无际,是不是浩荡秋风把中秋的明月吹送走了? 空汗漫:空阔无际。但:只是。

⑤ "飞镜"二句:明月无根而高悬空中,是谁把它拴住了? 住在月宫里的嫦娥一直没有出嫁,是谁把她挽留住了? 飞镜:比喻明月。系(jì记):拴。姮(héng恒)娥,神话传说里的月中女神。《淮南子·览冥训》:"羿请不死之药于西王母,姮娥窃以奔月。"汉代避文帝刘恒讳,改"姮娥(恒娥)"为"嫦娥(常娥)"。"姮娥",四卷本作"嫦娥"。

⑥ "谓经"二句:听说月亮运行经过海底,但又无从查问,令人难以捉摸,愁闷不解。谓经海底:古代传说月亮行经海底而升起。参见唐代卢仝《月蚀》诗:"烂银盘从海底出,出来照我草屋东。""谓经",四卷本作"谓洋"。无由:没有路径。恍惚:迷茫,难以捉摸。

⑦ "怕万里"三句:如果月亮真是经过海底,只怕是巨大的鲸鱼会横冲直撞地撞破月宫。纵横:指横冲直撞。玉殿琼楼:指传说中的月宫的华丽建筑。王嘉《拾遗记》:"翟乾祐于江岸玩月,或问:'此中何有?'翟笑曰:'可随我观之。'俄见月规半天,琼楼玉宇烂然。"

⑧ "虾蟆"二句:月亮中的蛤蟆本来就会游泳,但月亮中的玉兔怎么能游过海底呢? 虾蟆(há má蛤麻):亦作"蛤蟆",即蟾蜍,水陆两栖动物,体表有许多疙瘩。神话传说里月中有蟾蜍(虾蟆)。参见岑参《晦日陪侍御泛北池》诗:"月带虾蟆冷,霜随獬豸寒。"故堪浴水:本来就能够游泳。云何:为什么,怎么会。玉兔:神话传说里月中有白兔捣药。参见李白《古朗

月行》：“白兔捣药成，问言与谁餐。”解沉浮：指会游泳。

⑨ “若道”二句：如果说月亮一切都完好无损，为什么圆圆的月亮会渐渐残缺变成弯钩了呢？

解读

这是辛弃疾庆元年间闲居时的作品。中秋之夜，词人与朋友赏月饮酒，通宵达旦，意犹未尽，因就友人所说“前人诗词有赋待月，无送月者”，即席仿屈原《天问》体，赋送月词。屈原《天问》全由问句组成，对宇宙、自然、历史、传说全面提出问题，但涉及月亮的，仅有四句两问。辛弃疾这首词则主要围绕“送月”题旨，专就月亮运行变化设问，实际上提出了九个问题：月亮向西落下要去何处？是否落向另一个人间，这边落下，那边才刚升起？是否浩荡秋风将明月送走？谁把无根的月亮拴着在太空运行？谁将未嫁的嫦娥留在月宫？月亮向下运行是否真会穿过海底？真要穿过海底，万里长鲸是否会戳破月宫？真要穿过海底，月亮中的白兔不会游泳怎么办呢？要都没事，那月亮为什么会由圆变缺？词人以《天问》体入词，专赋送月，已属创举，至于综合神话传说，放纵想象，驰骤思绪，间有惊人发现，比如大胆设想此处月落西方时，彼处正月出东方，暗合近代天体学说，较欧洲哥白尼、伽利略早三四百年。故王国维《人间词话》赞稼轩此词曰：“词人想象，直悟月轮绕地之理，与科学家密合，可谓神悟。”1964 年 8 月，毛泽东与周培源、于光远谈哲学问题时也曾指出：辛弃疾《木兰花慢》（可怜今夕月）和晋张华《励志诗》中“大仪斡运，天回地游”都包含着地圆的意思。

鹧鸪天

读渊明诗不能去手,戏作小词以送之①

晚岁躬耕不怨贫,只鸡斗酒聚比邻②。都无晋宋之间事,自是羲皇以上人③。　　千载后,百篇存,更无一字不清真④。若教王谢诸郎在,未抵柴桑陌上尘⑤。

注释

① 渊明:陶潜,字渊明(一说字元亮),东晋、刘宋之际著名诗人。有《陶渊明集》。去手:离手。

② "晚岁"句:陶渊明四十一岁以后,弃官归隐,躬耕田亩,无怨无悔。其《庚戌岁九月中于西田获早稻》诗有云:"田家岂不苦,弗获辞此难。四体诚乃疲,庶无异患干。盥濯息檐下,斗酒散襟颜。遥遥沮溺心,千载乃相关。但愿长如此,躬耕非所叹。"又其《癸卯岁始春怀古田舍诗二首》之二云:"先师有遗训,忧道不忧贫。"萧统《陶渊明集序》称陶渊明"贞志不休,安道苦节,不以躬耕为耻,不以无财为病,自非大贤笃志,与道污隆,孰能如此乎!""只鸡"句:参见陶渊明《归园田居》之五:"漉我新熟酒,只鸡招近局。"又陶渊明《杂诗十二首》之一:"落地为兄弟,何必骨肉亲。得欢当作乐,斗酒聚比邻。"比邻:近邻,邻居。

③ "都无"句：谓陶渊明作品中表面上很少涉及晋、宋之际时事。参见陶渊明《桃花源记》："问今是何世，乃不知有汉，无论魏晋。""自是"句：谓陶渊明自是远古时代高人。参见陶渊明《与子俨等疏》："尝言五六月中，北窗下卧，遇凉风暂至，自谓是羲皇上人。"羲皇，即上古时代伏羲氏。

④ 千载后：陶渊明距辛弃疾此时约八百年，此处举成数，称千载。百篇存：《陶渊明集》现存诗 125 篇。清真：纯真自然。参见苏轼《和陶饮酒诗二十首》之三："道丧士失己，出语辄不情。江左风流人，醉中亦求名。渊明独清真，谈笑得此生。"

⑤ "若教"二句：如果王、谢豪门子弟还在，那他们连陶渊明故乡柴桑路上的灰尘都不如。王谢：六朝时期的豪门望族。柴桑：古县名，陶渊明故乡，在今江西九江县一带。陶渊明中年以后归隐于此。陌上尘：参见陶渊明《杂诗十二首》之一："人生无根蒂，飘如陌上尘。"

解读

在宋代，经过欧阳修、王安石、苏轼、朱熹等人的极力推崇，进一步确立了陶渊明在文学史上一流大家的地位。陶渊明也是辛弃疾最喜爱的作家之一。辛弃疾在《水龙吟》（老来曾识渊明）中把陶渊明引为知己，在《念奴娇·重九席上》里称"须信采菊东篱，高情千载，只有陶彭泽"，给予陶渊明千古一人的赞誉。稼轩词中歌咏陶渊明，或化用其作品语词掌故的，多达六十首，占稼轩词总数近十分之一。这首词作于庆元年间闲居瓢泉时，词人读陶渊明诗入迷,以至于爱不释手,乃借小词以遣怀。上片主要截取陶渊明后期辞官归来,躬耕田亩,安贫乐道,与乡亲融为一片的场景,以及他超然物外、抗心高古的境界,突出他率真高洁的品性。下片"更无一字不清真"是对陶渊明诗的高度概括,也是对苏轼所说"渊明独清真","古今贤之,贵其真也"的进一步阐发。以渊明之清真绝俗,即使是"譬如芝兰玉树"的王谢子弟也是望尘莫及的。此词既是读陶有感,所以词中多穿插陶诗陶文语词,又巧妙映带自己身世之感,浑然一体,轻快流利。如"晚岁"句,明写陶渊明,而兼写自己"白发归耕"(《沁园春》)的实况以及"乐箪瓢"(《水龙吟》)的志尚。又如"只鸡"句,亦兼有自己类似"拄杖东家分社肉,白酒床头初熟"(《清平乐》)之乐。彼此交相映发,正可谓千古知己。

六州歌头

　　属得疾,暴甚,医者莫晓其状。小愈,困卧无聊,戏作以自释①。

　　晨来问疾,有鹤止庭隅②。吾语汝:"只三事,太愁予③:病难扶,手种青松树,碍梅坞,妨花径,才数尺,如人立,却须锄④。"其一。秋水堂前,曲沼明于

248

镜,可烛眉须⑤。被山头急雨,耕垄灌泥涂。谁使吾庐,映污渠⑥。_{其二。} 叹青山好,檐外竹,遮欲尽,有还无⑦。删竹去,吾乍可,食无鱼;爱扶疏,又欲为山计,千百虑,累吾躯⑧。_{其三。}凡病此,吾过矣,子奚如⑨?”口不能言臆对⑩:“虽卢扁药石难除。有要言妙道,_{事见《七发》。}往问北山愚,庶有瘳乎⑪。”

注释

① 属(zhǔ 煮):恰好遇到,正逢。得疾:得病。暴甚:指病情很严重。莫晓其状:不知病症病因。小愈:病情稍有好转。自释:自我排遣。

② “晨来”二句:早晨,有鹤飞来庭院,探问我的病情。止庭隅(yú于):停落在庭院的角落。参见贾谊《鵩鸟赋》:“谊为长沙王傅,三年,有鵩飞入谊舍。……鵩集予舍,止于坐隅兮,貌甚闲暇。”苏轼《鹤叹》诗:“园中有鹤驯可呼,我欲呼之立坐隅。”

③ 吾语汝:我告诉你(鹤)。语出《论语·阳货》孔子的话:“居!吾语女(汝)。”愁予:让我发愁。予,我。

④ “病难扶”七句:词人亲手所种青松,高如人立,妨碍了去梅坞的花径,必须锄去,但自己病得难以扶持。原注“其一”、“其二”、“其三”,大德本无,此从四卷本。

⑤ “秋水”三句:词人居室秋水堂前,一弯池水明亮胜镜子,可照

见眉毛胡须。秋水堂：又名秋水观，词人在铅山瓢泉的一处居所。由《庄子·秋水》得名。参见辛弃疾《哨遍·秋水观》："此堂之水几何其？但清水一曲而已。"又《鹧鸪天·吴子似过秋水》："秋水长廊水石间，有谁来共听潺湲？"曲沼（zhǎo找）：弯曲的水池。刘禹锡《奉和中书崔舍人八月十五日夜玩月二十韵》诗："曲沼疑瑶镜，通衢若象筵。"烛：照见。

⑥ "被山头"四句：山头急雨冲击田垄上的污泥，灌进了秋水堂前曲池，使原本清澈的曲池成了污水池。耕垄：指耕田。吾庐：指秋水堂。映污渠：映照污水池。参见韩愈《符读书城南》诗："二十渐乖张，清沟映污渠。"

⑦ "叹青山"四句：可叹美好的青山，被屋前的竹子遮掩殆尽，似有若无。

⑧ "删竹"七句：词人喜爱竹子繁盛，宁可食无鱼，不愿居无竹，但为观赏青山考虑，又必须砍除竹子，所以千思百虑，无法定夺，弄得身心俱疲。乍可：宁可。食无鱼：用战国时代冯谖故事。《战国策·齐策》："（冯谖）居有顷，倚柱弹其剑，歌曰：'长铗归来乎！食无鱼。'"这里化用苏轼《於潜僧绿筠轩》诗："可使食无肉，不可使居无竹。"扶疏：枝叶繁茂的样子。

⑨ "凡病"三句：词人犯了上述三种病，向鹤请教该怎么办。凡：总共，总计。吾过矣：我错了。语出《礼记·檀弓上》："子夏投其杖而拜曰：'吾过矣，吾过矣，吾离群而索居，亦已久矣。'"子奚如：你（鹤）以为该如何？奚如，如何，怎样。

⑩ "口不能"句：鹤嘴不能说话，词人猜测鹤的意思而代为回答。

模仿贾谊《鵩鸟赋》："鵩乃叹息,举首奋翼,口不能言,请对以臆。"臆(yì 意):推测。

⑪ "虽卢扁"四句:即使是名医扁鹊再生,也很难用药物治好你的病,但可以用要言妙道治疗。去问问北山神灵,也许就可以治愈了。卢扁:战国时代名医扁鹊,因家住卢邑,又名"卢扁"。"卢扁",四卷本作"扁鹊"。药石:药剂和砭石,泛指药物。要言妙道:精要而微妙的言谈理论。参见枚乘《七发》:"今太子之病,可无药石、针刺、灸疗而已,可以要言妙道说而去也。"北山愚:指《北山移文》中的北山神灵,因其不如周颙那样热衷利禄、机巧善变,故称"北山愚"。一说指《列子·汤问》中率领子孙挖山不止的北山愚公。庶:也许,或许。瘳(chōu 抽):病愈。末句化用《庄子·人间世》:"庶几其国有瘳乎。"

解读

庆元年间辛弃疾闲居瓢泉时,生了一场大病,连医生也诊断不出所患何病。病情稍有好转,词人躺着无聊,便用戏笔写了这首词,以自我宽解。这首人鹤对话讨论病症的奇特的词,在形式上借鉴了汉赋的表现手法,尤其是贾谊《鵩鸟赋》的手法。据《鵩鸟赋》所述,贾谊谪居长沙时,有鵩鸟飞入房舍,止于坐隅,主人占卜吉凶,并问询鵩鸟,鵩鸟叹息,举首奋翼,口不能言,于是主人以臆代答,纵论万物变化之理。苏轼《鹤叹》诗里率先借《鵩鸟赋》的手法移用于鹤:"园中有鹤驯可呼,我欲呼之立坐隅。鹤有难色侧睨予,岂欲臆对如鵩乎?"以下为以臆代答及感慨之辞。

辛弃疾这首词基本承袭了上述手法,而内容自不相同。词人先以早晨鹤来探问病情,引出自述病况的主体内容,其病情的症结竟然是山居中草木山水的困扰,共有三方面的困惑忧愁:一,青松妨碍梅坞花径;二,清澈的曲沼被泥水污染;三,竹子遮挡了眼前的山景。说起来都是稀松平常的问题,似乎不应招致大病,但词人的矛盾心理,比如既爱竹,又爱山,既不愿意砍除竹子,又不愿意竹子遮挡观山的视线,多少折射出词人内心某些方面难以调和的冲突挣扎。这种内心的隐秘,通过代鹤回答,委婉地流露出来。鹤的回答明确指出,词人的病不是靠名医的药石可以治疗的,只有用北山神灵的要言妙道,或者还有机会治愈。这就透露了词人的病主要是心病,这心病还跟《北山移文》中北山神灵嘲笑周颙入山而又出山之事有关。联系词人作品里多次借用《北山移文》自嘲入山而又出山从政,那么,词人的心病,应该就是入山与出山的纠结,隐世而不忘世事,身在山中而心忧天下的矛盾痛苦。

鹧鸪天

寻菊花无有,戏作

掩鼻人间臭腐场,古来惟有酒偏香[①]。自从来住云烟畔，直到而今歌舞忙②。　　呼老伴，共秋光，黄花何处避重阳③？　要知烂熳开时节，直待西风一夜霜④。

注释

① "掩鼻"句：对于人间腐败的官场，只有掩鼻而过。参见《孟子·离娄下》："西子蒙不洁，则人皆掩鼻而过之。"《庄子·知北游》："是其所美者为神奇，其所恶者为臭腐。"古来：王诏刊本、四印斋本作"古今"。

② "自从"二句：自从归隐瓢泉以来，至今一直以歌舞自娱。来住：四卷本作"归住"。云烟畔：云烟缭绕的山边，形容瓢泉一带景致。

③ "呼老伴"三句：重阳佳节，叫老伴一同欣赏秋日风光，偏偏菊花有意躲避，遍寻不着。黄花：菊花。何处：四卷本作"何事"。重阳：传统节日，在农历九月九日。民间历来有登高、赏菊、饮菊花酒等习俗。

④ "要知"二句：谓菊花鲜艳开放，当在寒风严霜之后。烂熳：同烂漫。

解读

　　这首词是庆元四年至六年间（1198—1200）辛弃疾闲居瓢泉时的作品。依据词人下一首同调同韵作品《鹧鸪天·席上吴子似诸友见和,再用韵答之》,可知是词人重阳时节与友人聚会宴饮时即席抒怀之作。词一开头,就直斥"人间臭腐场",并且以"掩鼻"表示厌恶和鄙弃,反映出词人迭遭弹劾、二度罢官以来的愤懑。与官场的臭腐形成鲜明对比的是酒香,酒之所以香,一来是重阳节有饮菊花酒习俗,说菊花酒香符合实情,也间接照应了词题中的菊花;二来是酒能解忧,近乎知己,主观上感觉偏香,也就是词人在紧接着写的《鹧鸪天》里说的"人间路窄酒杯宽"之意。"自从"两句,描绘退居山林以来超脱闲放的境界,进一步与"人间臭腐场"对比。下片"呼老伴"三句,具体照应词题,不说不见菊花,却说菊花躲避重阳,笔法灵活俏皮。结尾两句说,要待菊花鲜艳绽放,还需一番寒风严霜。发语警策,耐人寻味,侧面展示了词人饱经风霜、傲岸不屈的风骨。

水 调 歌 头

赵昌父七月望日用东坡韵叙太白、东坡事见寄,过相褒借,且有秋水之约。八月十四日,余卧病博山寺中,因用韵为谢,兼寄吴子似①。

我志在寥阔,畴昔梦登天②。摩挲素月,人世俯仰已千年③。有客骖鸾并凤,云遇青山赤壁,相约上高寒④。酌酒援北斗，我亦虱其间⑤。　　少歌曰⑥："神甚放，形则眠。鸿鹄一再高举，天地睹方圆⑦。"欲重歌兮梦觉，推枕惘然独念：人事底亏全⑧？　有美人可语，秋水隔婵娟⑨。

注释

① 赵昌父：赵蕃（1143—1229），字昌父，原籍郑州，移居信州（上饶）玉山之章泉，世称章泉先生。工诗词，与辛弃疾多有唱和，辛弃疾称其"情味好，语言工"（《鹧鸪天·和章泉赵昌父》）。刘克庄称其诗有陶、阮意。望日：农历每月十五日。东坡韵：即苏轼《水调歌头》（明月几时有）韵脚。过相褒借：借李白、苏轼事迹，对我赞扬太过。秋水之约：相约于瓢泉秋水堂聚会。余卧病：大德本原作"卧病"，此据四卷本补"余"字。博山寺：在江西上饶东、广丰县西，又名能仁寺。周围山峦叠翠，林谷幽深，泉石清奇。辛弃疾曾应博山寺长老之请，为博山寺作记，并多次游历、住宿博山寺，寺侧有稼轩书舍。吴子似：吴绍古，字子嗣（似），鄱阳人，曾师从陆九渊。庆元四年（1198）任铅山县尉，颇有政绩。与辛弃疾唱和甚多。"兼寄吴子似"，四卷本作"兼柬子似"。

② "我志"二句：我久有辽阔高远之志，往日曾梦见自己飞上青天。寥阔：空阔，广远；辽阔的天空。畴昔：往日，从前。《礼记·檀弓上》："予畴昔之夜，梦坐奠于两楹之间。"梦登天：借

用屈原《九章·惜诵》:"昔余梦登天兮,魂中道而无杭。"

③ "摩挲"二句:在天上抚摸皎洁的月亮,俯仰之间,感觉人间已经历千年之久。摩挲(mó suō 模缩):用手抚摩。素月:洁白的月亮,皓月。俯仰:低头和抬头之间,形容很短的时间。

④ "有客"三句:赵昌父乘鸾骑凤,遇上李白、苏轼,相约一同上月宫。客:此指赵昌父。骖鸾(cān luán 参峦)并凤:骑着鸾鸟和凤凰云游。骖,乘,驾驭。鸾,传说中凤凰一类的鸟。"骖鸾",四卷本作"骖麟"。云遇青山赤壁:据说遇上了李白、苏轼。青山,李白墓在当涂县城东南的青山,此处代指李白。赤壁,苏轼有《赤壁赋》两篇,此处代指苏轼。高寒:指月亮。参见苏轼《水调歌头》:"我欲乘风归去,惟恐琼楼玉宇,高处不胜寒。"张孝祥《水调歌头·金山观月》:"江山自雄丽,风露与高寒。"

⑤ "酌酒"二句:他们用北斗斟酒,开怀豪饮,我也有幸参与其间。酌酒:往杯里倒酒。援:手执,手持。北斗:北斗七星排列成斗勺形,似酒器。这里化用屈原《九歌·东君》:"援北斗兮酌桂浆。"虱(shī 失):侧身,置身。参见韩愈《泷吏》诗:"得无虱其间,不武亦不文。"

⑥ 少歌:小声吟唱。屈原《九章·抽思》有"少歌"部分,"少歌"亦作"小歌"。

⑦ "神甚放"四句:形体虽在睡眠,精神却极为奔放。犹如鸿鹄一再高飞,纵观天地方圆。"鸿鹄"二句,化用贾谊《惜誓》:"黄鹄之一举兮,知山川之纡曲;再举兮,睹天地之圆方。"鸿

鹄(hú 胡):即天鹅,善高飞。举:飞,飞起。天地睹方圆:古人认为天圆地方。

⑧ "欲重歌"三句:想要再唱一曲,不觉梦中醒来,推枕惘怅不已,感叹人事如月亮有圆有缺。觉:梦醒。惘(wǎng 往)然:迷茫的样子,忧思的样子。参见苏轼《水龙吟》:"推枕惘然不见,但空江月明千里。"底:为什么。亏全:缺损与完满。参见左思《吴都赋》:"穷性极形,盈虚自然;蚌蛤珠胎,与月亏全。"苏轼《题苏自之惠酒》诗:"达人本是不亏缺,何暇更求全处全。"

⑨ "有美人"二句:欲与友人交流,但相隔秋水。化用杜甫《寄韩谏议》诗:"美人娟娟隔秋水,濯足洞庭望八荒。"美人:品德美好的人,此指友人。婵(chán 缠)娟:姿态美好的样子,亦用以指友人。四卷本作"娟娟"。

解读

　　辛弃疾的上饶好友赵蕃(昌父),用苏轼名作《水调歌头》(把酒问青天)原韵,填了一首词寄给辛弃疾,词中借李白、苏轼事赞誉稼轩,并与稼轩相约在瓢泉秋水堂聚会。一个月后,中秋前夕,还在博山寺养病的辛弃疾,也用苏轼《水调歌头》原韵,填了这首词答谢赵蕃,并寄铅山县尉吴绍古(子似),约定聚会于秋水堂。词当作于庆元四年至六年间(1198—1200)。这首作品借鉴了屈原、贾谊辞赋以及李白歌行、苏轼词的艺术手法,挥写梦境,如天马行空,纵横驰骋,意境瑰伟壮丽。起句破空而出,凌云壮志,冲天浩气,借由登天之梦尽情宣泄。梦中抚摸皓月,感受人间瞬息千年,慨叹年光如电,时不我待。"有客"五句,描绘乘鸾驾凤,遨游太空,与李白、苏轼共上月宫,以北斗为勺酌酒痛饮,写得酣畅淋漓,奔放恣肆。下片由酒酣而转入小歌微吟,虽形体安卧,而神思飞腾,随天鹅一飞再飞,居高临下,纵观天地方圆。无奈从歌中醒来,欲重回天宫而不得,因就梦境与现实对比,感叹人间为何多有残缺之事。发问警策,蕴涵无限失落愤懑。结句"秋水"云云,化用杜甫诗意,既承接上文,写美人可望不可即,抒发怅惘之情,又照应题旨,暗含相约秋水堂之意。语意双关,读来回味不尽。

水调歌头

醉　吟

四座且勿语,听我醉中吟①。池塘春草未歇,高树变鸣禽②。鸿雁初飞江上,蟋蟀还来床下,时序百年心③。谁要卿料理,山水有清音④。　　欢多少,歌长短,酒浅深。而今已不如昔,后定不如今⑤。闲处直须行乐,良夜更教秉烛,高会惜分阴⑥。白发短如许,黄菊倩谁簪⑦。

水调歌头（四座且勿语）

注释

① "四座"句:参见《玉台新咏》卷一《古诗八首》之六:"四座且莫喧,听我歌一言。""听我"句:袭用杜荀鹤《与友人对酒吟》:"凭君满酌酒,听我醉中吟。"

② "池塘"二句:化用谢灵运《登池上楼》诗:"池塘生春草,园柳变鸣禽。"变鸣禽:禽鸟的种类有所变化。一说指禽鸟的叫声变化多端。

③ "鸿雁"句:化用杜牧《九日齐山登高》诗:"江涵秋影雁初飞。"《礼记·月令》:"季秋之月,……鸿雁来宾。""蟋蟀"句:化用《诗经·豳风·七月》:"十月蟋蟀,入我床下。""时序"句:借用杜甫《春日江村》五首之一:"乾坤万里眼,时序百年心。"

④ "谁要"句:见前《沁园春》(叠嶂西驰)注⑥"爽气"注。料理:照顾,照料。"山水"句:借用左思《招隐》二首之一:"非必丝与竹,山水有清音。"

⑤ "而今"二句:参见白居易《东城寻春》诗:"今既不如昔,后当不如今。"

⑥ "闲处"二句:参见《古诗十九首》:"昼短苦夜长,何不秉烛游。为乐当及时,何能待来兹。""高会"句:谓盛大欢宴上当珍惜短暂的欢乐时光。高会,盛大宴会。分阴,谓极短的时间。阴,日影。这里借用晋人陶侃语。《晋书·陶侃传》:"大禹圣者,乃惜寸阴,至于众人,当惜分阴。"

⑦ "白发"句:白发稀疏而短。参见杜甫《春望》诗:"白头搔更短,浑欲不胜簪。"短如许:如此短,多么短。"黄菊"句:叹息

无人为我插戴黄菊。变用苏轼《千秋岁·湖州暂来徐州重阳作》:"美人怜我老,玉手簪黄菊。"倩(qiàn 欠):请,央求。簪(zān 赞阴平):插戴在头上。

解读

此词作年难以确考,大致是庆元年间词人闲居期思瓢泉时的作品。题曰"醉吟",为醉中述怀之作,唐代白居易、韦庄等诗作就有以"醉吟"为题的。词中又称"四座"、"高会",则是与宾朋宴饮聚会时即席所作。起句袭用古诗中常见的句式,诸如"四座且莫喧,听我歌一言","四座暂寂静,听我歌上声"等,借以直接点题,亦切合现场情景。"池塘"五句,化用谢灵运、杜牧、《诗经》、杜甫诗句,逐次呈现四季景象,揭示时光轮转,岁月如流,人生苦短。"谁要"二句,化用晋人语句,意谓谁要你料理政务,还不如游赏山水。写词人罢官归来后的愤懑与超越,引起下片及时行乐之意。过片言人生在世,能有多少欢愉,几许歌舞宴饮之乐。继引白居易诗意,慨叹今不如昔,后不如今,盖痛感于时势衰微,世道沦丧,人心不古。言外有生不逢时、时不我待之悲。故借《古诗十九首》诗意,谓闲居退处,唯有及时行乐,秉烛夜游,珍惜友朋欢会。悲凉转为放旷。末尾融合杜甫、苏轼诗意,慨叹老来知音难觅,欢会难得,放旷复转为无尽悲凉。此词通篇融汇古人诗文,为我所用,如韩信将兵,多多益善,又如弹丸流转,圆熟精美。清陈廷焯《词则·放歌集》眉批赞此词:"若整若散,一片神行,非人力可及。"

西江月

遣　兴[①]

醉里且贪欢笑，要愁那得工夫[②]。近来始觉古人书，信着全无是处[③]。　　昨夜松边醉倒，问松"我醉何如"[④]。只疑松动要来扶，以手推松曰"去"[⑤]。

注释

① 遣兴：抒发兴情，排遣愁闷。

② "醉里"二句：写醉里寻欢，借酒浇愁。且：姑且，暂且。那：同"哪"。

③ "近来"二句：近来才知道古书里的话不能全信。参见《孟子·尽心》孟子语："尽信《书》，则不如无《书》。吾于《武成》，取二三策而已矣。仁人无敌于天下，以至仁伐至不仁，而何其血之流杵也？"

④ "昨夜"二句：昨夜我在松树边醉倒，问松树："我醉得怎么样了？"

⑤ "只疑"二句：只怕松树要来搀扶我，我用手推开松树说："去！"这里借用汉代谏官龚胜故事。据《汉书·龚胜传》记载，龚胜与诸人议丞相王嘉事不合，博士夏侯常上前劝龚胜，"胜以手推常曰：'去！'"

解读

　　这是稼轩小令中的名作,庆元年间闲居铅山瓢泉时所作。上片写闲居中饮酒读书生活。满腹愁绪,借酒浇愁,却偏不正面说愁,强颜欢笑,反说要愁都没工夫,正是欲盖弥彰法。"近来"两句,化用《孟子》的话,实际上并非针对古书而发,而是词人痛感于社会现实与古书上说的至理名言全然不合,大相径庭,故而发出古书全不可信的感慨,实在是抚时感事的愤激之语。下片描写醉中情态。词人醉倒松树边,无人照应,故醉眼蒙眬中唯有问讯松树,见出孤独无奈、世无知音的悲凉。词人醉得东倒西歪,恍惚间感到松树晃动,似乎要来扶他,他径直用手推开松树,叫松树走开。描绘醉态,有对话,有动作,有心理活动,神态逼真,惟妙惟肖,同时也写活了词人独立不移、傲岸倔强的鲜明个性。

归朝欢

题赵晋臣敷文积翠岩①

　　我笑共工缘底怒,触断峨峨天一柱②。补天又笑女娲忙,却将此石投闲处③。野烟荒草路,先生拄杖来看汝④。倚苍苔,摩挲试问:千古几风雨⑤?

　　长被儿童敲火苦,时有牛羊磨角去⑥。霍然千丈翠岩屏，锵然一滴甘泉乳⑦。结亭三四五，会相暖热携歌舞⑧。细思量，古来寒士，不遇有时遇⑨。

注释

① 赵晋臣敷文：赵不迂，字晋臣，寓居铅山，绍兴二十四年（1154）进士，直敷文阁学士。庆元六年（1200）罢职归铅山，与辛弃疾交游甚密，唱和极多。积翠岩：在今江西铅山县永平镇南二里。又名观音石、杨梅山。苍翠满目，五峰相对。五峰以东，由断玉峡二十余步，有石屹立，名擎天柱。四卷本词题无"赵"及"敷文"。

② "我笑"二句：可笑共工不知为何发怒，竟然将高耸的擎天柱撞断了。共工：古代传说中的天神。《淮南子·天文训》："昔者共工与颛顼争为帝，怒而触不周之山，天柱折，地维绝。天倾西北，故日月星辰移焉；地不满东南，故水潦尘埃归焉。"缘底：因何，为何。触：撞，碰。峨峨：高耸的样子。

③ "补天"二句：又笑女娲忙着补天，却将这块补天石丢弃在闲处。女娲（wā挖）：古代传说中的女神，伏羲的妹妹。传说女娲在共工触断天柱后，炼五色石补天。《淮南子·览冥训》："往古之时，四极废，九州裂，天不兼覆，地不周载，……于是女娲炼五色石以补苍天，断鳌足以立四极。"此石：指积翠岩。

④ "野烟"二句：词人拄着手杖，穿过野烟荒草，前来探望被遗弃的积翠岩。汝：你，此指积翠岩。

⑤"倚苍苔"三句：身倚苍壁，抚摸山石，探问积翠岩经历了千古
多少风雨的侵蚀。苍苔：青色苔藓。此指长满青苔的石壁。
摩挲：用手抚摸。参见王安石《谢公墩》诗："摩挲苍苔石，点
检屐齿痕。"

⑥"长被"二句：谓积翠岩长期遭受各种侵扰之苦，或遭牧童敲
石取火，或被牛羊磨砺犄角。化用韩愈《石鼓歌》："牧童敲火
牛砺角，谁复着手为摩挲。"

⑦"霍然"二句：如今积翠岩像千丈翠屏，忽然呈现在人们眼前，
山石中又有甘甜的泉水清脆滴落。霍然：突然。锵（qiāng）
然：形容清脆的声音。

⑧"结亭"二句：在岩石周围建三五个亭子，还应携带歌舞来，为
阴森冷清的环境添些暖意。结：构筑。会相：定当。

⑨"细思量"三句：细想起来，古往今来的寒士大多怀才不遇，却
也有得到赏识的时候。遇：遇到赏识，得志。董仲舒有《士不
遇赋》，司马迁有《悲士不遇赋》，陶渊明有《感士不遇赋》。这
里是说，积翠岩如今遇到了赏识者。因为赵晋臣名叫不迁
（遇），所以词人生发出末句。

解读

　　庆元六年（1200），赵不迁（晋臣）从江西漕使任上罢官回到
铅山，与同样罢官闲居铅山的辛弃疾交游，因彼此遭遇相似，气
味相投，故唱酬尤多。赵不迁归来后，将一处荒凉的积翠岩开辟
清理出来，作为观赏之地。辛弃疾游览之余，兴之所至，写了这

首题岩石而寄寓人事的雄放奇特的作品。起首四句,恍如从天而降。词人由积翠岩擎天柱景观,触发想象,熔铸共工、女娲神话,将岩石描绘成撞断的天柱、遗弃的补天石,设想神奇,笔势纵横。"投闲"云云,慨叹擎天之材,不作补天之用,语带双关,耐人寻味。"野烟"四句,词人拄杖深入荒山,探视抚摸,殷勤慰问岩石,间接亦是慰问岩石主人。过片承接上文,岩石不仅饱受风雨侵蚀,更遭儿童敲击,牛羊磨角,其辛酸遭遇与岩石主人乃至作者,不无相通之处。"霍然"以下,笔势一转,豁然开朗,经过悉心清理开发,积翠岩光彩焕然,终遇知音赏识。由此引申出末句"古来寒士,不遇有时遇",意谓以积翠岩遭遇推想,如赵不迁(遇)这样的"不遇"之士,终有遇到知音,重获起用,大展才华之时。以友人名字说事,风趣诙谐,又诚恳真挚。其主旨正如明代卓人月、徐士俊《古今词统》所评:"慰人穷愁,坚人壮志。"

武陵春

走去走来三百里,五日以为期①。六日归时已是疑,应是望多时②。　　鞭个马儿归去也,心急马行迟。不免相烦喜鹊儿,先报那人知③。

注释

① "走去"二句：外出来回路程各计三百里，跟心上人约好五天内返回。五日以为期：即以五日为期。语本《诗经·小雅·采绿》："五日为期，六日不詹。"

② "六日"二句：六天内能不能返回已是疑问，想来心上人早盼望多时了。

③ "不免"二句：怕心上人担心，免不了麻烦喜鹊前去报信。旧时民间传说鹊能报喜，故称喜鹊。参见唐代刘希夷《代秦女赠行人》诗："今朝喜鹊傍人飞，应是狂夫走马归。"

解读

这是一首浅近亲切、别开生面的小令，写一位出门在外的游子的急切思归之情。上片交代游子急切思归的背景。游子出门行程来回各三百里，原来游子和心上人约好五天内返回；按照当时的交通条件，这个期限无疑有些紧迫，六天能否返回都是疑问，实际上肯定是延期了，所以心上人应该是盼归多时了。词人有意串联三组数字，极写时间的急迫，而不乏诙谐灵动。下片描绘游子返家路上归心似箭的心情。"鞭个马儿"两句，以"马行迟"反衬"心急"，情景鲜活。末了，游子于情急之下，忽发奇想，托付喜鹊先去报个信儿，安慰一下心上人。全篇生动活泼，颇有民歌风调，写活了游子的痴情。参照辛弃疾同时期所作《浣溪沙·别杜叔高》："这里裁诗话别离，那边应是望归期。人言心急

马行迟。去雁无凭传锦字，春泥抵死污人衣。海棠过了有荼
蘼。"两首作品极为相似，当均为庆元六年（1200）春赠别杜斿（叔
高）之作，写杜斿与心上人小别情浓。按庆元六年金华杜斿第二
次来拜访辛弃疾，逗留多日，辛弃疾有多首作品相赠，金华至铅
山相距三四百里，情境相合。在前面《贺新郎》（细把君诗说）里，
我们已经领略了词人对晚辈杜斿的欣赏与激励，在这首作品里
我们更进一步领教了词人设身处地的关爱和风趣。

感皇恩

读《庄子》，闻朱晦庵即世①

案上数编书，非《庄》即《老》②。会说忘言始
知道。万言千句，不自能忘堪笑③。今朝梅雨霁，青
天好④。　　一壑一丘，轻衫短帽⑤。白发多时故人
少⑥。子云何在？　应有《玄经》遗草⑦。江河流日
夜，何时了⑧。

注释

① 朱晦庵即世：朱熹，号晦庵，逝世于宋宁宗庆元六年（1200）三
　　月，终年71岁。参见《贺新郎·把酒长亭说》注①。即世，去

268

世。四卷本题作"读《庄子》有所思"。

② "案上"二句：桌上放的几部书都是道家著作，不是《庄子》就是《老子》。

③ "会说"二句：能领会道家"得意忘言"的学说，才算懂得"道"；可笑自己对于老庄著作中的千言万语尚不能忘。会说：领会学说。忘言：《庄子·外物》："言者所以在意，得意而忘言。吾安得夫忘言之人而与之言哉！"知道：谓知晓天地之道。《庄子·列御寇》："知道易，忘言难。""不自"，四卷本作"自不"。

④ 梅雨霁(jì 记)：黄梅雨刚停下来。梅雨，初夏江淮流域持续时间较长的阴雨天气，正值梅子黄熟时，故称。"今朝"，四卷本作"朝来"。"青天"，四卷本作"青青"。

⑤ 一壑(hè 贺)一丘：常指隐者所居之地，此指词人所居铅山瓢泉山水。壑，山沟，深沟；丘，土山。参见《汉书·叙传上》："渔钓于一壑，则万物不奸其志；栖迟于一丘，则天下不易其乐。"轻衫短帽：指闲居时的着装。

⑥ "白发"句：年老头白，老朋友越来越少。参见元稹《酬杨司业十二兄早秋述情见寄》诗："白发故人少，相逢意弥远。"

⑦ "子云"二句：以西汉扬雄比拟朱熹，谓朱熹虽然去世，却有名著传世。子云：扬雄，字子云，西汉著名学者、文学家，著有《太玄》、《法言》等。《玄经》：即扬雄所著《太玄》，这里借指朱熹遗著。遗草：遗稿。

⑧ "江河"二句：谓朱熹名垂千古，犹如江河日夜奔流，滔滔不尽。参见杜甫《戏为六绝句》之二："王杨卢骆当时体，轻薄为

269

文哂未休。尔曹身与名俱灭,不废江河万古流。"这两句也可以指对朱熹的哀思如江河之水绵绵不尽。参见谢朓《暂使下都夜发新林至京邑赠西府同僚》诗:"大江流日夜,客心悲未央。"

解读

　　夏承焘《唐宋词欣赏·词的分片》,举辛弃疾这首词为例,指出"词的下片另咏它事它物","上片'读庄子',下片'闻朱晦庵即世',题与词皆分作两橛,似不相关。"庆元六年(1200)辛弃疾闲居瓢泉期间,大约是正在阅读《庄子》时,听到朱熹去世的消息,故连接两事而作此词。纵观辛弃疾词作,或以庄子自喻,或穿插《庄子》掌故,或通篇融会《庄子》片段,或模拟《庄子》凌高厉空风采,正如近人张德瀛《词征》所说:"稼轩词,趣昭事博,深得漆园(庄子曾为漆园吏)遗意。"词人闲居的瓢泉堂室亦以《庄子》"秋水"命名,桌上放满《庄子》、《老子》,也就不足为怪了。但好笑的是,《庄子》标榜"得意而忘言",好像忘言才算懂"道",偏偏词人忘不了《庄子》里的千言万语。这也难怪,庄子他自己就不能做到得意忘言,还要著书立说,流传后世。作者在郁闷的闲居岁月里,借助《庄子》的陶冶,变得豁达睿智,也更幽默风趣了。也正是在轻衫短帽、悠游山林的晚年岁月里,词人的许多好友陆续去世,如今又惊悉朱熹逝世,自是感慨万千。在朱熹学说被严令禁止的当时,词人坚信这位理学宗师的遗著思想,必将如滔滔江河日夜奔流,万古不废。据史料记载,辛弃疾与朱熹交谊深厚,辛多曾问政于朱,二人共游武夷山,辛作《棹歌》十首呈晦翁,朱曾书"克己复礼"、"夙兴夜寐"题辛二斋室。朱熹去世时,打压朱熹师徒的"伪学党禁"正严,门生故旧无送葬者,辛弃疾亲往哭之,为文曰:"所不朽者,垂万世名。孰谓公死,凛凛犹生。"参读此词,"千载高情,宛然在目"(明代李濂《批点稼轩长短句》)。

鹧鸪天

有客慨然谈功名,因追念少年时事,戏作①。

壮岁旌旗拥万夫,锦襜突骑渡江初②。燕兵夜娖银胡鞣,汉箭朝飞金仆姑③。　　追往事,叹今吾,春风不染白髭须④。却将万字平戎策,换得东家种树书⑤。

注释

① 慨然:感情激昂的样子。少年时事:指词人青年时代起兵抗金事迹。

② "壮岁"二句:追忆青年时代聚众起义,反抗金兵,捉拿叛徒,率军南渡归宋的往事。宋高宗绍兴三十一年(1161),金主完颜亮大举南侵,时年二十二岁的辛弃疾于山东聚众二千人起

义反金,后投耿京,为掌书记,共图恢复,拥兵二十五万。次年,辛弃疾奉表归宋,得到高宗召见。辛弃疾北还召耿京,闻叛徒张安国杀耿京降金,遂率轻骑五十余突袭金营,于众中擒拿张安国,献俘临安,斩之于市。事见《宋史·辛弃疾传》。旌旗拥万夫:参见黄庭坚《送范德孺知庆州》诗:"春风旆旗拥万夫,幕下诸将思草枯。"锦襜(chān 搀)突骑(jì 记):身穿锦衣、突击敌阵的骑兵。参见《后汉书·光武帝纪》:"会上谷太守耿况、渔阳太守彭宠各遣其将吴汉、寇恂等将突骑来助击王郎。"注:"突骑,言能冲突军阵。"张孝祥《水调歌头·凯歌上刘恭父》:"少年荆楚剑客,突骑锦襜红。"襜,短衣。渡江:此指南渡归宋。

③ "燕兵"二句:描写金兵夜里整顿装备,辛弃疾早晨率五十余骑突袭金营的场景。燕(yān 烟)兵:此指金兵。金主完颜亮于贞元元年(1153)迁都燕京。娖(chuò 绰):整理,整顿。银胡䩮(lù 录):银色箭囊。胡䩮,亦作"胡禄"、"胡箓",藏箭的器具。汉:借指辛弃疾率领的骑兵。金仆姑:箭名。《左传·庄公十一年》:"乘丘之役,公以金仆姑射南宫长万。"杜预注:"金仆姑,矢名。"

④ "追往事"三句:追忆往日壮举,感叹今朝衰朽,春风能吹绿草木,却无法染黑我苍白的须发。参见欧阳修《圣无忧》:"好酒能消光景,春风不染髭须。"

⑤ "却将"二句:原先抗金复国的奏章,如今却换成了邻家的种树书。意谓抗金复国的策略无法实施,如今只有归耕田园

了。却将：四卷本作"都将"。万字平戎策：指辛弃疾南渡归来后，上奏的《美芹十议》《九议》等抗金复国方略。平戎策，此指平定金兵的策略。据《新唐书·王忠嗣传》记载，唐代名将王忠嗣曾上"平戎十八策"。种树书：有关种植的书籍，农书。据《史记·始皇本纪》记载，秦始皇焚书时，仅保留"医药、卜筮、种树之书"。韩愈《送石洪处士赴河阳幕》诗："长把种树书，人云避世士。"

解读

此为词人约庆元六年（1200年）闲居铅山瓢泉时所作，是辛弃疾词中盛传已久的名篇。词人晚年饱经忧患，退居山林，不愿多谈功名。他在同一时期所作《贺新郎》中约法三章，其中罚"谈功名者舞"；又在《雨中花慢》中说："功名只道，无之不乐，那知有更堪忧！"但这一次当客人慷慨激昂地谈到抗金复国功业时，词人终于禁不住回想起年轻时代的抗金往事，写了这首词，但对当下无望的功名，词人还是以戏笔处之。上片回忆自己早年聚众抗金，并率五十余骑突袭金营，于五万敌营中擒拿叛徒张安国，南渡归宋的壮举，笔势豪纵，横扫千军。"燕兵"两句对仗精致，尤其是以"金""银"相对而不流于俗套，突出敌我双方剑拔弩张、针锋相对的形势，场面极为生动。下片回到现实处境，白发苍苍，青春不再，功业无成，徒有叹息而已。末二句以生动的对比交换，用诙谐自嘲的语调，映出英雄无用武之地、被迫归耕田园的沉痛和悲凉，写来婉转蕴藉，具有浓郁的艺术感染力。清陈廷焯《白雨斋词话》评曰："放翁《蝶恋花》云：'早信此生终不遇，当年悔草长杨赋。'情见乎词，更无一毫含蓄处。稼轩《鹧鸪天》云：'却将万字平戎策，换得东家种树书。'亦即放翁之意，而气格迥乎不同。彼浅而直，此郁而厚也。"

卜算子

千古李将军，夺得胡儿马。李蔡为人在下中，却是封侯者①。　芸草去陈根，笕竹添新瓦②。万一朝家举力田，舍我其谁也③？

注释

① "千古"四句：西汉"飞将军"李广骁勇善战，功绩卓著，却不曾封侯；其堂弟李蔡人品不过下中，名声远不及李广，却得以封侯，位至三公。李将军：李广，见前《八声甘州》（故将军饮罢夜归来）注①。夺得胡儿马：李广曾因寡不敌众，受重伤而被匈奴俘获，匈奴骑兵置李广于绳网上，拴于两马之间，行十余里，李广佯死，见其旁有胡儿骑一良马，李广猛然跃起，跳上胡儿马，把胡儿推下马，策马向南奔驰数十里，匈奴数百骑兵紧紧追赶，李广取胡儿弓箭，射杀追兵，得以逃脱，收集余部，

回到京师。上述事均见《史记·李将军列传》。"千古",王诏刊本作"汉代"。

② "芸草"二句:写词人山居生活:除草去其根部,连接竹管引水。芸草:除草。芸,同耘。陈根:老根。"笕竹"句:檐下连接竹管引水,如添新瓦。笕(jiǎn简),屋檐下引水的长竹管。这里作动词用,谓连接竹管引水。

③ "万一"句:万一朝廷下令举荐"力田"人才,当今之世,除了我还有谁更合适啊? 朝家:朝廷。"朝家",王诏刊本、四印斋本作"朝廷"。举力田:汉朝曾多次下诏举荐"力田"、"孝弟"等人才。力田,努力耕种,勤于农事。舍我其谁也:语出《孟子·公孙丑下》孟子所说:"夫天未欲平治天下也。如欲平治天下,当今之世,舍我其谁也?"

解读

　　这首词约作于庆元六年(1200)闲居瓢泉时,是辛弃疾《卜算子·漫兴三首》中的第三首。这首词可以和词人另一首作品《八声甘州》(故将军饮罢夜归来)互相参读,《八声甘州》中的两句可以概括本篇上下片的内容,即上片写李广"落魄封侯事",下片写自己"岁晚田园"。借飞将军李广的落魄,暗写自己的不幸遭遇,这是两篇相同的地方,但《八声甘州》是长调,所涵内容更为丰富,本篇作为小令,则写得更加凝练精致,对比亦更鲜明。上片写李广,只选取他平生最为惊险的一幕,即他受伤被俘时,勇夺敌人马匹,反戈一击的故事,凸显他出生入死,智勇过人。以李广的显赫战功，却不得封侯，更遭排斥罢官，退居南山；而并无显赫功绩，为人在中下等的李蔡却得以封侯，位至三公。两相对照，愤懑不平之情，溢于言外。下片写自己，老来二度罢官，被迫回归园田，除草耘田，引水灌溉，俨然一个耕田老手，朝廷要是选拔种田人才，那真是舍我其谁了。戏谑自嘲之中，满含抑郁幽愤。斩草而必欲除根，含意深邃，与《太常引》"斫去桂婆娑，人道是清光更多"，用意相近。而"万一"两句，与《鹧鸪天》"却将万字平戎策，换得东家种树书"，正是同一感慨。

粉蝶儿

和赵晋臣敷文赋落梅①

昨日春如，十三女儿学绣。一枝枝不教花瘦②。甚无情，便下得，雨僝风僽。向园林，铺作地衣红绉③。　　而今春似，轻薄荡子难久④。记前时送春归后，把春波，都酿作，一江醇酎⑤。约清愁，杨柳岸边相候⑥。

注释

① 赵晋臣敷文：见前《归朝欢》(我笑共工缘底怒)注①。四卷本

276

粉蝶儿（昨日春如）

题作"和晋臣赋落花"。

② "昨日"三句:昨日春色烂漫,一枝枝梅花傲然绽放,犹如十三岁女孩初学绣花,不愿意让花消瘦凋零。

③ "甚无情"五句:老天太无情,忍心风雨交加,摧残梅花,弄得落花满园,如铺红毯。甚:很,极。下得:舍得,忍心。雨僝(chán 蝉)风僽(zhòu 骤):谓风雨交相摧残。僝僽,折磨,摧残。地衣:地毯。

④ "而今"二句:如今春色退去,犹如轻薄浪子难以久留。

⑤ "记前时"四句:记得去年送春归去,自己的浓愁似乎把那一江春波都酿成了醇酒。前时:从前,以前。醇酎(chún zhòu 纯昼):醇酒,浓郁的酒。"醇酎",四卷本作"春酎"。

⑥ "约清愁"二句:与清愁相约在杨柳岸边会面。意谓在杨柳岸边排遣春愁。

解读

　　此为词人约庆元六年(1200)闲居瓢泉时,与好友赵晋臣唱和之作,写惜花伤春之感,言语通俗,设喻新异,风格婉丽。上片写明丽的春花春色被无情风雨摧折。先说昨日之春,梅花灿烂,春光明媚,正如十三岁小女孩绣花一般,总想把每一枝上的花朵都绣得饱满可人。可转眼之间,风吹雨打,花朵飘零,园中落红满地。下片写送春归去的清愁。过片承上而写春色既已凋零,犹如轻薄浪子难以久留。以下回忆去年送春归去,亦是无法挽留,满怀愁绪足以把一江春水都酿成浓酒。所以,今年要做好准备,提前约清愁在杨柳岸边相会,畅饮春江醇酒,送别清愁。构思奇妙,设想独特,情思细腻婉转。明代卓人月、徐士俊《古今词统》评曰:"淡雅宜人,绝非红紫队中物。"近人夏敬观《评稼轩词》评点此词曰:"连续诵之,如笛声宛转,乃不得以他文词绳之,勉强断句。此自是好词,虽去别调不远,却仍是秾丽一派也。"

喜迁莺

谢赵晋臣敷文赋芙蓉词见寿,用韵为谢①

暑风凉月,爱亭亭无数,绿衣持节②。掩冉如羞,参差似妒,拥出芙渠花发③。步衬潘娘堪恨,貌比六郎谁洁④? 添白鹭,晚晴时公子,佳人并列⑤。休说,拳木末。当日灵均,恨与君王别。心阻媒劳,交疏怨极,恩不甚兮轻绝⑥。千古《离骚》文字,芳至今犹未歇⑦。都休问,但千杯快饮,露荷翻叶⑧。

注释

① 赵晋臣敷文:见前《归朝欢》(我笑共工缘底怒)注①。赋芙蓉词见寿:作荷花词为辛弃疾祝寿。用韵为谢:用赵晋臣词原韵答谢。四卷本词题无"谢赵"与"敷文"四字。

② "暑风"三句：夏日清风凉月下，最爱亭亭玉立的无数荷叶，犹如一群绿衣使者持节而立。亭亭：高耸直立的样子。参见周敦颐《爱莲说》："中通外直，不蔓不枝，香远益清，亭亭净植。"持节：古代使者奉命出行，必持符节，作为凭证。

③ "掩冉"三句：描写荷花开放时，或温柔含羞，或争奇斗艳。掩冉：轻盈柔美的样子。参差(cēn cī 岑刺阴平)似妒：高低错落，似怀妒意而争艳。芙蕖(qú 渠)：即芙蓉，荷花的别名。

④ "步衬"二句：言荷花高洁，既恨潘妃行走其上，又耻与六郎相比。步衬潘娘：据《南史·齐纪下·废帝东昏侯》记载：南朝齐东昏侯"凿金为莲华(花)以帖地，令潘妃行其上，曰：'此步步生莲华也。'"貌比六郎：唐代张易之、张昌宗兄弟以姿貌得武则天宠幸，人称五郎、六郎。宰相杨再思曾奉迎张昌宗说："人言六郎面似莲花，再思以为莲花似六郎，非六郎似莲花也。"见《旧唐书·杨再思传》。

⑤ "添白鹭"三句：傍晚天晴时，白鹭飞来荷叶旁，犹如公子与佳人并立相伴。参见杜牧《晚晴赋》："白鹭潜来兮，邈风标之公子，窥此美人兮，如慕悦其容媚。"

⑥ "休说"七句：化用屈原《九歌·湘君》："采薜荔兮水中，搴芙蓉兮木末。心不同兮媒劳，恩不甚兮轻绝。"意谓到水中采集陆上的香草，上树梢去摘水中的荷花，只能是一无所获。男女之间心意不同，媒人也只能是徒劳无功；恩爱不深，感情就容易断绝。屈原用以比喻自己与楚王之间存在着明显的差异和阻隔，导致最终决裂。搴(qiān 牵)木末：即"搴芙蓉兮木

末",上树梢去摘荷花。搴,采摘。灵均:屈原字灵均。心阻
媒劳:男女之间心有阻隔,媒人徒劳无益。交疏怨极:交情疏
远,乃至怨恨至极。轻绝:轻易断绝。

⑦ "千古"二句:谓屈原《离骚》千古芬芳,流传至今。参见《离
骚》:"芳菲菲而难亏兮,芬至今犹未沫。"沫,同末,终止。

⑧ "都休问"三句:一切都不必问,只需开怀畅饮。露荷翻叶:由
荷叶想到荷叶杯,由荷上露珠想到美酒。意谓只需倾杯豪
饮。参见隋朝殷英童《采莲曲》:"藕丝牵作缕,莲叶捧成杯。"

解读

农历五月十一日是辛弃疾的生日,好友赵蕃(晋臣)用应节
的荷花为题,填词为他祝寿。辛弃疾步其原韵,以此咏荷词答
谢。其时词人正闲居铅山瓢泉。上片描写荷花。起笔点明节
令,先描绘亭亭玉立的青枝绿叶,由掩映的荷叶,逗引出争奇斗
艳的荷花,笔致精妙,引人入胜。"步衬"两句,以潘妃、六郎反衬
荷花高洁绝俗。"添白鹭"三句,则以白鹭公子映衬荷花佳人。
时反时正,笔势翻飞;状物拟人,妙趣横生。下片由屈原咏荷诗
句转入议论抒情。屈原诗中多有咏荷佳句。如《离骚》"制芰荷
以为衣兮,集芙蓉以为裳",以荷花比拟自身高洁品性。又如《九
歌·湘君》:"采薜荔兮水中,搴芙蓉兮木末。心不同兮媒劳,恩
不甚兮轻绝",以上树采集荷花徒劳无益,比喻君臣心志不同也
会劳而无功。辛弃疾正是抓住《湘君》中这段诗,加以发挥,叹惜
当年屈原忠而被谤,信而见疑,楚王与之交疏恩绝。词人通过对

屈原的叹惜和赞美,寄托自身赤诚报国,却迭遭弹劾打击的惨痛经历和愤懑不平之情,笔力凝重。末了欲说还休,借千杯痛饮,浇胸中垒块。"露荷翻叶",既巧喻倾杯畅饮,又于篇末照应"赋荷"题旨,一石二鸟,颇有章法。

千年调

开山径得石壁,因名曰苍壁。事出望外,意天之所赐邪,喜而赋①。

左手把青霓,右手挟明月②。吾使丰隆前导,叫开阊阖③。周游上下,径入寥天一④。览玄圃,万斛泉,千丈石⑤。   钧天广乐,燕我瑶之席⑥。帝饮予觞甚乐,赐汝苍壁⑦。嶙峋突兀,正在一丘壑⑧。余马怀,仆夫悲,下恍惚⑨。

注释

① 开山径:开辟山路。出望外:出乎意料。意:猜测。邪(yé爷):疑问语气词,同"耶"。赋:创作诗词。四卷本题无"因名曰苍壁"五字,又"赋"后有"之"字。

② "左手"二句:词人飞上天空,左手握着虹霓,右臂夹着明月。

青霓(ní 尼)：虹霓。霓，虹的外环。屈原《离骚》："飘风屯其相离兮，帅云霓而来御。"李贺《绿章封事》诗："青霓扣额呼宫神，鸿龙玉狗开天门。"挟(xié 协)：用胳膊夹住。《管子·小匡》注："右掖曰挟。"

③ "吾使"二句：我命令云神在前面引路，叫开天宫大门。化用屈原《离骚》："吾令丰隆乘云兮，求宓妃之所在。"又："吾令帝阍开关兮，倚阊阖而望予。"丰隆：神话传说中的云神。导：引导，引路。阊阖(chān hé 昌合)：神话传说中的天宫大门。

④ "周游"二句：遍游上下，直至高空太虚境界。周游上下：化用屈原《离骚》："及余饰之方壮兮，周流观乎上下。"寥天一：语出《庄子·大宗师》："安排而去化，乃入于寥天一。"郭象注："安于推移，而与化俱去，故乃入于寂寥而与天为一也。"此处"寥天一"指浑然一体之虚无太空。

⑤ "览玄圃"三句：游览天上园圃，观赏万斛泉水、千丈岩石。玄圃：又作县圃、阆风，神话传说中天帝的园圃。参见屈原《离骚》："朝发轫于苍梧兮，夕余至乎县圃。"斛(hú 胡)：古代量器，容量为一斛十斗。万斛，极言量大。参见辛弃疾《鹧鸪天·石门道中》："山上飞泉万斛珠。"

⑥ "钧天"二句：天帝安排演奏仙乐，设宴款待词人。钧天广乐：见前《贺新郎》(细把君诗说)注③"钧天"注。燕：同"宴"，宴请。瑶之席：指华美的宴席。参见屈原《九歌·东皇太一》："瑶席兮玉瑱，盍将把兮琼芳。"

⑦ "帝饮"二句：天帝很开心地给我斟酒，并说：赐给你苍璧。饮

(yìn 胤)予觞(shāng 商)：给我酒喝，以酒款待我。饮，使人饮酒。予，我。觞，古代酒器，此处指代酒。"苍壁"，四卷本作"苍璧"。

⑧ "嶙峋"二句：这块高耸的石壁就在词人寓居的瓢泉一带。嶙峋(lín xún 临寻)：形容山石高耸。突兀(wù 务)：突出高耸的样子。一丘壑(hè 贺)：见前《感皇恩》(案上数编书)注⑤。

⑨ "余马"三句：我马思归，仆人悲愁，于是我神情恍惚地由天上返回人间。借用屈原《离骚》："仆夫悲余马怀兮，蜷局顾而不行。"怀：怀归，思归故土。恍惚(huǎng hū 晃忽)：心神迷茫的样子。

解读

　　词人闲居瓢泉后期，开辟山路时，发现一处高耸的石壁，把它叫作"苍壁"，因为出乎意料，以为是老天恩赐，欣喜之余，写了这首作品。词由"意天之所赐"引出，放纵思绪，驰骋想象，效屈原《离骚》飞天之辞，叙述上达天庭，天帝赏赐石壁经过。起句写词人于太空中挟持虹霓明月，突如其来，异想天开，狂放奇伟。接写驱策风神，叫开天门，周游天庭，尽显伟岸豪纵，超凡绝俗。继而终于在天上园林中发现万斛飞泉、千丈石壁，照应词题。下片写天帝奏乐开宴，殷勤劝酒，恩赐苍壁，相得甚欢。所赐苍壁，正落于瓢泉中。"嶙峋突兀"的苍壁形象，亦正与词人傲岸偃蹇的气度相似。末三句，由天庭返回人间，隐寓罢官回乡之感，自不免恍惚惆怅，感喟不已。清人李佳《左庵词话》评此词曰："用笔如龙跳虎卧，不可羁勒，才情横溢，海天鼓浪。然以音律绳之，岂能细意熨贴。"

贺新郎

邑中园亭，仆皆为赋此词。一日，独坐停云，水声山色，竞来相娱，意溪山欲援例者，遂作数语，庶几仿佛渊明思亲友之意云①。

甚矣吾衰矣。怅平生交游零落，只今余几②！白发空垂三千丈，一笑人间万事③。问何物能令公喜④？我见青山多妩媚，料青山见我应如是。情与貌，略相似⑤。　一尊搔首东窗里。想渊明《停云》诗就，此时风味⑥。江左沉酣求名者，岂识浊醪妙理⑦。回首叫云飞风起⑧。不恨古人吾不见，恨古人不见吾狂耳⑨。知我者，二三子⑩。

注释

① "邑中"二句：对于铅山园亭胜景，词人都已填写了《贺新郎》词。邑中：此指铅山县中。此词：指《贺新郎》词。停云：停云

堂,词人在铅山瓢泉居所的堂名。取陶渊明《停云》诗命名。意:猜想,猜测。援例:沿用先例,参照惯例。指为邑中园亭赋《贺新郎》词之惯例。庶几(shù jī 数基):差不多。仿佛:好像,近似。渊明思亲友之意:陶渊明《停云》诗序:"停云,思亲友也。"

② "甚矣"三句:慨叹自己衰老至极,感伤平生所结交的朋友如今所剩无几。"甚矣"句:语本《论语·述而》:子曰:"甚矣吾衰也,久矣吾不复梦见周公。"怅:惆怅,伤感。交游:指朋友。零落:指失散或去世。只今:如今,现在。

③ "白发"二句:白发空长,徒然忧愁,一事无成;回首人间万事,唯有一笑置之。"白发"句:借用李白《秋浦歌》:"白发三千丈,缘愁似个长。"

④ "问何物"句:试问世上还有什么东西能让词人高兴的呢?令公喜:用晋人王恂、郗超能令大司马桓温喜怒事。《世说新语·宠礼》:"王恂、郗超并有奇才,为大司马(桓温)所眷拔。恂为主簿,超为记室参军。超为人多髯,恂行状短小,于时荆州为之语曰:'髯参军,短主簿,能令公喜,能令公怒。'"

⑤ "我见"四句:词人看青山秀美可爱,料想青山看词人也是如此。彼此性情与外形大致相似。妩(wǔ 武)媚:姿态美好可爱。《新唐书·魏征传》记唐太宗赞魏征说:"人言征举动疏慢,我但见其妩媚耳。"如是:如此,像这样。略:大致。

⑥ "一尊"三句:此刻东窗下搔首饮酒、思念好友的情形,想来跟

286

当年陶渊明写《停云》诗时候的风味相同。参见陶渊明《停云》诗："良朋悠邈，搔首延伫。""有酒有酒，闲饮东窗。"一尊：指一杯酒。搔首：挠头。就：完成。

⑦ "江左"二句：当年江东名士，沉溺于酒以求名，岂是真懂酒的妙趣。参见苏轼《和陶饮酒诗二十首》之三："道丧士失己，出语辄不情。江左风流人，醉中亦求名。渊明独清真，谈笑得此生。"江左：长江以东。东晋南渡，以至南朝，定都建康(今南京)，偏安江东一隅。浊醪(láo 劳)妙理：浊酒妙趣，酒中真谛。语本杜甫《晦日寻崔戢李封》诗："浊醪有妙理，庶用慰沉浮。"

⑧ 云飞风起：汉高祖刘邦回故乡沛，召故人父老子弟饮酒，酒酣，刘邦击筑自歌曰："大风起兮云飞扬，威加海内兮归故乡，安得猛士兮守四方。"事见《汉书·高帝纪》。

⑨ "不恨"二句：借用南朝文学家、书法家张融语。《南史·张融传》："张融善草书，常自美其能。帝曰：'卿书殊有骨力，但恨无二王法。'答曰：'非恨臣无二王法，亦恨二王无臣法。'……常叹云：'不恨我不见古人，所恨古人又不见我。'"

⑩ "知我者"二句：如今的知己，只有二三人而已。二三子：借用《论语》中孔子对其弟子常用的称呼。如"二三子何患于丧乎"，"二三子以我为隐乎"等等。此指二三人。

解读

这首词约作于嘉泰元年(1201)闲居铅山瓢泉时，是辛弃疾的传世名篇，也是稼轩得意之作。据岳珂《桯史》记载，辛弃疾守镇江时，"每燕（宴）必命侍姬歌其所作。特好歌《贺新郎》一词，自诵其警句曰：'我见青山多妩媚，料青山见我应如是。'又曰：'不恨古人吾不见，恨古人不见吾狂耳。'每至此，辄拊髀自笑，顾问坐客何如，皆叹誉如出一口。"岳珂评此篇"豪视一世，独首尾二腔警语差相似"。此词系题瓢泉停云堂之作，词人独坐停云堂中，有感于水声山色前来相娱，因就"停云"之名，仿陶渊明《停云》诗，抒发思念亲友知己之意。起句浩叹，只为老来罢退，万事蹉跎，幽居山林，故交零落，亦即《感皇恩》"白发多时故人少"之感。其时词人六十二岁，平生知交如叶衡、洪适、韩元吉、汤邦彦、陈亮、王正己、朱熹等相继过世。因此世间尚有何物能令词人欣喜？"我见"以下，只有转向青山觅知音。与青山互赏妩媚，即李白"相看两不厌，唯有敬亭山"（《独坐敬亭山》）之境界，亦似词人《沁园春》"青山意气峥嵘，似为我归来妩媚生"之情景，唯此处更酣畅恣肆。下片再转向古人求知己。闲饮东窗，赋诗思友，渊明与我风味相似，情思相通，自是异代知己。此是从正面写。江东名流，醉中求名，岂知酒中妙理，岂是吾辈知己。此是从反面写。由此发出不恨我不见古人、只恨古人不见我狂之号呼，风云激荡，慷慨淋漓，一扫开篇之衰颓感伤，狂态复萌，豪气不除，俨然有雄视万世之概。末二句，回应上文"只今余几"，归结思亲友题旨，用以自慰。

水龙吟

　　老来曾识渊明，梦中一见参差是①。觉来幽恨，停觞不御，欲歌还止②。白发西风，折腰五斗，不应堪此③。问北窗高卧，东篱自醉，应别有，归来意④。　　须信此翁未死，到如今凛然生气⑤。吾侪心事，古今长在，高山流水⑥。富贵他年，直饶未免，也应无味⑦。甚东山何事，当时也道，为苍生起⑧。

注释

① "老来"二句：老来结识陶渊明，梦中曾见一面。参差（cēn cī
岑刺阴平）是：好像是，大致是。白居易《长恨歌》："中有一人
字太真，雪肤花貌参差是。"

② "觉来"三句：醒来之后，满腔幽恨，停杯不饮，欲歌又止。觉
来：醒来。幽恨：深藏于心中的怨恨。停觞（shāng 商）不御：
放下酒杯不饮酒。觞，酒器，酒杯。御，进，进酒。

③ "白发"三句：老来不愿在萧瑟西风中为五斗米折腰。用陶渊
明（潜）辞彭泽县令事。《宋书·陶潜传》："郡遣督邮至，县吏
白应束带见之。潜叹曰：'我不能为五斗米，折腰向乡里小
人。'即日解印绶去职。赋《归去来》。"五斗米：县令的俸禄。
折腰：弯腰行礼，指屈身于人。

④ "问北窗"四句：看陶渊明高卧北窗下，沉醉东篱边，其归隐园

田,当别有深意。北窗高卧:语出陶渊明《与子俨等疏》:"尝言五六月中,北窗下卧,遇凉风暂至,自谓是羲皇上人。"东篱自醉:参见陶渊明《饮酒》二十首之五:"采菊东篱下,悠然见南山。"

⑤ "须信"二句:坚信陶渊明并未死去,直到如今他仍生气勃勃,令人敬畏。参见《世说新语·品藻》:"庾道季云:'廉颇、蔺相如,虽千载上死人,懔懔恒如有生气。'"凛(lǐn 廪)然:威严而令人敬畏的样子。

⑥ "吾侪"三句:词人与陶渊明心心相印,古今相通,堪称知音。吾侪(chái 柴):我辈,我们这类人,指词人与陶渊明。高山流水:比喻知己、知音。据《列子·汤问》记载:伯牙善鼓琴,钟子期善听。伯牙鼓琴,志在登高山,钟子期曰:"善哉,峨峨兮若泰山。"志在流水,钟子期曰:"善哉,洋洋兮若江河。"

⑦ "富贵"三句:即使来年有荣华富贵,也是非常乏味。直饶:纵使,即使。富贵未免:借用谢安语,见前《水调歌头》(白日射金阙)注⑤。

⑧ "甚东山"三句:谢安究竟为何东山再起,当年也有人说他是为百姓而再度出山。东晋谢安早年隐居会稽东山,年逾四十而东山再起。《世说新语·排调》:谢安隐居东山,朝命屡降而不动。后出为桓宣武司马,将发新亭,朝士咸出瞻送。高灵时为中丞,亦往相祖。先时,多所饮酒,因倚如醉,戏曰:"卿屡违朝旨,高卧东山,诸人每相与言:'安石不肯出,将如苍生何!'今亦苍生将如卿何?"谢安笑而不答。甚:诚,真。苍生:百姓。

解读

辛弃疾一生咏陶渊明词甚多，长调中当以本篇为胜，小词里则以《鹧鸪天》(晚岁躬耕不怨贫)最为出色，两篇皆词人晚年闲居瓢泉时所作，可以交互参看。这首词通篇歌咏陶渊明，以叙述、议论为主，见解通透，暗寓作者罢官归来幽愤，言近意远。先说老来相识，梦中相见，写出日夜追慕渊明心迹。继写醒来不见渊明，面对现实世界，怅然若失，酒亦无味，歌亦不唱，心中幽恨无从发泄。因念渊明弃官退隐，固然是不肯为五斗米折腰，但观其高卧北窗，沉醉东篱，归隐当另有深意。下片照应开头梦中相见，极力赞颂渊明虽死犹生，而且是生气勃勃，威仪凛然，彼此肝胆相照，心事相通，可谓千古知己。末了以谢安中年出山，反衬渊明安贫守节，矢志不渝。虽然当时也有人说，谢安出山是为黎民百姓，他也享受功名富贵，但后来亦遭罢斥，那样又有什么味道呢？议论风发，思路锐利，暗含激愤，发人深省。

贺新郎

别茂嘉十二弟。鹈鴂、杜鹃实两种，见《离骚补注》①。

绿树听鹈鴂。更那堪鹧鸪声住，杜鹃声切②。啼到春归无寻处，苦恨芳菲都歇③。算未抵人间离别④。马上琵琶关塞黑，更长门翠辇辞金阙⑤。看燕燕，送归妾⑥。　　　将军百战身名裂。向河梁回头万里，故人长绝⑦。易水萧萧西风冷，满座衣冠似雪。正壮士悲歌未彻⑧。啼鸟还知如许恨，料不啼清泪长啼血⑨。谁共我，醉明月⑩？

注释

① 茂嘉十二弟：辛弃疾堂弟，排行第十二。"鹈鴃"二句：屈原《离骚》："恐鹈鴃之先鸣兮，使夫百草为之不芳。"洪兴祖《离骚补注》："按《禽经》云，巂周，子规也。江介曰子规，蜀右曰杜宇。又曰：鶗鴃鸣而草衰。注云：鶗鴃，《尔雅》谓之鵙，《左传》谓之伯赵。然则子规、鶗鴃，二物也。"鹈鴃：鸟名，亦名伯劳。夏至始鸣，冬至止。

② "绿树"三句：怎能承受春末夏初以来，鹧鸪、杜鹃、鹈鴃三种鸟轮番悲鸣。那堪：怎堪，怎能禁受。那，同"哪"。鹧鸪：鸟名。其鸣声如说"行不得也哥哥"。杜鹃：鸟名。春末夏初，常昼夜啼鸣，啼声哀切。

③ "啼到"二句：可恨这些鸟直叫到春天无影无踪，鲜花香草全都凋零。苦恨：深恨，甚恨。芳菲：指芳香的花草。

④ "算未抵"句：但鸟鸣的悲切，想来仍抵不上人间离别之悲恨。算：算来，料想。未抵：抵不上。

⑤ "马上"二句：以下历数人间离别事。这两句写西汉元帝时，

宫女王昭君出嫁匈奴呼韩邪单于，辞别汉宫，马上弹奏琵琶，遥望边塞，一片昏暗。马上琵琶：石崇《王明君辞》序："昔公主嫁乌孙，令琵琶马上作乐，以慰其道路之思。其送明君(即昭君)，亦必尔也。"关塞黑：边塞一片昏暗。参见杜甫《梦李白》二首之一："魂来枫叶青，魂返关塞黑。"长门翠辇辞金阙：写王昭君车驾自冷宫出，辞别汉阙。长门，汉武帝时陈皇后失宠，罢退长门宫。借指失宠后妃居处。翠辇(niǎn 捻)，饰有翠羽的宫廷车驾。金阙，指皇帝起居的宫阙。一说"更长门"句即指汉陈皇后罢退长门宫辞别金阙事。

⑥ "看燕燕"二句：写春秋时庄姜送归妾戴妫事。卫庄公之妻庄姜，美而无子，庄公妾戴妫生子完，庄姜以为己子。庄公死，完继位。不久州吁作乱，杀完。戴妫乃归陈国，庄姜远送于野，作诗云："燕燕于飞，差池其羽。之子于归，远送于野。瞻望弗及，泣涕如雨。"诗见《诗经·邶风·燕燕》。燕燕：即燕子。

⑦ "将军"三句：写西汉将军李陵告别友人苏武事。百战身名裂：西汉将领李陵身经百战，后与匈奴交战时，箭尽道穷，援兵不至，士兵死伤如织，遂投降匈奴，以至于身败名裂。"向河梁"二句：写李陵送别苏武。苏武居匈奴十九年，始终不屈，匈奴与汉和亲时，苏武得以归汉。临行，李陵置酒送别，贺苏武曰："异域之人，一别长绝。"又起舞歌曰："径万里兮度沙漠，为君将兮奋匈奴，路穷绝兮矢刃摧，士众灭兮名已隤。老母已死，虽欲报恩将安归？"事见《汉书·苏武传》。相传李陵《与苏武诗》："携手上河梁，游子暮何之。"河梁：河上桥梁。故人：指苏武。

⑧ "易水"三句：写战国末燕太子派荆轲入秦刺秦王，临行之际送别场景。据《史记·刺客列传》记载：燕太子丹请荆轲谋刺秦王，临行，太子及宾客知其事者，皆白衣冠以送之。至易水之上，高渐离击筑，荆轲和而歌曰："风萧萧兮易水寒，壮士一去兮不复还。"歌声慷慨，士皆瞋目，发皆冲冠，于是荆轲上车而去，不复回顾。易水：水名，在今河北省西部。萧萧：形容风声。彻：结束，完结。

⑨ "啼鸟"二句：鹧鸪、杜鹃、鹈鴂这些鸟，如果知道有这么多人间离别之恨，想来不止会啼泪，更会啼血吧。传说杜鹃啼声哀切，总要啼到口里出血才止。

⑩ "谁共我"二句：言与茂嘉十二弟别后，还有谁与我在明月下痛饮沉醉？共：与，和。

解读

此是辛弃疾闲居瓢泉时，送别堂弟茂嘉之作，为稼轩词中不朽经典。据刘过《沁园春·送辛稼轩弟赴桂林官》云："入幕来南，筹边如北，反覆手高来去棋。"所送辛稼轩弟或即此茂嘉十二弟。观辛词词意，盖即作于送族弟往北"筹边"之时。词写离别之恨，以啼鸟悲鸣、芳菲衰歇起兴，作为陪衬，极写人间离别之悲苦有远甚于此者。以下叙说人间离别之悲苦，叠举四事。上片所举二事，皆为女子之离别：一为昭君辞别汉宫出塞，关隘昏黑，琵琶声悲；二为庄姜送戴妫，瞻望不及，泪如雨下。下片紧承上文，打破上下片分隔，续举二事，皆为男子之离别：一为李陵饯别苏武,苏武回首万里,一别长绝;二为众白衣人送荆轲谋刺秦王,荆轲慷慨悲歌,一去不复返。叙毕四事,又以啼鸟回应篇首,鸟若知人间别离有如此悲恨,亦应啼血不止,更何况人。末二句,归结到"别茂嘉"之题意,余韵袅袅,怅惘不已。全篇结构精巧,前后呼应,中间铺张扬厉,如泣如诉,情辞慷慨悲凉,仿佛江淹《别赋》、《恨赋》手法,于词中亦属创格。清陈廷焯《白雨斋词话》推奖曰:"稼轩词自以此《贺新郎》一篇为冠,沉郁苍凉,跳跃动荡,古今无此笔力。"近人王国维《人间词话删稿》赞曰:"稼轩《贺新郎》词送茂嘉十二弟,章法绝妙,且语语有境界,此能品而几于神者。然非有意为之,故后人不能学也。"又,清人周济《宋四家词选目》眉批谓此词"上片北都旧恨,下片南渡新恨"。近人陈匪石《宋词举》评周济此说"亦似附会"。而唐圭璋《唐宋词简释》以为:"观其前片所举之例极凄惨,而后片所举之例又极慷慨,则知止庵(周济)之说精到。"

永遇乐

戏赋辛字送茂嘉十二弟赴调①

烈日秋霜,忠肝义胆,千载家谱②。得姓何年,细参辛字,一笑君听取③。艰辛做就,悲辛滋味,总是辛酸辛苦④。更十分向人辛辣，椒桂捣残堪吐⑤。世间应有，芳甘浓美，不到吾家门户⑥。比着儿曹，累累却有，金印光垂组⑦。付君此事，从今直上，休忆对床风雨⑧。但赢得靴纹绉面，记余戏语⑨。

注释

① 茂嘉十二弟：见前《贺新郎》(绿树听鹈鴂)注①。赴调：前往吏部听候调迁。四卷本无"茂嘉"二字，且"赴调"作"赴都"。

② "烈日"三句：观千年辛氏家谱，辛家世代为人刚烈严正，对国家忠心耿耿。烈日秋霜：夏天的烈日，秋天的严霜。比喻为人禀性刚烈正直。《新唐书·段秀实颜真卿传》："虽千五百岁，其英烈言言，如严霜烈日，可畏而仰哉！"苏轼《王元之画像赞》："耿然如秋霜夏日，不可狎玩。"

③ "得姓"三句："辛"这个姓是哪年产生的，"辛"字又包含哪些含义，我细细探究，戏说一番，你一笑听之。

④ "艰辛"三句：由"辛"字含义加以生发：这个"辛"是由艰辛做成的，饱含悲辛滋味，而且总免不了辛酸辛苦。

⑤ "更十分"二句：更何况对人又十分辛辣，令人作呕。"椒桂"句：北宋曾布有《从驾》诗二首，押"辛"字韵，苏轼用其原韵，一和再和，恐曾布不胜其烦，故于诗中自嘲云："最后数篇君莫厌，捣残椒桂有余辛。"

⑥ "世间"三句：人世间应该有香浓美味，可惜不会到我们"辛"家来。

⑦ "比着"三句:对比起来,别人家子弟却挂着一串串金光闪闪的金印,身兼多职,权势显赫。儿曹:儿辈,晚辈。"累累"二句:《汉书·佞幸传·石显》:"显与中书仆射牢梁、少府五鹿充宗结为党友,诸附倚者皆得宠位。民歌之曰:'牢邪? 石邪? 五鹿客邪? 印何累累,绶若若邪!'言其兼官据势也。"颜师古注:"累累,重积也。若若,长貌。"金印:指官印。垂:挂。组:古代用作佩印的绶带。

⑧ "付君"三句:光耀门楣的事就托付给你了,从今以后你只管青云直上,不必惦念今天兄弟对床夜语。对床风雨:指兄弟或亲友久别重逢,共处一室倾心交谈的场景。据苏辙《逍遥堂诗引》记载,苏辙读韦应物《示全真元常》诗:"宁知风雪夜,复此对床眠。"恻然有感,乃与兄苏轼相约,早退为闲居之乐。故苏轼《辛丑十一月十九日,既与子由别于郑州西门之外,马上赋诗一篇寄之》有云:"寒灯相对记畴昔,夜雨何时听萧瑟。君知此意不可忘,慎勿苦爱高官职。"这里辛弃疾反用其意。

⑨ "但赢得"二句:你在官场久了,强颜欢笑到满脸皱纹时,自会记得我今天说的戏言。靴纹绉面:脸上皱纹像靴皮细纹。指在官场强颜欢笑。欧阳修《归田录》卷二:"田元均为人宽厚长者,其在三司,深厌干请者,虽不能从,然不欲峻拒之,每温颜强笑以遣之。尝谓人曰:'作三司使数年,强笑多矣,直笑得面似靴皮。'"

解读

这首词与上一首《贺新郎》(绿树听鹈䳡)都是送别堂弟茂嘉

之作,上一首当是送茂嘉赴北筹边,这一首则是送他赴京听候迁调,时间当在茂嘉由北边归来之后。这是一首独创一格的戏赋姓氏的词,拿自家姓氏"辛"说事,以戏谑风趣的口吻,纵横议论,发泄幽愤。题曰"戏赋",却以凛然正说开头,可见不是单纯的滑稽说笑。查检辛氏家谱,千载以来,辛家多刚烈正直、忠肝义胆之人。有此正面立论,以下才以戏说方式,从字义角度,细究"辛"字来历、特点与命运。"辛"由艰辛造就,充满悲辛滋味,脱不了辛酸辛苦的命运,尤其是它十分辛辣的特点,常令人作呕。凡此种种,皆由词人平生切身体验而来,因其刚直辛辣的鲜明性格,不为世俗所容,备尝艰辛,迭遭弹劾,长期罢官闲居,落得个辛酸悲苦的下场。下片从别家的香浓美味、荣华富贵,对比"辛"家的辛酸落魄,因而唯有将希望托付堂弟,但愿堂弟青云直上,也不消记得兄弟情谊,以后久经官场历练,自会记取今日戏语。看似文字游戏,实则于嬉笑间深寓身世之感、愤世之情。

西江月

示儿曹,以家事付之^①

万事云烟忽过,百年蒲柳先衰^②。而今何事最相宜? 宜醉宜游宜睡^③。　　　早趁催科了纳,更量出入收支④。乃翁依旧管些儿：管竹管山管水⑤。

注释

① 儿曹：儿辈。以家事付之：把家事托付给他们。四卷本题作"以家事付儿曹示之"。

② "万事"二句：世上万事犹如过眼云烟，人生老来则像蒲柳入秋先衰。云烟忽过：参见苏轼《宝绘堂记》："譬之烟云之过眼，百鸟之感耳，岂不欣然接之，去而不复念也。"百年：指人生百年。四卷本"百年"作"一身"。蒲柳先衰：蒲柳，即水杨，一种入秋就凋零的树木。《世说新语·言语》："顾悦与简文同年而发早白，简文曰：'卿何以先白?'对曰：'蒲柳之姿，望秋而落；松柏之质，经霜弥茂。'"这里词人指自己早衰。

③ "而今"二句：自己现在最适宜做的事情，不外乎醉酒、游览和酣睡。

④ "早趁"二句：你们要趁早催租纳税，做到量入为出。早趁：及早，趁早。催科：催收租税。了纳：纳完赋税。量出入收支：权衡收支，量入为出。

⑤ "乃翁"二句：你们父亲还是管那些翠竹、青山、绿水。乃翁：你们父亲，词人自指。

解读

　　辛弃疾闲居期思瓢泉时，渐感年老体衰，遂把家中事务托付给儿辈,写了这首通脱而风趣的作品,颇有苏辙《闲居五咏》之四"生理付儿曹,老幸食且眠"的超然。上片交代托付家事背景,盖世事如烟,人生苦短,老来力不从心,不宜再管人间世事。起首二句,对仗精致工稳,寓意深厚。"宜醉"句,三"宜"叠言,轻快流利,与北宋陈与义《菩萨蛮·荷花》"南轩面对芙蓉浦,宜风宜月还宜雨",后先相映,各具妙趣。下片吩咐家事,儿辈接管租税收纳,量入为出,而词人依然掌管青山绿水,逍遥如旧。末句三"管"齐下,诙谐幽默,旷放超脱。按杨万里《念奴娇》退休之词有云:"一道官衔清彻骨,别有监临主守。主守清风,监临明月,兼管栽花柳",与辛词同一风致,"当与稼轩相视而笑"(明代卓人月、徐士俊《古今词统》)。

鹊桥仙

赠鹭鸶①

溪边白鹭,来吾告汝:溪里鱼儿堪数。主人怜汝汝怜鱼,要物我欣然一处②。　　白沙远浦,青泥别渚,剩有虾跳鳅舞。听君飞去饱时来,看头上风吹一缕③。

鹊桥仙（溪边白鹭）

注释

① 鹭鸶:水鸟,此指白鹭,羽毛纯白色,头顶有细长的白羽,颈和腿细长,嘴扁长,善于捕食小鱼。

② "溪边"五句:主人(词人)告诫白鹭:溪里的鱼儿屈指可数,主人爱你白鹭,你也应该爱惜鱼儿,你要和大自然愉快和谐相处。怜:爱。物我:外物和我,此指鱼儿和白鹭。

③ "白沙"五句:远处的白沙浦、青泥渚一带,有小虾、泥鳅跳动,任由你捕食,你饱餐一顿后,我会看着你头上白羽飘飘归来。听君:听凭你,任由你。"听君",四卷本作"任君"。一缕:指白鹭头上细长的白羽。

解读

辛弃疾笔下的鸟兽,常常富有灵性、情感,词人可与之深入交流,如闲居带湖而与白鸥订盟(《水调歌头·盟鸥》),或迟迟未归而招致鹤怨猿惊(《沁园春·带湖新居将成》),或得暴病而问讯于鹤(《六州歌头》"晨来问疾"),皆异趣横溢,别开生面。本篇亦是同类作品,全篇皆为主人(词人)告诫溪边白鹭之语。白鹭的主食是鱼,由于白鹭长期捕食,溪中之鱼日渐减少,以至于所剩无几,屈指可数,而主人又特别爱惜鱼儿,故谆谆叮咛白鹭别再捕食鱼儿,要爱惜鱼儿,就像主人爱惜白鹭一样。"要物我欣然一处",是全篇主旨,亦是生态保护的基本准则。下片是说,除了鱼之外,远处水边的虾、泥鳅之类,随白鹭吃个够,吃饱回来时,主人会开心地恭候白鹭。末句描绘白鹭"头上风吹一缕",形象生动传神,颇具高情逸致。

浣溪沙

常山道中即事①

北陇田高踏水频，西溪禾早已尝新②。隔墙沽酒煮纤鳞③。　　忽有微凉何处雨，更无留影霎时云。卖瓜人过竹边村④。

注释

① 常山：今浙江省常山县，因境内有常山而得名。与江西上饶相邻接。为上饶与浙江衢州往来必经之地。即事：就眼前事物作诗词。常用为诗词题目。四卷本词题无"即事"二字。

② "北陇"二句：北边的田，地势较高，所以要靠不断地踏水车，把水抽上来；西溪边上的早稻却已经收割，可以品尝新米了。陇：同"垄"，土埂，田埂。踏水：脚踏水车汲水。禾早：指成熟早的早稻。

③ 沽(gū 姑)酒：买酒。纤鳞：细鳞，代指鱼。左思《招隐》诗之一："石泉漱琼瑶，纤鳞或浮沉。"

④ "忽有"二句：忽然一阵小雨洒落，带来微凉；转瞬之间，又雨过云散。卖瓜人：四卷本作"卖瓜声"。

解读

宋宁宗嘉泰三年(1203)五月，六十四岁的辛弃疾被重新起用，出任绍兴(今浙江绍兴)知府，兼浙江东路安抚使，六月中旬到任。这是他由铅山赴绍兴途中，经过浙江常山时写的一首农村词。词人多年退居田园，熟知农事，所以他词中所写农村景象特别真切自然，富有清新的乡土气息。"北陇"两句，写车水劳动场景，和溪边早稻收获，其中带有作者的切身感受，也含有细致的内在逻辑：首先，北边农田地势较高，所以要踏水汲引灌溉；西边农田地势较低，且近溪水，故收获较早。其次，庄稼的收获，包括买酒烹鱼的安定生活，都离不开辛勤的劳动。下片写道中遇雨，一阵微凉，转瞬又雨过天晴的景象，那种霎儿雨、霎儿风、霎儿晴的天气，似乎隐含着人生乍雨乍晴、时沉时浮的意味，暗合词人此时境遇，耐人寻味。末句以卖瓜人飘然过竹林边的鲜活景象作结，余韵悠悠不尽。

汉宫春

会稽蓬莱阁观雨①

秦望山头，看乱云急雨，倒立江湖②。不知云者为雨，雨者云乎③。长空万里，被西风变灭须臾④。回首听月明天籁，人间万窍号呼⑤。　　谁向若耶溪上，倩美人西去，麋鹿姑苏⑥？　至今故国人望，一舸归欤⑦？　岁云暮矣，问何不鼓瑟吹竽⑧？　君不见王亭谢馆，冷烟寒树啼鸟⑨。

注释

① 会稽(kuài jī快基)：今浙江省绍兴市，秦置会稽郡。蓬莱阁：在今绍兴市卧龙山（府山）下，吴越王钱镠所建，为登临胜地。题中"观雨"原作"怀古"，此处依照邓广铭《稼轩词编年笺注》卷五："广信书院本《汉宫春》(亭上秋风阁)原题作'会稽秋风亭观雨'，而并无观雨之意境，此阕原题作'会稽蓬莱阁怀古'，却有'乱云急雨'句，写雨天景色。因径将两词题中之'观雨'与'怀古'二语词互换。"

② "秦望"三句：看秦望山上乱云飞渡，暴雨倾注，犹如江湖倒泻下来。秦望山：在今绍兴市南二十里。秦始皇曾登此山以望东海，故名。倒立江湖：仿佛江湖倒悬天上，倾泻而下。参见杜甫《朝献太清宫赋》："九天之云下垂，四海之水皆立。"苏轼《有美堂暴雨》诗："天外黑风吹海立，浙东飞雨过江来。"

③ "不知"二句：不知道是云化为雨，还是雨化为云。借用《庄子·天运》："云者为雨乎？雨者为云乎？"

④ "长空"二句：万里长空，西风劲吹，乌云瞬间变幻消失。参见《维摩诘所说经·方便品》："是身如浮云，须臾变灭。"须臾：片刻，瞬息。

⑤ "回首"二句：月夜回首聆听风声，只觉人间大地上千孔万穴一齐怒号。参见《庄子·齐物论》：子綦曰："汝闻人籁而未闻地籁，汝闻地籁而未闻天籁夫。""夫大块噫气，其名为风。是

唯无作,作则万窍怒呺。"天籁(lài 赖):大自然的声响,此指风声。万窍:指大地上大大小小的孔穴。

⑥ "谁向"三句:是谁将若耶溪畔的美女西施献给吴王,导致吴国灭亡。若耶溪:在今绍兴南,向北流入鉴湖。相传为春秋时越国美女西施浣纱之所。倩美人西去:据《吴越春秋》记载,越国范蠡将西施送给吴王,吴王筑姑苏台,与西施游宴其上。倩(qiàn 欠),请。麋鹿姑苏:谓吴国灭亡,姑苏台荒芜,唯有麋鹿游走。《史记·淮南王安传》记伍被曰:"昔伍子胥谏吴王,吴王不用,乃曰:'臣今见麋鹿游姑苏台也。臣今见宫中生荆棘、露沾衣也。'"张九龄《经江宁览旧迹至玄武湖》诗:"桑田东海变,麋鹿姑苏游。"姑苏台在苏州城外姑苏山上。

⑦ "至今"二句:至今越国人仍盼望西施坐船归来。相传吴国灭亡后,范蠡(鸱夷子皮)取西施,泛舟太湖而去。参见杜牧《杜秋娘》诗:"西子下姑苏,一舸逐鸱夷。"故国:指越国。会稽为春秋时越国都城。舸(gě 葛):大船。欤(yú 余):表示疑问的语气词。

⑧ "岁云"二句:已到年底了,何不演奏乐器以示欢乐。岁云暮矣:一年已到年底了。参见《诗经·小雅·小明》:"曷云其还,岁聿云莫(暮)。"杜甫《岁晏行》:"岁云暮矣多北风,潇湘洞庭白雪中。"鼓瑟吹竽(yú 余):泛指演奏管弦乐。瑟,古代弦乐器,似琴,原有五十根弦,后为二十五根或十六根。竽,古代管乐器,似笙而略大,有三十六簧。参见《诗经·唐风·山有枢》:"子有酒食,何不日鼓瑟?且以喜乐,且以永日。"

《战国策·齐策》记苏秦说齐宣王曰:"……临淄甚富而实,其民无不吹竽鼓瑟,弹琴击筑,斗鸡走狗,六博蹋踘者。"

⑨ "君不见"二句:且看古代王、谢望族的亭台楼阁,早已废弃在冷清的烟树丛中,唯有乌鸦啼叫而已。王、谢为东晋时豪门望族,多居住于会稽。王羲之曾与众多名流集会于会稽山阴之兰亭;谢安曾隐居会稽之东山;谢灵运在会稽建有别业。

解读

嘉泰三年(1203)秋,辛弃疾任绍兴知府兼浙东安抚使时,登绍兴知府官署内的蓬莱阁,观狂风骤雨,兴思古幽情,慨然而有此作。词题大德本原作"会稽蓬莱阁怀古",此据邓广铭《稼轩词编年笺注》改为"会稽蓬莱阁观雨"。上片写观雨之情景。词人临阁眺望,但见绍兴城南秦望山头乱云暴雨,犹如江湖倒立,倾泻而下,一时间云雨凄迷,以至分不清孰为云孰为雨。写来气势奔腾,境界苍茫。转瞬之间,又见风流云散,万里晴空。写风云际会,笔势翻飞,收放自如,映出胸中一腔豪气。接写月夜谛听天籁,唯闻世间万窍呼号,声情慷慨悲壮,一派郁勃苍凉。下片抒怀古之幽情。绍兴既为春秋越国故都,因就吴越兴衰落墨。遥想越人不忘国耻,卧薪尝胆,巧施美人计,遂使吴王沉溺声色,不思进取,以致吴国覆灭,姑苏荒芜。以历史映照现实,讽喻之意甚明。而最让词人仰慕艳羡的是越国上大夫范蠡,他功成身退,翩然而去,携美人西施泛舟五湖,至今仍让越人怀念不已。篇末"岁云"四句,以昔日会稽豪门望族的衰落,警醒世人,虽至

年末岁尾,亦不足以歌舞升平。雄心壮怀,时刻不忘恢复,悲慨
之中,每见英雄本色。

汉宫春

会稽秋风亭怀古①

亭上秋风,记去年袅袅,曾到吾庐②。山河举目
虽异,风景非殊③。功成者去,觉团扇便与人疏④。
吹不断斜阳依旧,茫茫禹迹都无⑤。　　　千古茂陵词
在,甚风流章句,解拟相如⑥。只今木落江冷,眇眇
愁余⑦。故人书报:莫因循忘却莼鲈⑧。谁念我新凉
灯火,一编《太史公书》⑨。

注释

① 秋风亭:旧址在会稽知府衙署内,辛弃疾所创建。词题"怀
　古"原作"观雨",据邓广铭《稼轩词编年笺注》卷五改,见前
　《汉宫春》(秦望山头)注①。

② "亭上"三句:今年会稽秋风亭上的秋风,去年曾吹拂到我在
　铅山瓢泉的住所。按词人今年(嘉泰三年,1203)出任绍兴知
　府兼浙东安抚使,之前家居铅山。袅袅:风吹拂的样子。参

见屈原《九歌·湘夫人》："袅袅兮秋风。"

③ "山河"二句：观览会稽山水，虽然与铅山有所不同，但秋天的景象并无不同。化用东晋南渡后周颚新亭叹息语："风景不殊，举目有山河之异。"见《晋书·王导传》。举目：抬眼望。非殊：并非不同。

④ "功成"二句：四季依次轮转，功成自退；夏天用过的团扇，到秋凉时节便被人疏远了。功成者去：语本《战国策·齐策》："蔡泽谓应侯曰：'四时之序，成功者去。'"团扇便与人疏：参见汉代班婕妤《怨歌行》："新裂齐纨素，鲜洁如霜雪。裁为合欢扇，团团似明月。出入君怀袖，动摇微风发。常恐秋节至，凉飙夺炎热。弃捐箧笥中，恩情中道绝。"团扇，圆形有柄的扇子。

⑤ "吹不断"二句：秋风吹拂，斜阳依旧，但夏禹的遗迹无处寻觅。禹为夏后氏首领，创立夏朝，划定中国国土为九州。相传夏禹到大越，上苗山，大会诸侯计功，因更名苗山曰会稽。又传说夏禹死于会稽，南朝梁于此建禹庙，南宋绍熙年间曾加以修缮。茫茫禹迹：参见《左传·襄公四年》："虞人之箴曰：'芒芒禹迹，画为九州。'"

⑥ "千古"三句：汉武帝《秋风辞》千古流传，其风流文采，可比拟司马相如。茂陵词：茂陵为汉武帝刘彻陵墓名，指代汉武帝。其《秋风辞》曰："秋风起兮白云飞，草木黄落兮雁南归。兰有秀兮菊有芳，怀佳人兮不能忘。泛楼船兮济汾河，横中流兮扬素波。箫鼓鸣兮发棹歌，欢乐极兮哀情多。少壮几时兮奈

老何!"拟:模仿,仿照。《汉书·扬雄传》记扬雄爱司马相如赋之宏壮,"每作赋常拟以为式。"相如:司马相如,西汉辞赋家,所作辞赋极为宏丽温雅。

⑦ "只今"二句:如今秋叶飘零,秋江清冷,纵目远眺,令我哀愁。化用屈原《九歌·湘夫人》:"帝子降兮北渚,目眇眇兮愁予。袅袅兮秋风,洞庭波兮木叶下。"江冷:《新唐书·崔信明传》记崔信明有"枫落吴江冷"诗句。眇眇(miǎo 秒):远望的样子。愁余:使我忧愁。

⑧ "故人"二句:老友来信,劝我不要在外滞留不归,别忘了家乡秋日莼鲈美味。书报:来信说。因循:延迟,拖延。莼鲈:莼菜、鲈鱼脍,用西晋张翰故事,见前《木兰花慢》(老来情味减)注⑤。

⑨ "谁念我"二句:此刻有谁知我在秋夜灯下正捧读《史记》呢。新凉灯火:参见韩愈《符读书城南》诗:"时秋积雨霁,新凉入郊墟。灯火稍可亲,简编可卷舒。"《太史公书》:即司马迁《史记》。司马迁为太史令,自称太史公,所著《史记》又名《太史公书》。

解读

嘉泰三年(1203)秋,辛弃疾在绍兴知府、浙东安抚使任上,于衙署内建成秋风亭,临亭纵目,感怀古今,而作此词,并寄张镃等友人,张镃、姜夔、丘崈等皆有唱和。此词通篇围绕秋风来写,起首即直切词题,谓今日亭上秋风,即去年曾到瓢泉之秋风,会稽山水虽异于瓢泉,但秋色并无不同。山河之异,用东晋新亭对泣典故,隐喻中原沦丧,南宋偏安一隅,感慨深沉。接写时节轮回,炎暑消退,秋风送凉,团扇丢弃,有功者罢退,寄寓词人无限身世之感。转写秋风不断,斜阳依然,大禹遗迹无从寻觅,实是慨叹时势衰颓依旧,而无经天纬地之才。继而缅怀汉武帝,其《秋风辞》千古流传,西汉盛世,后代莫及。眼前唯有萧瑟秋景,令词人忧愁不已。虽友人来信,以秋风莼鲈,规劝及早归去,怎知此时词人深夜秋风中正捧读《史记》,心事浩茫,意味悠长。清陈廷焯《云韶集》极赞此词曰:"高绝,超绝。既沉着,又风流;既婉转,又直捷。句意深长,尤为千古杰作。迹似渊明,志如子美。"又陈廷焯《白雨斋词话》评"功成者去"四句"于悲壮中见浑厚"。

生查子

题京口郡治尘表亭①

悠悠万世功,矻矻当年苦②。鱼自入深渊,人自居平土③。　　红日又西沉,白浪长东去④。不是望金山,我自思量禹⑤。

注释

① 京口:今江苏镇江市。三国时,吴国国主孙权曾把首府从吴(今苏州)迁至此,称为京城。后迁都建业(今南京),改称京城为京口镇。郡治:郡守的治所,此指镇江府知府治所。尘表亭:旧在北固山山腰,郡守衙署内。原名婆罗亭,北宋元祐年间郡守林希于广陵(扬州)得婆罗三十本种于亭下,故名。庆元年间,陈居仁守镇江时,改名尘表亭。尘表,意为品格超世绝俗。

② "悠悠"二句:谓大禹当年历尽千辛万苦,治理洪水,建立起万世不朽功业。据《史记·夏本纪》记载,禹伤痛父亲鲧治水不成被杀,于是劳身苦思,居外十三年,过家门不敢入,历尽艰辛,挖沟修渠,划分九州,开通九州道路,修筑九州湖泽堤障,终于治水成功。悠悠:长久,遥远。矻矻(kū枯):辛勤劳作的样子。《汉书·王褒传》:"劳筋苦骨,终日矻矻。"

③ "鱼自"二句:因大禹治水成功,鱼和人各得其所。参见《孟子·滕文公下》:"当尧之时,水逆行,泛滥于中国,蛇龙居之,民无所定,下者为巢,上者为营窟。……使禹治之。禹掘地而注之海,驱蛇龙而放之菹,水由地中行,江、淮、河、汉是也。险阻既远,鸟兽之害人者消,然后人得平土而居之。"

④ "红日"句:参见五代孙光宪《菩萨蛮》:"红日欲沉西,烟中遥解艣。""白浪"句:参见唐代齐己《怀金陵知旧》诗:"石头城外青山叠,北固窗前白浪翻。"

⑤ 金山:原在镇江西北江中,旧名浮玉山,唐时裴头陀开山得金,遂改名金山。思量:思念,想念。

解读

嘉泰四年(1204),辛弃疾奉密旨,出任镇江知府,扼守战略要冲,并为北伐做准备。这首词是词人到任之初,为北固山山腰郡守官署内的尘表亭而题写的作品。尘表,是尘世之外、超世绝俗的意思,尘表亭又下临长江,所以词人登亭观览,不由得联想起上古治水英雄大禹,是他劳筋苦骨,备尝艰辛,在外十三年,屡过家门而不入,疏通河道,修筑堤坝,才得以降服洪水,使百姓安居乐业。上片高度概括了大禹辛勤治水、泽被万世的功绩。下片就景抒情,思绪浩荡,又含而不露。红日西沉,白浪东去,语极浅近,而境界空阔,颇有"前不见古人,后不见来者"的感慨。结尾两句,回应起首两句,"我自思量禹",以大禹精神激励自己,隐然有力挽狂澜、重整山河之志。

南乡子

登京口北固亭有怀①

何处望神州? 满眼风光北固楼②。千古兴亡多少事? 悠悠,不尽长江滚滚流③。 年少万兜鍪,坐断东南战未休④。天下英雄谁敌手? 曹刘⑤。生子当如孙仲谋⑥。

南乡子（何处望神州）

注释

① 京口:今江苏镇江市。见前《生查子》(悠悠万世功)注①。北固亭:亦名北固楼,在镇江市北北固山(又名北顾山)上,北临长江。

② "何处"二句:登上满眼风光的北固楼,哪里能望见中原大地?神州:此指金人占领下的北方地区。

③ "千古"三句:多少历史兴衰往事,连绵不尽,犹如眼前的长江之水滚滚东流。悠悠:连绵不断的样子。"不尽"句:借用杜甫《登高》诗:"无边落木萧萧下,不尽长江滚滚来。"

④ "年少"二句:年轻的孙权统领万军,占据东南,不停地与北方的曹操交战。年少:孙权十九岁时继兄长孙策之位,为江东之主。兜鍪(móu 谋):古代战士戴的头盔,这里指代战士。坐断:意为占住。

⑤ "天下"二句:天下英雄中谁是孙权的对手? 唯有曹操和刘备。《三国志·蜀书·先主传》记曹操从容谓刘备曰:"今天下英雄惟使君(指刘备)与操耳,本初(袁绍)之徒不足数也。"

⑥ "生子"句:借用曹操赞赏孙权的话。《三国志·吴书·孙权传》注引《吴历》:曹操见孙权舟船、器杖、军伍整肃,喟然叹曰:"生子当如孙仲谋,刘景升儿子若豚犬耳。"孙权字仲谋。刘表(字景升)儿子刘琮不战而降曹操,曹操视为豚犬(猪狗)。

解读

　　作于嘉泰四年(1204)镇江知府任上,与《永遇乐·京口北固亭怀古》均为辛弃疾晚年名作,可以参读。词的上片写登楼远眺,虽风光满目,但词人着重关注的是北方沦陷地区。故以下感慨千古兴亡,往事悠悠,皆是着眼于现实而发,寓意深沉,韵味悠长。下片主要是怀念、赞颂孙权。孙权曾以京口为首府,他从青年时代起,就统领江东,虽坐镇一隅之地,却能大显身手,痛击北方来犯之敌,战斗不息。比照不战而降的刘琮,难怪连对手曹操都要对孙权肃然起敬了。历史上的孙权"战未休",与现实中南宋执政者的屈辱求和形成了鲜明的对比,讽喻的意味显而易见。所以,清人杨希闵《词轨》说此词"有慨于南渡之不振也",恰中要害。全篇即景抒情,借古讽今,气韵沉雄,情辞慷慨。善于点化古人语句,为我所用;又擅长自问自答,流转自如。清陈廷焯《云韶集》赞此词曰:"气魄雄大,虎视千古。东坡词极名士之雅,稼轩词极英雄之气,千古并称,而稼轩更胜。"

永遇乐

京口北固亭怀古①

千古江山,英雄无觅,孙仲谋处②。舞榭歌台,风流总被,雨打风吹去③。斜阳草树,寻常巷陌,人道寄奴曾住④。想当年金戈铁马,气吞万里如虎⑤。

元嘉草草，封狼居胥，赢得仓皇北顾⑥。四十三年，望中犹记，烽火扬州路⑦。可堪回首，佛狸祠下，一片神鸦社鼓⑧。凭谁问：廉颇老矣，尚能饭否⑨？

注释

① 京口北固亭：见前《南乡子》(何处望神州)注①。

② "千古"三句：千古江山依旧，但三国时代的英雄孙权已杳无踪影，无处寻觅了。觅(mì 密)：寻找。孙仲谋：孙权，字仲谋。

③ "舞榭"三句：昔日的歌舞楼台，英雄的流风余韵，都被历史的风雨洗刷一空。舞榭(xiè 谢)歌台：供歌舞用的楼台。榭，建筑在台上的房屋。

④ "斜阳"三句：夕阳草木掩映下的普通街巷，据说是当年刘裕曾经住过的地方。寻常巷陌：普通的街巷。参见周邦彦《西河·大石金陵》："燕子不知何世，入寻常巷陌人家，相对如说兴亡，斜阳里。"寄奴：刘裕，字德舆，小名寄奴，南朝宋开国皇帝，即宋武帝。其祖先随晋室南渡，世居京口。刘裕于京口起兵，平定桓玄的叛乱。

⑤ "想当年"二句：遥想当年，刘裕率领雄壮之师，两度北伐，威如猛虎，所向披靡，有气吞万里山河之势。义熙五年(409)，刘裕兴兵北伐鲜卑慕容氏南燕政权，次年攻破南燕都城广固(今山东益都)，收复青、兖两州，擒获慕容超，斩首于建康。义熙十二年(416)，刘裕率大军北伐后秦，次年攻克洛阳，收

复长安,后秦主姚泓出降。金戈铁马:形容威武雄壮的军旅兵马。参见五代后唐李袭吉《谕梁祖书》:"毒手尊拳,交相于暮夜;金戈铁马,蹂践于明时。"气吞万里:参见张元幹《兰溪舟中寄苏粹中》诗:"气吞万里境中事,心老经年江上行。"

⑥ "元嘉"三句:宋文帝刘义隆(刘裕之子)草率从事,急于建功,仓促北伐,只落得大败而归,惶恐北望。元嘉:南朝宋文帝刘义隆的年号。元嘉七年(430),刘义隆命征南大将军檀道济率军北伐,右将军到彦之败于滑台(今河南滑县),檀道济前往救援,后因粮尽,引军逃回。元嘉二十七年(450),刘义隆命宁朔将军王玄谟大举征伐北魏,围攻滑台不克,不久,北魏太武帝拓跋焘带大军救滑台,王玄谟军大败。封狼居胥:原指汉大将霍去病击败匈奴,登狼居胥山,筑坛祭天以告成功。后用以指建立显赫武功。《宋书·王玄谟传》:"玄谟每陈北侵之策,上谓殷景仁曰:'闻玄谟陈说,使人有封狼居胥意。'"封,筑坛祭天。狼居胥,古山名,约在今蒙古人民共和国境内。赢得:这里是落得的意思。仓皇北顾:据《宋书·索虏传》记载,元嘉八年,刘义隆因滑台陷落,乃作诗曰:"……惆怅惧迁逝,北顾涕交流。"又据《南史·宋文帝纪》记载,宋文帝刘义隆北伐失败后,北魏太武帝拓跋焘乘胜追至长江边,声称欲渡江;刘义隆登楼北望,后悔不已。仓皇,匆忙而慌张。

⑦ "四十三"三句:词人眺望对岸扬州,仍记得四十三年前,率起义军南渡归宋的情形。四十三年:辛弃疾于绍兴三十二年

（1162）自山东率起义军南归，至开禧元年（1205）出守京口作此词，前后四十三年。烽火扬州路：自绍兴三十一年（1161）金主完颜亮大举南侵以来，扬州一带烽烟不断，战火纷飞。

⑧ "可堪"三句：往事怎堪回首，更令人感慨的是，北魏太武帝拓跋焘遗迹佛狸祠里，依然回响着祭祀的鼓声。可堪：相当于"哪堪"、"怎堪"，意即怎禁受得住。佛狸祠：古祠名。在长江北岸今江苏六合东南瓜埠（步）山上。拓跋焘于元嘉二十七年击败王玄谟军队，大举南侵，驻营瓜步山，在山上建行宫，后辟为佛狸祠。拓跋焘小字佛狸，当时流传有"虏马饮江水，佛狸明年死"的童谣，祠以此得名。神鸦：祠庙里啄食祭品的乌鸦。社鼓：祭神时的打鼓声。

⑨ "凭谁"三句：以老年廉颇自比，慨叹无人关心重视自己。廉颇：战国时赵国大将，因遭人陷害，出奔魏国。后来赵王想重新启用廉颇，廉颇亦想再为赵国出力。赵王派使者探看廉颇尚可用否。廉颇的仇人郭开贿赂使者，让使者诋毁廉颇。使者去看廉颇，廉颇一顿饭吃了一斗米、十斤肉，披甲上马，以示可用。使者回来，报告赵王说："廉将军虽老，还很能吃饭，但与我坐了一会儿，就去拉了三次屎。"赵王以为廉颇老了，便不再召他回来。事见《史记·廉颇蔺相如列传》。

解读

此是辛弃疾晚年最用心的作品，亦可谓稼轩集中压卷之作。作于宋宁宗开禧元年（1205）镇江知府任上。据岳珂《桯史》记载:稼轩此词完成后,特置酒召数客,使歌妓迭歌,更由自己击节,唱毕又遍请诸客指点,时岳珂在座,评其"新作微觉用事多耳",稼轩大喜,自称切中其痼疾,乃反复修改词语,一日改易数十番,一月犹未改定,其刻意用心如此。岳珂"用事多"之讥,不无缘由。用典使事,本是稼轩词特点,亦难免有用典过多、为事所累之处,但此词用典使事,处处与眼前景致与现实处境相契合,在许多意思不便直白道出时,又确实须借古事映带来说,用典虽密,而不枝不蔓,通篇脉络分明,井井有条,用典恰恰是此词成功之处。正如明代卓人月、徐士俊《古今词统》所评:"典故一经其手,自不患多。"又如清人陈廷焯《白雨斋词话》所说:"此词拉杂使事,而以豪气行之,如猊之怒,如龙之飞,不嫌其堆垛。"词写登临京口北固亭怀古,上片便先从京口发迹的历史英雄说起,虽然孙权的流风余韵无迹可寻,但其坐镇东南,抗击强敌的勇气令人钦敬;更何况有"气吞万里如虎"的宋武帝刘裕的遗迹可寻,遥想当年刘裕两度北伐,先灭南燕,再取后秦,攻无不克,战无不胜,直令人回肠荡气。下片仍围绕登临所见所感,由刘裕引出其子刘义隆,由北伐英雄引出北伐失败者的"仓皇北顾",进而由历史往事引出现实时事,由历史感慨引出现实隐忧,由现实处境引出个人无奈。无限悲壮苍凉,尽寓其中。当时执政的韩侂胄正欲借北伐以图大功,草率从事,仓促无备,后来果然如词中所预示的那样,大败而归。末两句以老年廉颇自比,慨叹朝中并非真能任用自己,亦是不幸而言中,不久辛弃疾便遭人弹劾而被罢免。经历几番起落,冷静观世,词人晚年的警醒和预见力,于此词中,亦可见一斑。全篇慷慨任气,磊落使才,抚时感事,思接千载,精神郁勃,浩气贯注,是其词艺词境的一大高峰。明代杨慎《词品》评此篇为"稼轩词中第一",清代田同之《西圃词说》亦说稼轩词以此篇为最,绝非虚誉。

稼轩词评论选辑

世言稼轩居士辛公之词似东坡，非有意于学坡也，自其发于所蓄者言之，则不能不坡若也。坡公尝自言与其弟子由为文至多而未尝敢有作文之意，且以为得于谈笑之间而非勉强之所为。公之于词亦然：苟不得之于嬉笑，则得之于行乐；不得之于行乐，则得之于醉墨淋漓之际。挥毫未竟而客争藏去。或闲中书石，兴来写地，亦或微吟而不录，漫录而焚稿，以故多散逸。是亦未尝有作之之意，其于坡也，是以似之。

虽然，公一世之豪，以气节自负，以功业自许，方将敛藏其用以事清旷，果何意于歌词哉，直陶写之具耳。故其词之为体，如张乐洞庭之野，无首无尾，不主故常；又如春云浮空，卷舒起灭，随所变态，无非可观。无他，意不在于作词，而其气之所充，蓄之所发，词自不能不尔也。其间固有清而丽、婉而妩媚，此又坡词之所无，而公词之所独也。

——（南宋）范开《稼轩词序》

蔡光工于词，靖康间陷于虏中，辛幼安尝以诗词参请之，蔡曰："子之诗则未也，他日当以词名家。"故稼轩归本朝，晚年词笔尤好。

近时作词者只说周美成、姜尧章等，而以稼轩词为豪迈，非词家本色。潘紫岩牧云："东坡为词诗，稼轩为词论。"此说固当，盖曲者曲也，固当以委曲为体，然徒狃于风情婉娈，则亦不足以启人意。回视稼轩所作，岂非万古一清风也哉。

——（南宋）陈模《怀古录·论稼轩词》

公所作大声鞺鞳，小声铿鍧，横绝六合，扫空万古，自有苍生以来所无。其秾纤绵密者亦不在小晏、秦郎之下。

——（南宋）刘克庄《辛稼轩集序》

词至东坡，倾荡磊落，如诗如文，如天地奇观，岂与群儿雌声学语较工拙，然犹未至用经用史，牵《雅》、《颂》入《郑》、《卫》也。自辛稼轩前，用一语如此者必且掩口。及稼轩横竖烂熳，乃如禅宗棒喝，头头皆是；又如悲笳万鼓，平生不平事并厄酒，但觉宾主酣畅，谈不暇顾。词至此亦足矣。

斯人北来，喑呜鸷悍，欲何为者；而谗摈销沮，白发横生，亦如刘越石陷绝失望，花时中酒，托之陶写，淋漓慷慨，此意何可复道，而或者以流连光景，志业之终恨之，岂可向痴人说梦哉。为我楚舞，吾为若楚歌，英雄感怆，有在常情之外，其难言者未必区区妇人孺子间也。

——（南宋）刘辰翁《辛稼轩词序》

辛稼轩、刘改之作豪气词，非雅词也。于文章余暇，戏弄笔墨，为长短句之诗耳。

——（南宋）张炎《词源》

乐府以来，东坡为第一，以后便到辛稼轩。

　　　　　　——（金）元好问《遗山自题乐府引》

　　弃疾豪爽，尚气节，识拔英俊，所交多海内知名士。……
尝谓："人生在勤，当以力田为先。北方之人，养生之具不求
于人，是以无甚富甚贫之家。南方多末作以病农，而兼并之
患兴，贫富斯不侔矣。"故以"稼"名轩。……弃疾雅善长短
句，悲壮激烈，有《稼轩集》行世。

　　　　　　——（元）脱脱等《宋史·辛弃疾传》

　　稼轩有逸才，长于填词，平生与朱晦庵、陈同父、洪景卢、
刘改之辈相友善。晦庵《答稼轩启》有曰："经纶事业，股肱王
室之心；游戏文章，脍炙士林之口。"刘改之气雄一世，其寄稼
轩词有曰："古岂无人，可以似吾稼轩者谁？"后百余年，邯郸张
垫过其墓而以词酹之曰："岭头一片青山，可能埋得凌云气？"又
曰："谩人间留得，《阳春》《白雪》，千载下，无人继！"观同时之
所推奖，异代之所追慕，则稼轩人品之豪，词调之美，概可见已。

　　　　　　——（明）李濂《批点稼轩长短句序》

　　词至辛稼轩而变，其源实自苏长公，至刘改之诸公极矣。
南宋如曾觌、张抡辈应制之作，志在铺张，故多雄丽。稼轩辈
抚时之作，意存感慨，故饶明爽。然而秾情致语，几于尽矣。

　　　　　　——（明）王世贞《艺苑卮言》

唐诗三变愈下，宋词殊不然。欧、苏、秦、黄，足当高、岑、王、李。南渡以后，矫矫陡健，即不得称中宋、晚宋也。惟辛稼轩自度粱肉不胜前哲，特出奇险为珍错供，与刘后村辈俱曹洞旁出，学者正可钦佩，不必反唇并捧心也。

——（明）俞彦《爱园词话》

词家争斗秾纤，而稼轩率多抚时感事之作，磊落英多，绝不作妮子态。宋人以东坡为词诗，稼轩为词论，善评也。

——（明）毛晋《稼轩词跋》

词至稼轩，经子百家，行间笔下，驱斥如意。……稼轩雄深雅健，自是本色，俱从《南华》、《冲虚》得来。然作词之多，亦无如稼轩者。中调、短令亦间作妩媚语，观其得意处，真有压倒古人之意。

——（清）邹祗谟《远志斋词衷》

唐诗以李、杜为宗，而宋词苏、陆、辛、刘，有太白之风，秦、黄、周、柳，得少陵之体。

——（清）尤侗《词苑丛谈序》

辛稼轩当弱宋末造，负管、乐之才，不能尽展其用，一腔忠愤，无处发泄。观其与陈同父抵掌谈论，是何等人物。故其悲歌慷慨、抑郁无聊之气，一寄之于其词。今欲与搔首傅粉者比，是岂知稼轩者。

——（清）徐釚《词苑丛谈》引黄梨庄语

弇州谓苏、黄、稼轩为词之变体，是也。谓温、韦为词之变体，非也。

张南湖论词派有二：一曰婉约，一曰豪放。仆谓婉约以易安为宗，豪放惟幼安称首，皆吾济南人，难乎为继矣。

——（清）王士禛《花草蒙拾》

刘潜夫曰：放翁、稼轩，一扫纤艳，不事斧凿。词则高矣，但时时掉书袋，固是一病。

——（清）沈雄《古今词话》

吴履斋赠妓词，不载于集，又与生平手笔不类。然如"锦字偷裁，立尽西风雁不来"，风致何妍媚也，乃出自稼轩之手，文人固不可测。

稼轩虽入粗豪，尚饶气骨。其不堪者，如"以手推松曰去"，"一松一竹真朋友，山鸟山花好弟兄"及"检点人间快活人，未有如翁者"等句耳。

——（清）贺裳《皱水轩词筌》

稼轩之词，胸有万卷，笔无点尘，激昂排宕，不可一世。今人未有稼轩一字，辄纷纷有异同之论，宋玉罪人，可胜三叹。

——（清）彭孙遹《金粟词话》

今人论词，动称辛、柳，不知稼轩词以"佛貍祠下，一片神鸦社鼓"为最，过此则颓然放矣。耆卿词以"关河冷落，残照当楼"与"杨柳岸、晓风残月"为佳，非是则淫以亵矣。此不可不辨。

陈眉公曰："幽思曲想，张、柳之词工矣，然其失则俗而腻也。伤时吊古，苏、辛之词工矣，然其失则莽而俚也。两家各有其美，亦各有其病。"斯为词论之至公。

华亭宋尚木徵璧曰："……稼轩之豪爽，而或伤于霸。"

——（清）田同之《西圃词说》

稼轩驱使《庄》、《骚》经史，无一点斧凿痕，笔力甚峭。

——（清）张宗橚《词林纪事》引娄敬思语

其词慷慨纵横，有不可一世之概，于倚声家为变调；而异军特起，能于翦红刻翠之外，屹然别立一宗，迄今不废。观其才气俊迈，虽似乎奋笔而成，然岳珂《桯史》记弃疾自诵《贺新郎》、《永遇乐》二词，使座客指摘其失，珂谓《贺新郎》词首尾二腔语句相似，《永遇乐》词用事太多。弃疾乃自改其语，日数十易，累月犹未竟，其刻意如此云云，则未始不由苦思得矣。

——（清）永瑢等《四库全书总目提要·稼轩词提要》

辛稼轩词肝胆激烈，有奇气，腹有诗书，足以运之，故喜用四书成语，如自己出。如"今日既盟之后"、"贤哉回也"、"先觉者贤乎"等句，为词家另一派。

———（清）李调元《雨村词话》

辛稼轩别开天地，横绝古今。《论》、《孟》、《诗》小序、左氏《春秋》、《南华》、《离骚》、《史》、《汉》、《世说》、选学、李杜诗，拉杂运用，弥见其笔力之峭。

苏、辛并称，辛之于苏，亦犹诗中山谷之视东坡也。东坡之大，与白石之高，殆不可以学而至。

———（清）吴衡照《莲子居词话》

稼轩不平之鸣，随处辄发，有英雄语，无学问语，故往往锋颖太露；然其才情富艳，思力果锐，南北两朝，实无其匹，无怪流传之广且久也。

世以苏、辛并称，苏之自在处，辛偶能到；辛之当行处，苏必不能到。二公之词，不可同日语也。后人以粗豪学稼轩，非徒无其才，并无其情。稼轩固是才大，然情至处，后人万不能及。

北宋词多就景叙情，故珠圆玉润，四照玲珑。至稼轩、白石一变而为即事叙景，使深者反浅，曲者反直。吾十年来服膺白石，而以稼轩为外道。由今思之，可谓瞽人扪籥也。稼轩郁勃，故情深；白石放旷，故情浅。稼轩纵横，故才大；白石局促，故才小。

——（清）周济《介存斋论词杂著》

稼轩敛雄心，抗高调，变温婉，成悲凉。

苏、辛并称。东坡天趣独到处，殆成绝诣，而苦不经意，完璧甚少。稼轩则沉着痛快，有辙可循，南宋诸公，无不传其衣钵，固未可同年而语也。

稼轩由北开南，梦窗由南追北，是词家转境。

白石脱胎稼轩，变雄健为清刚，变驰骤为疏宕。盖二公皆极热中，故气味吻合。辛宽姜窄，宽故容芟，窄故斗硬。

——（清）周济《宋四家词选序论》

世称词之豪迈者，动曰苏、辛。不知稼轩词自有两派，当分别观之。如《金缕曲》之"听我三章约"、"甚矣吾衰矣"二首，及《沁园春》、《水调歌头》诸作，诚不免一意迅驰，专用骄兵。若《祝英台近》之"是他春带愁来，春归何处，却不解带将愁去"，《摸鱼儿》发端之"更能消几番风雨，匆匆春又归去"，结语之"休去倚危阑，斜阳正在，烟柳断肠处"，《百字令》之"旧恨春江流不尽，新恨云山千叠"，《水龙吟》之"楚天千里清秋，水随天去秋无际。遥岑远目，献愁供恨，玉簪螺髻"，《满江红》之"怕流莺乳燕，得知消息"，《汉宫春》之"年时燕子，料今宵梦到西园"，皆独茧初抽，柔毛欲腐，平欺秦、柳，下轹张、王。宗之者固仅袭皮毛，诋之者亦未分肌理也。

——（清）邓廷桢《双砚斋词话》

辛稼轩词，慷慨豪放，一时无两，为词家别调。集中多寓意作，如《摸鱼儿》云："更能消几番风雨……烟柳断肠处。"又如："怕上层楼，十日九风雨。断肠点点飞红，都无人管，更谁劝流莺声住。"又如："一番风雨，一番狼藉"，"尺素如今何处也，绿云依旧无踪迹。谩教人羞去上层楼，平芜碧。"又如："把吴钩看了，阑干拍遍，无人会，登临意。"又如："剩水残山无态度，被疏梅料理成风月。两三雁，也萧瑟。"此类甚多，皆为北狩南渡而言。以是见词不徒作，岂仅批风咏月。

——（清）李佳《左庵词话》

稼轩仙才，亦霸才也。

——（清）江顺诒《词学集成》

辛稼轩风节建竖，卓绝一时，惜每有成功，辄为议者所沮。观其《踏莎行》和赵国兴有云："吾道悠悠，忧心悄悄。"其志与遇，概可知矣。《宋史》本传，称其雅善长短句，悲壮激烈；又称谢枋勘过其墓旁，有疾声大呼于堂上，若鸣其不平。然则其长短句之作，固莫非假之鸣者哉。

稼轩词龙腾虎掷，任古书中理语、廋语，一经运用，便得风流，天姿是何夐异。

苏、辛皆至情至性人，故其词潇洒卓荦，悉出于温柔敦厚。 世或以粗犷托苏、辛，固宜有视苏、辛为别调者矣。

张玉田盛称白石，而不甚许稼轩，耳食者遂于两家有轩轾意。 不知稼轩之体，白石尝效之矣，集中如《永遇乐》、《汉宫春》诸阕，均次稼轩韵。 其吐属气味，皆若秘响相通，何后人过分门户耶？

白石，才子之词；稼轩，豪杰之词。 才子豪杰，各从其类爱之，强论得失，皆偏辞也。

————（清）刘熙载《艺概·词曲概》

学稼轩，要于豪迈中见精致。 近人学稼轩，只学得莽字、粗字，无怪阑入打油恶道。 试取辛词读之，岂一味叫嚣者所能望其顶踵。 蒋藏园为善于学稼轩者。 稼轩是极有性情人，学稼轩者，胸中须先具一段真气奇气，否则虽纸上奔腾，其中俄空焉，亦萧萧索索如牖下风耳。

（纳兰容若）又曰："词虽苏、辛并称，而辛实胜苏，苏诗伤学，词伤才。"（《渌水亭杂识》）

晏、秦之妙丽，源于李太白、温飞卿；姜、史之清真，源于张志和、白香山。 惟苏、辛在词中，则藩篱独辟矣。 读苏、辛词，知词中有人，词中有品，不敢自为菲薄。 然辛以毕生精力注之，比苏尤为横出。 吴子律曰："辛之于苏，犹诗中山谷之视东坡也。 东坡之大，殆不可以学而至。"此论或不尽然。 苏风格自高，而性情颇歉。 辛却缠绵悱恻，且辛之造语俊于苏。 若仅以大论也，则室之大不如堂，而以堂为室，可乎？

　　　　　　　——（清）谢章铤《赌棋山庄词话》

　　大踏步出来，与眉山同工异曲。然东坡是衣冠伟人，稼轩则弓刀游侠。

　　　　　　　——（清）谭献《复堂词话》

　　辛稼轩，词中之龙也，气魄极雄大，意境却极沉郁。不善学之，流入叫嚣一派，论者遂集矢于稼轩，稼轩不受也。

　　稼轩词如《永遇乐》（京口北固亭怀古）、《南乡子》（登京口北固亭）、《浪淘沙》（山寺夜作）、《瑞鹤轩》（南涧双溪楼）等类，才气虽雄，不免粗鲁。世人多好读之，无怪稼轩为后世叫嚣者作俑矣。读稼轩词者，去取严加别白，乃所以爱稼轩也。

　　稼轩《水调歌头》诸阕，直是飞行绝迹。一种悲愤慷慨郁结于中，虽未能痕迹消融，却无害其为浑雅。后人未易摹仿。

　　稼轩词仿佛魏武诗，自是有大本领、大作用人语。

　　稼轩词着力太重处，如《破阵子》（为陈同甫赋壮诗以寄之）、《水龙吟》（过南涧双溪楼）等作，不免剑拔弩张。余所爱者，如"红莲相倚深如怨，白鸟无言定是愁"。又，"不知筋力衰多少，但觉新来懒上楼。"又，"城中桃李愁风雨，春在溪头荠菜花"之类，信笔写去，格调自苍劲，意味自深厚。不必剑拔弩张，洞穿已过七札，斯为绝技。

稼轩最不工绮语。"寻芳草"一章，固属笑柄，即"蓦然回首，那人却在灯火阑珊处"及"玉筯泪满却停筯，怕酒似、郎情薄"，亦了无余味。惟"尺书如今何处也，绿云依旧无踪迹"，又"芳草不迷行客路，垂杨只碍离人目"为婉妙。然可作无题，亦不定是绮言也。

苏、辛并称，然两人绝不相似。魄力之大，苏不如辛；气体之高，辛不逮苏远矣。

东坡心地光明磊落，忠爱根于性生，故词极超旷，而意极和平。稼轩有吞吐八荒之概，而机会不来。正则可以为郭、李，为岳、韩，变则即桓温之流亚。故词极豪雄，而意极悲郁。苏、辛两家，各自不同。后人无东坡胸襟，又无稼轩气概，漫为规抚，适形粗鄙耳。

稼轩词有以朴处见长，愈觉情味不尽者。如《水调歌头》结句云："东岸绿阴少，杨柳更须栽。"信手拈来，便成绝唱，后人亦不能学步。

稼轩词，于雄莽中别饶隽味。如"马上离愁三万里，望昭阳宫殿孤鸿没"。又，"休去倚危栏，斜阳正在，烟柳断肠处。"多少曲折。惊雷怒涛中，时见和风暖日。所以独绝古今，不容人学步。

稼轩词如"旧恨春江流不尽，新恨云山千叠"。又，"前度刘郎今重到，问玄都千树花存否。"又，"重阳节近多风雨。"又，"秋江上，看惊弦雁避，骇浪船回。"又，"佳处径须携杖去，能消几緉平生屐。笑尘劳三十九年非，长为客。"

又，"楼观甫成人已改，旌旗未卷头先白。叹人生哀乐转相寻，今犹昔。"又，"秋晚莼鲈江上，夜深儿女灯前。"又，"三十六宫花溅泪，春声何处说兴亡。燕双双。"又，"布被秋宵梦觉，眼前万里江山。"又，"功成者去，觉团扇便与人疏。吹不断斜阳依旧，茫茫禹迹都无。"皆于悲壮中见浑厚。后之狂呼叫嚣者，动托苏、辛，真苏、辛之罪人也。

辛稼轩词运用唐人诗句，如淮阴将兵，不以数限，可谓神勇。而亦不能牢笼万态，变而愈工，如腐迁《夏本纪》之点窜《禹贡》也。

东坡词全是王道。稼轩则兼有霸气，然犹不悖于王也。

东坡一派，无人能继。稼轩同时，则有张、陆、刘、蒋辈，后起则有遗山、迦陵、板桥、心馀辈。然愈学稼轩，去稼轩愈远。稼轩自有真耳，不得其本，徒逐其末，以狂呼叫嚣为稼轩，亦诬稼轩甚矣。

东坡、稼轩，同而不同者也。白石、碧山，不同而同者也。

稼轩求胜于东坡，豪壮或过之，而逊其清超，逊其忠厚。

——（清）陈廷焯《白雨斋词话》

稼轩词，粗粗莽莽，桀傲雄奇，出坡老之上。惟陆游《渭南集》可与抗手，但运典太多，真气稍逊。

稼轩词非不运典，然运典虽多，而其气不掩，非放翁所及。

稼轩词直是一座铁瓮城，坚而锐，锐而厚，凭你千军万马，也冲突不入。

——（清）陈廷焯《词坛丛话》

稼轩负高世之才，不可羁勒，能于唐宋诸大家外，别树一帜。自兹以降，词遂有门户主奴之见。而才气横轶者，群乐其豪纵而效之。乃至里俗浮嚣之子，亦靡不推波助澜，自托辛、刘，以屏蔽其陋，则非稼轩之咎，而不善学者之咎也。即如集中所载《水调歌头》"长恨复长恨"一阕，《水龙吟》"昔时曾有佳人"一阕，连缀古语，浑然天成，既非东家所能效颦，而《摸鱼儿》、《西河》、《祝英台近》诸作，摧刚为柔，缠绵悱恻，尤与粗犷一派，判若秦越。

——（近代）冯煦《宋六十一家词选例言》

词如诗，可模拟得也。南唐诸家，回肠荡气，绝类建安；柳屯田不着笔墨，似古乐府；辛稼轩俊逸似鲍明远……皆苦心孤造，是以被弦管而格幽明，学者但于面貌求之，抑末矣。

——（近代）陈锐《袌碧斋词话》

情性少，勿学稼轩。非绝顶聪明，勿学梦窗。

东坡、稼轩，其秀在骨，其厚在神。初学看之，但得其粗率而已。其实二公不经意处，是真率，非粗率也。余至今未敢学苏、辛也。

——（近代）况周颐《蕙风词话》

稼轩词，趣昭事博，深得漆园遗意，故篇首以《秋水观》冠之。其题张提举玉峰楼词，借庄叟自喻，意已可知。它如《兰陵王》引梦蝶事，《水调歌头》引吓鼠鹓鹏事，此类不一而足。其词凌高厉空，殆夸而有节者也。

——（近代）张德瀛《词徵》

南宋词人，白石有格而无情，剑南有气而乏韵。其堪与北宋人颉颃者，唯一幼安耳。近人祖南宋而祧北宋，以南宋之词可学，北宋不可学也。学南宋者，不祖白石，则祖梦窗，以白石、梦窗可学，幼安不可学也。学幼安者率祖其粗犷、滑稽，以其粗犷、滑稽处可学，佳处不可学也。幼安之佳处，在有性情，有境界。即以气象论，亦有"横素波"、"干青云"之概，宁后世龌龊小生所可拟耶？

东坡之词旷，稼轩之词豪。无二人之胸襟而学其词，犹东施之效捧心也。

读东坡、稼轩词，须观其雅量高致，有伯夷、柳下惠之风。白石虽似蝉蜕尘埃，然终不免局促辕下。

——（近代）王国维《人间词话》

稼轩由北开南，梦窗由南追北，善乎周氏之能言也。南宋诸家，鲜不为稼轩牢笼者。龙洲、后村、白石皆师法稼轩者也。二刘笃守师门，白石别开家法。

词笔莫妙于留，盖能留则不尽而有余味。离合顺逆，皆可随意指挥，而沉深浑厚，皆由此得。虽以稼轩之纵横，而不流于悍疾，则能留故也。

——（近代）陈洵《海绡说词》

稼轩之词，才思横溢，悲壮苍凉（如《永遇乐》诸词）。例之古诗，远法太冲，近师李白，此纵横家之词也。

——（近代）刘师培《论文杂记》

稼轩词，豪放师东坡，然不尽豪放也。其集中，有沉郁顿挫之作，有缠绵悱恻之作，殆皆有为而发。其修辞亦种种不同，焉得概以"豪放"二字目之。

——（近代）蔡桢《柯亭词论》

他（辛弃疾）是词中第一大家，他的才气纵横，见解超脱，情感浓挚，无论作长调或小令，都是他的人格的涌现。古来批评他的词的，或说他爱"掉书袋"，或说他的音节不很谐和。这都不是确论。他的长词确有许多用典之处；但他那浓厚的情感和奔放的才气，往往使人不觉得他在那里掉书袋。

苏轼、辛弃疾作词，只是用一种较自然的新诗体来作诗；他们并不想给歌童倡女作曲子，我们也不可用音律来衡量他们。

辛弃疾的长词，或悲壮激烈，能达深厚的感情；或放恣流动，能传曲折的意思：这是人所共知的。但长调难做得好，往往有凑句，有松懈处，有勉强处，虽辛弃疾亦不能免。

他的小令最多绝妙之作，言情、写景、述怀、达意，无不佳妙。 辛词的精彩，辛词的永久价值，都在这里。

——（现代）胡适《词选》

稼轩之为词，初若无意于高致，则以其为人，用世念切，不甘暴弃，故其发而为词，亦用力过猛，用意太显，遂往往转清商而为变徵，累良玉以成疵瑕，英雄究非纯词人也。 然性情过人，识力超众，眼高手辣，肠热心慈，胸中又无点尘污染，故其高致时时亦流露于字里行间。 即吾所选二十首中，如《水龙吟》之"楚天千里清秋，水随天去秋无际"，《鹊桥仙》之"看头上风吹一缕"，《清平乐》之"谁似先生高举，一行白鹭青天"，皆其高致溢出于不觉中者也。

——（现代）顾随《倦驼庵稼轩词说自序》

辛弃疾才气极大，在他的长调里面，往往能够表现一种伟大的英雄气魄，虽有时不免掉书袋，不免用事太多，却用得自然活泼，并不觉得累赘束缚，依然有放恣自由淋漓痛快的精神。 他的小词，则由他的巧妙的艺术，把他那深沉而微妙的情思，用白话白描出来，好像是滑稽的，却有古乐府歌谣的好处——歌谣的描写，还没有这样活泼而深刻呢！ 在宋人词中，辛词要算是最成功的了。

——（现代）胡云翼《宋词研究》

李杜以降，诗之门户尽辟矣，非纵横排奡，不能开径孤行为昌黎也。 词至东坡，《花间》、《兰畹》夷为九馗五剧矣，其突起为深陵奥谷、为高江急峡，若昌黎之为诗者，稼轩也。 二子者，遭际胸襟无一同，而同其文术转迻之时会，乾、淳、嘉泰之词，固犹诗之元和、长庆也。

今观稼轩，若题瓢泉之效《招魂》，酌中秋之摹《天问》，与夫《沁园春》、《六州歌头》之赋齐庵、对鹤语，铺排起伏一综汉赋，挈班、扬以侣秦、柳，固昌黎之遗则也。 至如《兰陵王》之述梦、《贺新郎》之别弟，以及《哨遍》诸章之解《庄》，云谲波诡，千汇万态，尤乐章之至奇；喻之于诗，非犹《北征》之后而有《南山》、《月蚀》耶？ 虽云身世境会，坡、稼本不尽同，而文事尚变，推演递渐，固亦势运所必然。 由是而后村，而须溪，浸假蜕《玉蝴蝶》、《最高楼》而为元曲，譬夫高山转石，不至地不止焉。 耳食者乃哗然以旧格囊规绳稼轩，岂通变之见哉。

——（现代）夏承焘《稼轩词编年笺注序》

中国文学史上最伟大之诗人，类具三种条件。（一）有学问，有识见，有真性情，而襟怀阔远，抱负宏伟，志在用世。（二）境遇艰困，不能尽发其志，而郁抑于中。（三）天才卓绝，专精文学，以诗表现其整个之人格。 如屈原、曹植、阮籍、陶潜、杜甫皆是。 宋代词人，如范仲淹、欧阳修、苏轼，虽具第一二两种条件，而视词为余事，非专力所注，故词中所表现者，仅其一部分之人格。至于秦观、晏几道等，虽天才高，致力专，而志量之宏伟稍逊。惟辛稼轩既具第一二两种条件，而又以夐异之才，专力为词，所作约六百首，大含细入，平生襟怀志事，皆见于中，故就此点而论，宋词之有辛稼轩，几如唐诗之有杜甫。

论稼轩词者，率推其豪壮。豪壮诚为稼轩词优点之一，惟南宋人作壮词者甚多，前乎稼轩者，有岳飞、张元幹、张孝祥，与稼轩同时者，有陆游、陈亮、刘过，后于稼轩者，有刘克庄。诸人均抱恢复之心，有用世之志，其词亦悲愤激烈，然皆不及稼轩词境界之高，意味之美，耐人玩诵。盖稼轩词如《永遇乐》（千古江山）、《菩萨蛮》（郁孤台下清江水）、《摸鱼儿》（更能消几番风雨）等，虽悲壮激烈之情，洋溢纸上，然细绎之，非徒豪壮而已也，于豪壮之中，又能沉咽蕴藉，空灵缠绵，得此调剂，故豪壮之情，不失于粗犷，词体之美，仍可保持。盖词之起源，由于歌乐。欧阳炯《花间集序》所谓"绮筵公子，绣幌佳人，递叶叶之花笺，文抽丽锦，举纤纤之玉指，拍按香檀"。可以想见初期作词唱词之情况。故晚唐五代词，多写男女闲情幽怨，其体要眇，其境凄迷，下逮秦、晏，意境虽高，而涂辙未改，词所以能在诗之外别为一体，造成一种特美，引入爱好者，其故在此。然词之内容，若长守传统之遗则，又未免失于单简。自苏轼开拓词之领域，稼轩继之，益为恢宏，重在言志，非徒应歌，无意不可入，无事不可言。就扩大词体而论，此种转变，未尝非进步，然所难者，在如何仍能保持词体要眇凄迷之特美，不然，则成为押韵之文，领域虽开拓，而词之所以为词者亦亡矣。秦、晏以词写男女之情，内容与体裁相得而彰，其势甚顺。稼轩以词写感事忧时之雄怀壮志，相反之物而调剂浑融之，其事较难。故秦、晏之作，其情思与意境合，吾人读之，得一单纯之印象。稼轩作壮词，于其所欲表达之豪壮情思以外，又另造一内蕴要眇词境，豪壮之情，在此要眇词境之光辉中映照而出，则粗犷除而精神益显，故读稼轩词恒得双重之印象，而感浑融深厚之妙，此其不同于秦、晏者也。

　　——（现代）缪钺《诗词散论·论辛稼轩词》

辛弃疾年表

金熙宗天眷三年(宋高宗绍兴十年)庚申(1140)　　一岁

辛弃疾，原字坦夫，后改字幼安，中年后别号稼轩居士。

五月十一日，出生于山东济南历城之四凤闸。

父辛文郁早逝。自幼由祖父辛赞抚养。辛赞当宋室南渡时，累于族众，未得脱身，遂仕于金，历官亳州、开封等地。

辛弃疾少时曾受业于亳州刘瞻（岩老），与党怀英为同学。

金海陵王贞元元年(宋绍兴二十三年)癸酉(1153)　　十四岁

约在本年领乡荐。

金主完颜亮迁都燕京。

金贞元二年(宋绍兴二十四年)甲戌(1154)　　十五岁

首次赴燕京应进士试，谛观燕山形势。

金海陵王正隆二年(宋绍兴二十七年)丁丑(1157)　　十八岁

二次赴燕京应进士试，深入考察形势。

金正隆五年(宋绍兴三十年)庚辰(1160)　　二十一岁

祖父辛赞去世至晚当在本年。

金世宗大定元年(宋绍兴三十一年)辛巳(1161)　　二十二岁

九月，金主完颜亮大举南犯。

辛弃疾于济南聚众二千，归耿京起义军，为掌书记。 僧人义端窃印叛逃，辛弃疾追杀之。

十月，金东京辽阳留守完颜雍自立为帝（金世宗），改元大定，废完颜亮为海陵郡王。

十一月，虞允文率宋师于采石矶接连击败完颜亮南犯之师。完颜亮趋扬州，欲改由瓜洲渡江南下，终为部下叛军所杀。

宋绍兴三十二年(金大定二年)壬午(1162)　　二十三岁

正月，辛弃疾与贾瑞等领耿京之命，奉表南归。 十八日至建康(今南京)。 高宗召见，授右承务郎。

闰二月，叛将张安国杀耿京而降金，辛弃疾率五十骑直闯金营，于五万之众中生擒张安国，献俘临安（今杭州）。

南归后，改任江阴（今江苏江阴）签判。 向张浚献分兵攻金之策，未被采纳，其事当在本年。

五月，皇太子赵眘（孝宗）继位。 起用张浚，准备北伐。

辛弃疾寓居京口 （今江苏镇江），并与范氏（范邦彦之女、范如山之妹）成婚，当均在本年。

十二月二十二日 （合 1163 年 1 月 28 日）立春日，赋《汉宫春》（春已归来），为现存稼轩词中最早作品。

宋孝宗隆兴元年癸未(1163)　　二十四岁

在江阴签判任上。

夏，张浚指挥北伐，终遭符离之役溃败，罢枢密使。

七月，汤思退为相，主和议。

隆兴二年甲申（1164）　　二十五岁

暮春，作《满江红》（家住江南）。

江阴签判任满，改任广德军（今安徽广德）通判，当在本年秋冬间。

宋金签订"隆兴和议"。

宋孝宗乾道元年乙酉（1165）　　二十六岁

在广德军通判任上。

向孝宗奏进《美芹十论》。未被采用。

乾道四年戊子（1168）　　二十九岁

任建康府通判。

与建康行宫留守史致道（正志）、淮西江东军马钱粮总领叶衡（梦锡）等结识，多有投赠之词。

乾道六年庚寅（1170）　　三十一岁

在延和殿受孝宗召见，纵论南北形势及三国、晋、汉人才，持论劲直，不为迎合。进奏《论阻江为险须藉两淮》及《议练民兵守淮》两疏。又作《九议》上宰相虞允文。因讲和方定，所议不行。

调任司农寺主簿。

乾道八年壬辰（1172）　　三十三岁

春，出知滁州（今安徽滁州）。宽政薄赋，招流散，教民兵，议屯田，一洗荒陋之气。

秋，奠枕楼建成，友人周孚（信道）作《奠枕楼记》，辛弃疾作《声声慢》（征埃成阵）。仲秋，滁州通判范昂任职期满离任，辛弃疾作《木兰花慢》（老来情味减）相送。

本年有奏议上朝廷，论敌我形势。

宋孝宗淳熙元年甲午（1174）　　三十五岁

春，任江东安抚使参议官。深得建康留守兼江东安抚使叶衡器重。

叶衡二月入朝为户部尚书，签书枢密院事，六月参知政事，十一月为右丞相兼枢密使。

叶衡力荐辛弃疾慷慨有大略。辛弃疾赴临安（今杭州）受孝宗召见，迁仓部郎官。

淳熙二年乙未（1175）　　三十六岁

六月，改任江西提点刑狱，节制诸军，讨捕茶商军。七月，离临安至江西赣州接任。闰九月，诱杀赖文政，灭茶商军，加秘阁修撰。

九月，叶衡罢相。

淳熙三年丙申（1176）　　三十七岁

秋冬之际，调任京西转运判官，至襄阳就职。

淳熙四年丁酉(1177)　　三十八岁

春，差知江陵府（今湖北荆州），兼湖北安抚使。从严治盗，得贼辄杀，遂使奸盗屏迹。

冬，改知隆兴府（今江西南昌），兼江西安抚使。

淳熙五年戊戌(1178)　　三十九岁

暮春，应召赴临安，为大理寺少卿。自江西赴临安途中作《念奴娇》（野棠花落）等。

游临安冷泉亭，作《满江红》（直节堂堂）。

与陈亮相识，结为知己。

夏秋之交，出为湖北转运副使。赴任途中赋《水调歌头》（落日塞尘起）等。

淳熙六年己亥(1179)　　四十岁

暮春，由湖北转运副使调任湖南转运副使，同僚王正己（正之）置酒饯行，辛弃疾为赋《摸鱼儿》（更能消几番风雨）。

向朝廷上奏《论盗贼札子》。八月，孝宗批复。

秋，改知潭州（今湖南长沙），兼湖南安抚使。

淳熙七年庚子(1180)　　四十一岁

在湖南安抚使任上。赈济灾民，兴修水利，整顿湖南乡社。创置湖南飞虎军，雄震一方，为江上诸军之冠。

秋，送张坚（仲固）赴兴元（汉中），席上赋《木兰花慢》

（汉中开汉业）。

冬，加右文殿修撰，差知隆兴府，兼江西安抚使。到任即救荒赈灾。

淳熙八年辛丑(1181)　　四十二岁

七月，因知隆兴府救荒有功，转奉议郎。

秋，赋《沁园春》（三径初成）。是年，信州（今江西上饶）带湖新居落成。尝谓"人生在勤，当以力田为先"，故以"稼"名轩，自号稼轩居士。

十一月，改任两浙西路提点刑狱公事。十二月初，台臣王蔺弹劾辛弃疾"奸贪凶暴，帅湖南日虐害田里"，"用钱如泥沙，杀人如草芥"。辛弃疾落职罢新任，遂归带湖。

淳熙九年壬寅(1182)　　四十三岁

闲居上饶带湖宅第。作《水调歌头》（带湖吾甚爱）等。

九月，朱熹过信州，与辛弃疾、韩元吉等相会。

是年，范开（廓之）始从学于辛弃疾。

淳熙十年癸卯(1183)　　四十四岁

闲居上饶。

春，友人陈亮来信，约秋后来访，未果。

淳熙十一年甲辰(1184)　　四十五岁

闲居上饶。

为韩元吉六十七岁生日祝寿，赋《水龙吟》（渡江天马南来）。

冬，赋《满江红》（蜀道登天），送李大正（正之）入蜀。

淳熙十二年乙巳(1185)　　四十六岁

闲居上饶。

与信州知州郑汝谐（舜举）交游，酬唱甚多。

淳熙十四年丁未(1187)　　四十八岁

闲居上饶。

主管武夷山冲佑观当在本年。

淳熙十五年戊申(1188)　　四十九岁

闲居上饶。

元日立春，赋《蝶恋花》（谁向椒盘簪彩胜）。

正月，门人范开编刊《稼轩词甲集》成。

四月，郑如密（厚卿）出知衡州，辛弃疾赋《满江红》（莫折荼蘼）等相送。

冬，友人陈亮来访。辛弃疾与之同游鹅湖，共酌瓢泉，极论世事，纵谈十日，是为"鹅湖之会"。别后赋《贺新郎》（把酒长亭说）等。

淳熙十六年己酉(1189)　　五十岁

闲居上饶。

春，金华杜斿（叔高）来访，辛弃疾作《贺新郎》（细把君诗说）相送。

二月，皇太子赵惇（光宗）继位。

宋光宗绍熙二年辛亥(1191)　　五十二岁

闲居上饶。

冬有诏命，起为福建提点刑狱。

绍熙三年壬子(1192)　　五十三岁

春，赴福建提点刑狱任。途经崇安，曾至武夷精舍会晤朱熹。

九月，福建安抚使林枅卒，辛弃疾兼摄福建安抚使。严于吏治。上疏《论经界钞盐札子》。

年底，应召赴临安。临行陈岘（端仁）设宴送行，辛弃疾为赋《水调歌头》（长恨复长恨）。

绍熙四年癸丑(1193)　　五十四岁

赴临安途中，访朱熹于建阳，会陈亮于浙东。

至临安，光宗召见，辛弃疾奏论荆襄上流为东南重地。迁太府卿。

秋，加集英殿修撰，知福州兼福建安抚使。

是年，陈亮举进士，光宗亲擢为第一。

绍熙五年甲寅(1194)　　五十五岁

福建安抚使任上，置"备安库"。又欲建万人军旅，以保境安民。

友人陈亮去世，辛弃疾作《祭陈同父文》。

七月，皇太子赵扩（宁宗）继位。同月，因谏官黄艾弹劾辛弃疾"残酷贪饕，奸脏狼藉"，遂罢官，主管建宁府武夷山冲佑观。九月，因御史中臣谢深甫论列辛弃疾等"虽已黜责，未快公论"，又降集英殿修撰为秘阁修撰。

辛弃疾再到期思卜筑，赋《沁园春》（一水西来）。

八月，赵汝愚为右丞相，启用朱熹等人。十一月，韩侂胄为枢密都承旨。

宋宁宗庆元元年乙卯(1195)　　五十六岁

闲居上饶家中。

二月，赵汝愚罢相，继责宁远军节度副使，永州安置。

十月，因御史中丞何澹奏劾辛弃疾"酷虐裒敛，掩帑藏为私家之物，席卷福州，为之一室"，遂削其秘阁修撰职名。

是年，铅山（今江西铅山）期思瓢泉新居落成。

庆元二年丙辰(1196)　　五十七岁

带湖雪楼毁于火灾，全家移居铅山期思瓢泉新居。

九月，因朝廷言官论列辛弃疾"赃污恣横，唯嗜杀戮，累遭白简，恬不少悛"，罢主管冲佑观。至此，辛弃疾所有名衔尽削一空。

赵汝愚卒于衡州。韩侂胄为开府仪同三司，兴"伪学党禁"，以纠结徒党罪名罢黜朱熹及其门徒。

庆元四年戊午（1198） 五十九岁

闲居铅山期思瓢泉新居。

恢复集英殿修撰，主管武夷山冲佑观。

是年，吴绍古（子似）为铅山县尉，辛弃疾与之酬唱甚多。

庆元六年庚申（1200） 六十一岁

闲居铅山。

二月，友人杜斿（叔高）再度来访，辛弃疾所赠诗词甚多。

三月，朱熹去世，辛弃疾为文往哭之。赋《感皇恩》（案上数编书）。

是年初，赵不迁（晋臣）已罢江西漕使任，归铅山，辛弃疾与之唱酬尤多。

宋宁宗嘉泰三年癸亥（1203） 六十四岁

夏，起用为绍兴（今浙江绍兴）知府，兼浙东安抚使，六月到任。奏疏州县害农六事。

建秋风亭，赋《汉宫春》（亭上秋风）。

招刘过（改之）至幕府。与年近八旬陆游交游，每欲为陆游筑新居，陆辞之。

年末，召赴临安，陆游作《送辛幼安殿撰造朝》诗相送。

嘉泰四年甲子(1204)　　六十五岁

正月，宁宗召见，辛弃疾言金国必乱必亡，愿付之元老大臣备兵，为仓促应变之计。 加保谟阁待制，提举佑神观，奉朝请。

三月，差知镇江府。 至镇江，遣谍侦察敌情，拟沿边招募万名土丁，预制万套军服。 读宋高宗《亲征诏草》，为跋其后。

五月，朝廷追封岳飞为鄂王。

宋宁宗开禧元年乙丑(1205)　　六十六岁

在镇江守任。 赋《永遇乐》（千古江山）。

刘过至京口，访辛弃疾。

三月，因荐人不当，降两官使用。 六月，改知隆兴府。七月初，尚未到任，因谏官弹劾辛弃疾"好色贪财，淫刑聚敛"，遂罢职，与官观。 秋，返铅山家居。

开禧二年丙寅(1206)　　六十七岁

闲居铅山。

春，朝命差知绍兴府，兼浙东安抚使，辛弃疾上疏辞免。

五月，韩侂胄请伐金诏下，然多有败绩。

十二月，进辛弃疾龙图阁待制，知江陵府，令赴临安奏事。

开禧三年丁卯（1207）　　六十八岁

京城奏对。　任命为兵部侍郎，辛弃疾两次上章辞免。

三月末，叙复朝请大夫，继又叙复朝议大夫。

归铅山。　八月得病。

九月，进辛弃疾为枢密都承旨，令速赴临安奏事。　未受命，上章陈乞致仕。

九月初十日卒。　特赠四官。　葬铅山县南十五里阳原山中。